KB141904

박한솔
장편소설

# 러브 알러지

팩토리나인

# 차례

1부 * 7
2부 * 133

# 1부

## ‹ 01 ›

치익-. 스프링클러가 분사하는 물줄기를 맞은 잔디는 더 진하게 풀 내음을 내뿜었다. 축축한 잔디 위를 걷는 휘현의 발걸음이 가벼웠다. 54만 평이나 되는 캘리포니아 캠퍼스 부지를 자랑하듯 눈에 보이는 것은 온통 청록색의 잔디밭이다. 휘휘 발을 내저으며 진하게 풍기는 풀 향을 맡은 휘현은 기분이 좋아져 크게 숨을 들이쉬었다. 햇살은 더 강렬하게 빛을 내리쬐어 살결을 데웠다.

"이게 사람 사는 거지."

혼잣말하며 나풀거리듯 걷는 휘현의 옆으로 청설모가 앞서 뛰어갔다. 휘현은 마치 이들로부터 경호받는 느낌이 들어 살포시 웃음이 났다. 이 모든 게 너무 비현실적이었다. 그러다 순간 휘현이 발걸음을 멈추었다.

"하…… 진짜…… 집을 어떻게 구하지?"

손차양을 만들며 인상을 찌푸린 휘현은 휴대폰을 바라보았다. 2시 30분.

"광고 수업까지 30분."

중얼거리며 벤치에 엉덩이를 털썩 붙인 휘현이 무거운 전공 책을 내던지다시피 의자에 올려놓았다. 그 소리에 벤치 끝에 앉아 있던 남자가 흘깃 휘현을 쳐다보았다. 휘현은 남자의 시선은 의식하지도 않은 채 서둘러 가방에서 샌드위치를 꺼내며 재빨리 한입 베어 물었다. 그때 전공 책과 함께 내동댕이쳐진 휴대폰이 요란하게 울려대기 시작했다.

"네! 한휘현입니다."

휴대폰에 '국제처'라고 뜨는 글자를 보고 재빨리 통화 버튼을 누른 휘현이 먹던 샌드위치를 내려놓으며 말했다.

"아, 네. 제가 한국에서 분명히 Serrano 기숙사로 배정됐다고 전달받았거든요. 근데 여기서는 전산상 처리가 안 됐다고 하는 거예요!"

미처 다 씹지도 못한 샌드위치를 꿀꺽 삼킨 휘현은 울먹거리며 울분을 토했다.

휘현이 캘리포니아까지 교환 학생으로 오게 된 것은 모두 광고 홍보학 전공 교수의 영향이었다. 교수가 휘현에게 자매결연

한 미주 대학에 해외 광고제 수상 경력이 많은 교수가 부임했다면서 교환 학생을 추천한 것이다. 휘현은 이번 학기에 그 교수 수업을 들으며 해외 광고 출품까지 하고 귀국하는 것이 목표였다. 어려운 형편에 유학은 감히 생각지도 못했지만, 해외 광고제 출품작으로 커리어도 쌓을 겸 아르바이트를 몇 개씩 더 뛰어가며 부랴부랴 유학비를 준비한 휘현이다. 그런데 미국에 오자마자 기숙사가 배정되지 않았다는 청천벽력 같은 소리를 들었다. 국제처 소속으로 한국 교환 학생을 담당하고 있는 제임스는 난감한 얼굴로 일단 근처 에어비앤비에 숙소를 잡아 주기는 했지만, 휘현은 개미 떼가 벽을 타고 줄지어 기어가는 방을 보고 기겁해야 했다. 통화 중에도 휘현은 그때 마주한 개미 행군이 떠올라 괜스레 근지러워지는 기분에 손끝으로 팔을 긁적였다.

벤치 옆에 앉은 남자는 그런 휘현을 신기한 듯 곁눈질로 힐끗 보았다. 대부분의 한국 유학생 얼굴은 낯이 익은데, 옆에 앉은 여자는 처음 보는 얼굴이었다. 큰 키에 비해 매우 마른 몸매에 팔다리가 유난히 길고 하얘서 더 시원시원해 보이는 듯했다. 허리께까지 길게 늘어진 머리카락이 바람에 흩날려 나부꼈다. 좁은 벤치에 서로 나란히 앉은 터라 휘현의 통화 소리가 남자의 귓바퀴를 타고 흘렀다. 튀지 않는 여린 목소리지만 그 안에 뾰족하게 담긴 불안이 느껴졌다.

"하…… 그러면 기숙사 배정은 어려운 건가요?"

휘현이 길게 한숨을 내쉬며 눈을 돌리는데 남자가 갑자기 "퉤!" 하며 씹던 음식을 뱉었다. 순간 휘현이 한쪽 눈썹을 추켜올리며 남자를 쳐다보았다. 계속해서 입안에 든 음식을 뱉어내는 남자를 본 휘현은 못 볼 꼴을 본 듯 찡그리며 자리에서 일어났다. 저런 사람은 피하는 게 상책이다.

"네, 알겠습니다."

마저 통화를 끝낸 휘현이 황급히 남자 앞을 지나쳤다. "켈록켈록" 이번에는 남자가 목에 뭐가 걸렸는지 숨도 잘 못 쉬고 기침하기 시작했다. 등 뒤를 파고드는 기침 소리에도 휘현은 성큼성큼 바쁘게 발을 내디뎠다. "우웨엑! 컥컥!" 하지만 이어서 질식할 듯한 가쁜 소리에 휘현은 발걸음을 멈췄다. 가방을 뒤적거리던 휘현이 호두 우유를 꺼내 들고 남자에게 다가갔다. 그리고 고개가 밑으로 고꾸라진 채 계속 기침하는 남자 어깨를 톡톡 치며 음료를 건넸다.

"저, 이거라도……"

남자는 그런 휘현을 보지도 않고 독수리가 먹이를 낚아채듯 빠르게 우유를 가져갔다. 그 바람에 휘현의 손이 무안하게 허공에 남겨졌다. 머쓱하게 손을 내린 휘현은 귀 뒤를 긁적이며 무거운 전공 책을 다시 겨드랑이에 끼운 다음 다시 남자를 살폈다. 음료를 단숨에 다 마신 남자가 몇 번의 잔기침을 하더니 진정이 됐는지 부예진 눈을 들어 휘현을 올려다보았다.

"감사해요. 제가 견과류 알레르기 때문에……"

이내 호흡이 돌아온 남자가 호두가 박힌 샌드위치를 흔들어 보이며 머쓱하게 웃었다.

'견과류 알레르기?' 순간 휘현은 두 귀를 의심했다. 토끼처럼 뜬 휘현의 눈이 다 먹고 구겨져 있는 호두 우유에 가 닿았다. 놀란 휘현의 시선을 따라간 남자 역시 벤치 위에 놓인 호두 우유를 쳐다봤다.

"아……"

남자는 난감한 얼굴로 망연하게 입을 벌렸다.

"어…… 저기요, 어떡하죠……?"

휘현이 흘러내린 양옆의 머리카락을 손가락으로 쥐어 잡으며 난색이 된 얼굴로 남자를 살폈다. 이런 경험은 처음이다. 견과류 알레르기가 있는 사람에게 호두 우유를 건네다니. 휘현의 얼굴이 초 단위로 구겨지는 게 보였다.

남자는 그런 휘현을 보며 대수롭지 않은 듯 괜찮다고 손을 내저었다.

"괜찮을 거예요. 이런 건 호두 함량이 적을 것 같아서……"

"그래도……"

여전히 난감한 얼굴을 한 휘현이 말끝을 흐렸다.

"혹시 그 광고 수업 들어요?"

석고상처럼 잔디 위에 굳어버린 휘현을 안심시키려는 듯 남자는 휘현의 겨드랑이 사이에 있는 책과 동일한 자신의 책을 흔들어 보이며 말했다. 책 표지에는 '이든'이라고 큼지막하게 쓰여 있었다.

"저도 들어서."

벤치에서 일어난 그가 자기 이름을 적은 책 표지를 보여주며 말갛게 웃었다.

이든과 휘현은 간단한 통성명을 하고 강의실에 도착했다. 강의실은 50명 정도가 들어갈 만한 크기로 일체형 책걸상이 줄지어 있었다. 한국과 크게 다르지 않은 강의실 내부를 눈으로 훑으며, 휘현은 햇볕이 잘 드는 창가 쪽 자리 책상 위에 전공 책을 올려놓았다. 그런데 자리에 앉아 책상 위에 팔을 올린 휘현은 뭔가 불편함을 느꼈다. 다시 보니 팔꿈치 받침이 왼쪽에 자리 잡고 있었다. 왼손잡이용 책걸상이었다. 그 옆에 오른손잡이용 책상이 있어 자리를 옮기니 바로 옆자리에 이든이 앉아 있었다.

지이잉- 어디선가 들려오는 낯선 소리에 휘현이 고개를 들어 쳐다보니 한 남학생이 비치된 전동 연필깎이에 연필을 깎고 있는 게 보였다. 그 모습마저 생경해서 쳐다보고 있다가 앞문으로 들어오는 교수에게로 휘현의 시선이 따라갔다.

구릿빛 피부에 민머리의 젊은 남자 교수가 빠른 걸음으로 걸어 들어왔다. 몸에 딱 맞게 달라붙는 셔츠 아래로 드러난 그의 근육질 몸은 누가 봐도 건강하고 탄탄했다.

휘현이 시계를 흘긋 보니 수업 정각이었다. 하마터면 늦을 뻔했다. 그나저나 '저 남자는 괜찮은 건가?' 하고 옆에 앉은 이든을 걱정스럽게 바라보던 휘현은 이내 고개를 돌렸다.

"자, 광고 기획 실습 첫 수업이네요. 제 이름은 루크입니다. 오늘은 수업 전반을 개괄적으로 소개하는 시간을 가질게요."

철저하게 관리된 그의 몸처럼 단단하고 정갈한 교수의 목소리가 강의실에 울렸다. 그의 말에 휘현이 귀를 쫑긋 세우고 집중했다.

"이번에 여러분이 듣게 될 광고 기획 실습에서는 클레오 광고제 출품을 목표로 합니다. 여기 모인 28명이 4명씩 팀을 이루어 토픽 선정부터 아이디에이션을 거쳐 다양한 매체의 형태로 제작할 예정입니다. 물론 제가 스텝 바이 스텝으로 도움을 드릴 겁니다."

루크의 단정한 눈빛은 흐트러짐이 없었다.

"아, 참고로 저는 뉴욕 PR Group 에이전시인 오니콤에서 8년 동안 근무했고, 이후 칸, 클레오, 뉴욕, 런던 등 해외 광고제에서 스물세 차례 수상한 경력을 갖고 있습니다. 혹시나 여러분 중에 '얼핏 봐도 어려 보이는데 네가 뭔데 가르쳐?'라고 생각하는 사람이 있을까 봐 알려드립니다. 제가 좀 동안이기도 하고요. 하하."

여기까지 들은 휘현은 그동안 뼈 빠지게 유학비를 벌기 위해 이리 뛰고 저리 뛰며 턱걸이로 토플 점수를 맞추느라 고생했던 것이 떠올랐다. 출국 날이 가까워졌을 때는 정리할 것이 많았다. 진행 중인 수업별 팀 프로젝트를 끝내야 했고, 아르바이트 인수인계를 차질 없이 마쳐야 했다. 사이가 좋지 않은 부모님께도 떠나야 하는 나름의 이유를 대며 설득해야 했고, 그리고…… 2년 동안 만나고 있던 남자친구 도하와도 이별해야 했다. 휘현은 맨 마지막에 떠오른 '도하'라는 이름에 얼굴이 굳어졌지만, 이내 고개를 힘차게 저으며 다시 정신을 가다듬었다. 일이든 사람이든 어찌어찌 결국 다 정리하고 어렵게 온 유학이었다. 비록 지금 개미 떼가 우글거리는 숙소에 임시로 머물고는 있지만, 루크 교수를 보자 그 모든 게 헛되지 않았다는 안도감이 들었다.

주변을 둘러보니 다른 학생들도 눈을 반짝이며 관심 있게 루크를 바라보고 있었다.

"후……" 그때 옆에 앉은 이든이 짧고 거칠게 숨을 토해냈다. 휘현의 고개가 자동으로 이든에게 돌아갔다. 숨 쉬는 것이 불편한 듯 이든의 호흡이 점점 더 거칠어졌다.

"저기……"

보다 못한 휘현이 이든을 불렀다. 이든의 상태가 눈에 띄게 악화되는 것이 필름처럼 휘현의 눈에 찍혔다. 이제는 "꺼이꺼이" 숨을 몰아쉬는 이든이었다. 놀란 휘현이 책상을 앞으로 빼고 이든에게 다가가자 이든의 몸이 그대로 휘현에게 쓰러졌다. 갑작스레 일어난 일이라 휘현은 이든의 무게를 지탱하지 못하고 땅에 고꾸라졌다.

교수와 주변의 학생들이 그 모습을 보고 놀라 웅성거렸다. 이게 꿈인지 현실인지 휘현도 구분이 가지 않았다. 미국에서 듣는 첫 수업인데 휘현은 날벼락을 맞은 기분이었다. 교수가 서둘러 911에 전화해 응급 구조 요청하는 것이 휘현의 귀에 웅웅거렸다.

❖❖❖

건조한 형광등 아래 휘현이 파리해진 몰골로 수액을 맞는 이든을 바라보고 있었다. 쌕쌕거리며 숨을 가누지 못했던 이든의 호흡이 이제는 고르게 왔다 갔다 했다. 기숙사 문제로 액땜했다 여기려 했건만 이건 또 무슨 상황인지……. 휘현의 머리가 지끈거렸다. '미국이 나랑 안 맞나?'라는 생각이 절로 들었다. 그래도 정신이 드는 것까지는 보고 가야 할 것 같아 한참을 멍하게 바라만 보던 휘현은 코를 찡긋거리며 잠꼬대하는 이든을 보자 피식 웃음이 비어져 나왔다. 아는 누군가와 닮은 모습이었다. 미간 아래로 반듯하고 곧게 떨어지는 콧날이 아름다웠던 남자.

낯선 이든의 얼굴이 흐려지고 그 위를 선연하게 덮는 얼굴은

'강도하'였다. 이미 끝났다고 생각했는데 아니, 끝난 관계였음에도 계속 이렇게 눈앞에 나타나는 남자. 순간적으로 짜증이 일어난 휘현은 눈을 질끈 감고 손가락으로 눈자위를 꾹꾹 눌렀다. 그때 이든의 신음이 터져 나왔다.

"흐음……"

이든은 눈을 반쯤 떴다가 빛이 강했는지 이내 다시 감았다. 짧게 숨을 뱉은 이든이 눈을 마저 뜨자 걱정스러운 휘현의 얼굴이 보였다. 1초, 2초, 3초. 서로에게서 눈을 떼지 않고 시간이 흘렀다. 먼저 정적을 깬 건 휘현이었다.

"괜찮으세요?"

침대 위에 손을 가지런히 모은 휘현이 쉬어 갈라지는 목소리로 물었다. 이든이 눈을 껌뻑거리며 주변을 둘러보았다.

"여기가……"

"수업 듣다가 발작이 와서 911에 실려 왔어요. 아나필락시스라고 하더라고요."

"아……" 이든이 머리에 손을 얹으며 마른침을 삼켰다.

"지금 수액 거의 다 들어갔네요. 정신이 들어서 다행이에요."

휘현이 이든의 머리 위에 있는 수액을 올려다보았다.

"저 때문에……"

두 사람이 동시에 입을 떼며 말했다.

"견과류 알레르기가 있는지 몰랐어요."

"아니에요. 지금까지 기다린 거예요?"

이든이 몸을 조금 일으키며 휘현에게 말했다.

"저 때문에 이런 일이 생긴 것 같아서요……."

휘현이 눈을 이리저리 굴리며 미안한 낯으로 말했다. 얼마나 놀라고 당황스러웠을지 초췌해진 몰골을 보니 알 것도 같았다.

"그럼, 저는 이만 가볼게요."

벽시계를 흘긋 본 휘현이 무릎 위에 놓은 가방을 쥐고 일어섰다.

"저……"

그 모습에 이든이 급하게 입술을 뗐다.

"네?"

"고마워요."

"아니에요. 잘 회복하고 다음 수업 때 봬요."

꽤 지쳤음에도 작게 미소를 띠며 휘현이 돌아섰다.

돌아서는 휘현의 뒷모습을 눈으로 따라가던 이든은 문이 닫히자 팔을 들어 손등을 이마 위에 올렸다.

"빌어먹을 호두."

이든이 낮게 읊조렸다.

자신을 유기한 엄마가 남기고 간 게 견과류 알레르기라니. 게다가 미국으로 입양되기 전 한국 보육원에서 이든에게 준 정보라고는 고작 세 가지뿐이었다.

2001. 06. 19.

정이서

견과류 알레르기

## ‹ 02 ›

"으악! 이게 뭐야!"

샤워 후 수건으로 긴 머리를 돌돌 말아 감던 휘현은 수십 마리의 개미가 떼 지어 기어가는 것을 보고 뒤로 나자빠졌다. 갑자기 몸에 두드러기가 일어난 것처럼 가려움을 느낀 휘현은 계속 손톱으로 팔을 긁으며, 서둘러 화장실에서 나왔다. 숨을 한 번 고른 휘현은 침대 위에 올려둔 휴대폰을 떨리는 손으로 눌러 집주인에게 전화했다.

10여 분의 시간이 흐르고, 착잡한 휘현의 심정을 아는지 모르는지 정리되지 않은 부스스한 머리를 뒤로 넘기며 느긋하게 집주인이 들어왔다. 턱 밑으로 두 개나 늘어진 3중 턱살이 덜컹거리며 집주인의 걸음을 더 느리게 방해하는 듯했다. 속이 타는 휘현이 먼저 화장실로 앞서 향했다.

"여기, 개미가……"

꽤 충격을 받은 듯 휘현이 말도 맺지 못한 채 눈을 질끈 감고 세면대를 손가락으로 가리켰다.

"오래된 주택이 다 그렇지 뭐."

호들갑 떨 것 없다는 듯 흘깃 휘현을 째려보며 집주인이 개미 떼를 훑었다. 치이익-. 드디어 입구를 찾은 것인지 집주인은 가져온 살충제를 몇 번 흔들더니 무지막지하게 뿌려댔다.

휘현이 머리를 숙여 찬찬히 살펴보다 이내 고개를 돌렸다. '하, 여왕개미가 어디에 있는지도 모르겠고. 이런다고 퇴치가 될 것 같지도 않고.' 이런저런 생각에 골치가 아픈 휘현이 한 손으로 양쪽 관자놀이를 꾹꾹 눌렀다. 그러다 불현듯 휘현은 그저께 강의실 앞에 붙은 Off-house 전단지에서 마음에 드는 집 사진을 찍어 둔 게 생각났다.

"살충제 많이 뿌려 놨어요. 또 나오면 직접 뿌리세요."

집주인은 성가신 고객이라도 되는 양 휘현을 흘겨본 뒤 생색내듯 살충제를 탁자 위에 내려놓았다.

"아, 네."

휘현이 힘 빠진 목소리로 대답했다.

"그래도 예전보다 좋아졌지. 그때는 지네랑 거미가……"

집주인은 아직도 할 말이 남은 듯 나가려다 말고 무거운 몸을 반쯤 돌려 휘현에게 말했다.

여기까지 들은 휘현이 사진에 찍힌 번호를 누르고 강하게 통화 버튼을 눌렀다. 당장 여기서 탈출하고야 말겠다는 굳은 결심을 하며.

❖❖❖

운동을 마친 이든이 집에 들어가자 부엌에서 달그락거리는 소리가 들려왔다.

"엄마?"

거실 소파 위에 스포츠 더플백을 내려놓은 이든이 은은하게 불빛이 새어 나오는 부엌으로 걸음을 옮겼다. 아일랜드 식탁 위에 갖가지 장 봐 온 식재료가 즐비하게 놓여 있었다.

덜컥. 그때 차고로 연결된 문을 열고 사라가 들어왔다.

"왔니?"

그녀의 양손에 장바구니가 무겁게 들려 있었다.

"장 봐 오신 거예요?"

이든이 서둘러 사라의 손에 들린 물건들을 받아 식탁 위에 올려놓았다.

"휴, 힘들다."

사라는 걸치고 있던 청재킷을 벗으며 헝클어진 앞머리를 손가락으로 긁어 올렸다.

"오늘은 연락도 없이 오셨네요?"

이든이 의아한 듯 눈썹을 위로 올리며 사라에게 물었다.

"응. 오늘 학생 하나가 집 보러 오기로 했어."

"오늘요?"

이든이 놀라 물었다.

"응. 더 놀랄 소식 말해줄까? 한국 학생이야."

딩동-. 그때 벨 소리가 울렸다. 사라와 이든의 시선이 현관문으로 향했다.

"왔나 보다. 이든, 나가 볼래?"

사라가 장 본 물건들을 마저 꺼내며 말했다.

서둘러 거실을 지나 현관에 들어선 이든이 한 손으로 문을 열었다.

"안녕하세요."

반듯하게 고개까지 숙여가며 인사를 마친 얼굴이 이든과 마주쳤다. 허리까지 오는 가는 머리카락, 양옆으로 길게 휘어진 눈매. 휘현이었다. 서로를 확인한 두 사람은 놀랄 수밖에 없었다. 심지어 휘현은 상체를 급하게 뒤로 빼며 뒷걸음질 쳤다.

"어?"

휘현은 발길을 돌려 외관을 살피며 제대로 찾아온 건지 재차 확인했다.

"아, 오늘 집 보기로 했다고……"

그런 휘현을 보며 이든이 말했다.

"휘현 학생? 어서 들어와요."

이든의 등 뒤에 선 사라가 현관문을 마저 크게 열며 휘현을 반겼다.

"아, 네. 맞게 찾아온 거구나. 그럼, 실례하겠습니다."

휘현은 쭈뼛쭈뼛하며 유령의 집이라도 방문하는 것처럼 사라를 따라 들어갔다. 뉴트럴 톤 거실 위를 샹들리에가 잔잔히 비춰줘 집은 더 아늑하고 따뜻한 분위기를 풍겼다. 거실에 놓인 피콕블루 컬러의 벨벳 소파가 자칫 밋밋해 보일 수 있는 내부에 생기를 주는 듯했다. 휘현이 얼쯤얼쯤 거실에 멈춰 서 있는데 사라가 냉장고에서 꺼내 온 시원한 주스를 건넸다.

"감사합니다."

두 손으로 음료를 받아 들며 휘현이 생긋 웃어 보였다. 가느다란 그녀의 눈매가 반달 모양으로 휘어졌다.

"오는데 불편한 건 없었나요? 여기 편하게 앉아요."

사라가 거실에 놓인 소파를 가리켰다.

"이든도 잠깐 앉을래?"

이든의 등을 쓸어내리며 사라가 물었다.

"휘현 학생은 언제 미국에 들어온 거예요?"

소파에 엉덩이를 붙인 사라가 입꼬리를 올리며 물었다.

휘현은 혹여 영어를 제대로 못 알아들을까 연신 귀를 쫑긋 세우며 사라의 입술을 쳐다보았다. 아직 회화도 부족한데 미국에서 외국인과 직접 집 계약까지 하게 됐으니 말이다. 긴장한 등이 곧추세워졌다.

"아, 들어온 지 2주 정도 됐어요."

휘현의 마음을 반영하듯 목소리가 어렴풋하게 떨렸다.

"오호, 사실 작년에 집을 여기저기 수리하느라고 학생을 안 받았거든. 지금은 여기 내 아들 이든이 혼자 살고 있고. 그러고 보니 둘이 동갑이네, 22살. 얘도 여기 학교 다니고 있어요."

사라가 가리키는 손끝을 따라간 휘현의 시선이 대각선에 앉은 이든에게 멈췄다.

"아, 안녕하세요."

"또 보네요."

처음 보는 사람처럼 경직되어 건네는 휘현의 인사가 이든의 목소리에 묻혔다.

"둘이 아는 사이야?"

사라가 흥미롭다는 듯 담청색 눈을 반짝거리며 물었다.

그녀의 말에 희끄무레한 미소로 살짝 고개를 끄덕이는 휘현이었다. "당신 아들을 제가 죽일 뻔했어요."라고 목구멍 밖으로 튀어나올 뻔한 걸 겨우 집어삼켰다.

"제가 방 안내해 줄게요."

이든이 소파에서 천천히 몸을 일으켰다.

"2층 맨 끝 창가 방으로 안내해 주면 돼. 청소는 다 해 놨어."

사라가 손가락으로 위를 가리켰다.

이든을 따라 나선형으로 된 나무 계단을 오르는 휘현의 눈이 벽에 붙은 가족 액자로 향했다. 푸근해 보이는 아버지, 방금 인사한 사라의 손을 잡고 있는 어린 백인 여자아이. 그리고 더 어린 이든이 환하게 웃고 있었다.

"가족사진이에요."

고개를 돌려 휘현을 바라보던 이든이 말했다.

"네……"

휘현이 짧게 대꾸했다.

"와."

이든을 따라 안내된 방으로 들어가자 휘현의 입술 사이로 작게 감탄이 흘러나왔다.

1층과는 사뭇 다른 분위기의 세련된 블루 톤 침대와 모던한 화이트 앤틱 서랍장이 휘현의 눈을 사로잡았다. 블라인드가 쳐진 틈 사이로는 뉘엿뉘엿 넘어가는 캘리포니아의 해가 비스듬히 비추고 있었다.

이든이 침대 맞은편에 있는 거울 미닫이문을 열어 드레스룸을 보여주었다.

"거울이 있어서 그런지 방이 더 넓어 보이네요."

혼잣말하듯 휘현이 작게 읊조렸다.

한번도 자취해 본 경험이 없는 터라 구석구석 신기한 듯 구경하는 휘현이었다.

"화장실은 방 옆에 있어요. 만약 살게 되면 저는 1층 화장실을 쓰니까 불편해하지 않아도 돼요."

이든이 힐끔 휘현을 바라보며 말했다.

"혹시…… 벌레가 나오나요?"

휘현은 오른손 검지를 오므려 윗입술에 대고 사뭇 진지하게 물었다. 지금 동거하고 있는 개미 친구들을 여기서 또 보면 곤란했다.

"아, 벌레 없어요."

이든의 말에 그제야 눈에 한가득 심겨 있던 걱정이 해결된 듯 고개를 끄덕거리는 휘현이었다.

이든은 그런 휘현의 얼굴을 물끄러미 바라보았다. 유난히 백지장처럼 희고 투명한 피부, 긴 눈매에 미간에서부터 내려오는 코는 동양인답게 곡선으로 휘어 떨어졌다. 전체적으로 오밀조밀하게 예쁘장한 얼굴에 자기 어깨 정도 되는 작지 않은 키임에도 너무 마른 탓에 휘현은 금방이라도 휘청거릴 듯했다.

자신을 뚫어져라 보는 이든의 시선을 느낀 휘현이 그제야 눈을 동그랗게 뜨고 올려다보았다.

"방은 마음에 들어요?"

이든이 물었다.

"네에……."

마음에 든다는 건지 안 든다는 건지 힘없이 늘어지는 말꼬리에 이든이 고개를 비스듬히 기울였다.

"음…… 좀 더 생각해보고 연락드릴게요."

눈도 마주치지 않은 채 덧붙이며 휘현이 먼저 방문으로 향했다.

나가는 휘현의 뒷모습이 익숙하다 했더니 오늘로써 세 번째였다. 공원 벤치에서 기침하던 자신의 앞을 지나쳐 갔을 때, 응급실에서 보호자로 있다가 서둘러 나갔을 때, 그리고 지금.

휘현을 현관문까지 배웅해 준 이든이 거실로 향했다.

"휘현 학생 잘 안내해 줬니?"

장 본 물건 정리를 마친 사라가 뒤돌아 이든을 바라보며 물었다.

"네."

이든의 말에 사라가 생긋 웃어 보였다.

"마음에 들어 해?"

"글쎄요. 나중에 연락 주기로 했어요."

"그래?"

"한국인을 하숙으로 받으려는 거 저 때문이죠?"

낮게 가라앉은 이든의 목소리가 사라의 등 뒤를 감쌌다.

짧게 숨을 들이켠 사라는 식탁 의자를 빼내어 앉은 뒤 이든에게 잠시 앉으라고 손짓했다.

"요즘 마음이 싱숭생숭하지?"

사라가 반듯하게 고개를 고정하고 이든에게 시선을 두며 물었다.

"괜찮아요."

"최근에 와서야 생모를 찾고 싶다는 말을 듣고 놀라긴 했어."

"……"

"사실 뭐, 당연한 거지. 한국은 너의 뿌리니까. 오히려 유달리 질문이 없는 걸 걱정했거든."

사라의 손이 이든의 손등을 살포시 덮었다.

"한국으로 유전자 검사 보냈으니까 같이 기다려보자."

평소와 다르게 굳어 있는 이든의 얼굴을 살피는 사라였다.

그녀의 말에 복잡한 감정이 얽힌 듯 이든이 짧게 한숨을 내쉬었다.

미국으로 입양 온 건 5살 겨울이었다. 누군가는 5살 아이의 기억이 온전치 못하다고 말할지도 모르겠다. 그러나 이든은 사라의 품에 안긴 5살 전의 보육원 때 기억이 온몸의 세포에 각인

된 듯했다.

보육원에서 지내던 어느 날이었다. 무엇 때문인지 심통이 난 이든은 검은콩이 들어간 아침밥을 바라보고만 있었다. 그러자 흰색 스크런치로 머리를 질끈 묶어 올린 여자 선생이 마음에 들지 않는 듯 위아래로 이든을 흘겨보았다. 이윽고 고사리만 한 손가락을 꾸물거리며 검은콩을 빼내는데 선생이 큼지막한 손으로 이든의 뒤통수를 갈겼다. 순간 눈앞이 번쩍했고, 자신이 맞았다는 것을 깨달은 이든이 큰 소리로 울어 젖혔다. 얼마나 서러웠는지 닭똥 같은 눈물을 뚝뚝 흘렸는데, 선생은 그런 이든을 잡동사니 물품이 담긴 창고에 가둬버렸다. 들어오는 빛이라고는 벽 위에 붙은 손바닥만 한 창문이 전부였다. 그렇게 아침도 제대로 먹지 못한 이든에게 배식된 것은 더욱 처참했다. 점심, 간식, 저녁으로 검은콩 몇 줌만이 이든의 손에 쥐어진 것이다. 그날 이른 저녁부터 내리던 비는 번쩍거리는 번개와 함께 천둥소리로 바뀌어 이든의 가슴에 방망이질해댔다. 이든은 어두컴컴한 창고에 정리되지 않아 버려진 물건들이 마치 자신과 같다는 생각을 했다.

"……이든?"

고개를 숙인 채 굳어 있는 이든의 어깨를 감싸며 사라가 불렀다. 따뜻한 그녀의 목소리에 현실로 돌아온 이든이 힘겹게 웃어 보였다. 양엄마인 사라는 이든에게 그런 존재였다. 버려졌던 어두운 과거를 가진 이든을 품어준 사람.

"잘될 거야."

사라가 이든의 얼굴을 부드럽게 감쌌다.

## ‹ 03 ›

이든의 집으로 이사하기까지는 휘현에게 많은 시간이 걸리지 않았다. 마뜩잖게 휘현을 째려보며 턱이 내려앉은 집주인을 뒤로하고 개미 소굴에서 나왔을 때의 개운함이란 이루 말할 수가 없었다.

아침부터 혼자서 모든 짐을 다 옮기고 정리하고 나니 늦은 오후였다.

"이사 온 날은 짜장면이지!"

콧노래를 흥얼거리며 한국에서 사 온 짜장 라면을 야무지게 끓여 먹은 휘현은 바로 침대에 뻗어버렸다.

"지금이 몇 시야……?"

휘현이 스르륵 눈을 떴다.

“이사 온 첫날인데도 이렇게 잘 자다니……”

혼자 구시렁거리던 휘현이 흘긋 창문을 바라보자 블라인드 사이로 어둠이 짙게 묻어나 있었고, 침대 옆 탁자의 무드 등이 잔잔히 휘현의 방 안을 비추고 있었다. 톡톡. 휴대폰을 건드려 보니 밤 8시였다. 휘현은 욱신거리는 팔을 주물러가며 눈을 껌뻑거렸다.

“8시…… 8시?”

휘현은 깜짝 놀라 벌떡 몸을 일으켰다. 다름 아니라 엄마로부터 20통이 넘는 전화와 메시지가 줄지어 떠 있었던 것이다.

“휴……”

휘현은 숨을 푹 내쉬고는 바로 엄마 미주에게 전화했다.

“뭐야, 너!”

몇 번의 연결음이 울리지도 않아 미주가 전화를 받았다.

“아, 엄마 미안. 내가 오늘……”

휘현이 서둘러 영상통화로 전환했다. 한국과 17시간이나 시차가 나는 터라 엄마와 시간을 정해서 통화하기로 했는데 휘현이 곯아떨어진 탓에 1시간이나 늦어버린 것이다.

“너 혼자 팔자 좋게 유학 가더니 살판났니?”

술에 취한 듯 한껏 나른한 목소리가 휘현의 귀에 와 닿았다.

“미안해 엄마. 별일 없지? 나는……”

휘현이 이사한 방을 보여주려고 휴대폰을 다시 조정하려는데 미주가 불쑥 끼어들었다.

"네 아빠나 너나 똑같아."

그 말에 휘현의 팔이 힘없이 툭 떨어졌다.

"전부 다 이기적이야! 내 옆엔 아무도 없어. 팔자가 거지 같아서. 네 아빠도 날 떠나고, 너도 날 떠나고."

악에 받친 미주의 한스러움이 수화기 너머로 고스란히 휘현에게 전해졌다. 상처가 되는 날 선 말이 아프게 쏟아졌다. 그런 미주의 말을 받아내는 휘현의 표정이 점차 이지러졌다.

"바람나서 집 나간 새끼, 저 혼자 좋자고 외국으로 떠난 새끼. 이놈의 팔자."

이제는 퍽퍽 가슴을 쳐가며 소리까지 지르는 미주였다.

"……내가 다 설명했잖아. 흔한 기회도 아니었고, 여기서 공모전 수상하면 상금도……"

"웃기고 있네."

거칠게 미주가 휘현의 말을 가로막았다.

"네까짓 게 무슨 수상이야."

그때 반쯤 열린 방문 밖으로 그림자가 드리웠다.

"엄마, 잠깐만. 내가 나중에 전화할게."

서둘러 통화를 종료한 휘현이 침대에서 내려와 문으로 향했다.

"……?"

문 사이로 휘현이 고개를 들이밀자 앞에 선 이든의 눈동자와 그대로 얽혔다.

"아, 내가 내일 새벽부터 나가야 해서."

검지에 달린 집 열쇠를 건네며 이든이 나지막이 말했다.

"네, 앞으로는 연락해 주시면 제가 내려갈게요."

휘현의 목소리가 뾰족했다. 굳이 2층까지 올라와서 남의 대화를 듣지 말라는 경고였다. 어디부터 들었을까. 술에 취해 고래고래 소리 질렀던 미주의 목소리가 아직도 휘현의 귀에 맴맴 도는 듯했다. 하필이면 영상통화 중이었던 것도 마음에 걸렸다.

"알겠어. 그리고……"

말뜻을 알아들었다는 듯 이든이 낮은 목소리로 말을 이어갔다.

"동갑인데 말 놓자. 존댓말 어색해서."

"……그래."

선한 눈매로 말하는 이든을 보자 마지못해 우물거리며 휘현이 대꾸했다.

"그럼……"

휘현이 작게 인사하고 방문을 마저 닫으려는데 불쑥 이든의 손가락이 문틈으로 들어왔다.

"혹시 다음 주 토요일에 시간 돼?"

"토요일?"

갑작스러운 물음에 휘현의 눈이 동그래졌다.

"엄마가 저녁 식사 같이하자고 해서."

"아…… 굳이 그렇게 신경 써주지 않으셔도……"

"7시야."

이든이 눈썹에 힘을 주어 강조하더니 이내 등을 돌려 걸어갔다.

"……그래."

멀어져 가는 이든의 등 뒤로 들릴락 말락 대답하는 휘현이었다.

❖❖❖

다음 날 아침, 휘현은 반쯤 눈이 감긴 채 냉장고 문을 열었다.

"헤엑!" 냉장고 안을 들여다본 휘현의 입이 헤 벌어졌다. 크기별로 다른 용기에 세척되어 정리된 식재료가 깔끔하게 보관되어 있었다. 냉장고 문 안쪽으로는 길쭉한 원통형 용기에 담긴 대파, 고춧가루, 다진 마늘 등이 도도하게 제 자리를 차지하고 있었다. 조심스럽게 문을 닫은 휘현은 몇 발짝 더 움직여 식탁으로 향했다. 의자를 길게 빼고 한쪽 다리를 접어 앉은 휘현의 눈이 식탁 덮개 위에 붙여진 포스트잇으로 향했다.

아침 챙겨 먹어.

— E.

"뭐야?"

음식 덮개를 올리니 밥과 소고기 뭇국, 밑반찬이 소담하게 놓여 있었다. 새벽에 나간다더니 아침밥까지 만들어 놓고 갔나 보다. 그걸 보는 휘현의 미간이 작게 구겨졌다.

"부담스럽게 왜 이런 것까지……"

나지막이 중얼거리는 휘현이다.

그러나 그런 생각도 잠시, 앞에 놓인 국물을 숟가락으로 퍼 올려 홀짝이며 마시자 휘현은 속이 확 풀렸다.

"국물이 미쳤네."

휘현이 서둘러 젓가락을 들고 좋아하는 오징어채볶음과 두부조림을 연달아 집어먹었다. 양념 맛이 고르게 배어 있어 꽤 입맛을 돋웠다. 오물오물 씹어가며 이것저것 반찬을 맛보던 휘현의 젓가락질 속도가 이내 줄어드는가 싶더니, 피식 헛웃음을 터뜨렸다. 언제였는지 기억나지 않을 만큼 누가 차려준 밥을 먹은 지 오래됐는데, 먼 타지까지 와서 낯선 사람이 차려준 한식 밥상을 받다니 아이러니하다는 생각이 일었다. 괜히 마음이 가라앉는 것만 같아, 다시 힘차게 숟가락으로 밥을 야무지게 퍼서 올린 휘현이 입안으로 밥을 꾸겨 넣으며 혼잣말로 중얼거렸다.

"다음에 만나면 다신 아침밥 만들지 말라고 똑똑히 말해 둬야지."

집을 나오자 선선한 바람이 휘현의 볼을 스쳤다. 캘리포니아의 겨울은 한국의 늦가을 날씨 같았다. 낮엔 시원한 바람이 부는 정도. 문제는 일교차가 너무 컸고 밤에는 스산한 바람에 패딩을 껴입어야 했다. 한국 겨울처럼 곧바로 느끼는 추위가 아니라 한기가 서서히 뼛속으로 파고드는 느낌이랄까.

두께가 있는 체커보드 카디건에 청바지를 입고 나온 휘현은 미처 다 신지 못한 컨버스에 손가락을 끼워 발을 넣었다. 그녀의 한 손에는 두께가 5cm나 되는 책《사랑의 기술》이 위태롭게 들려 있었다.

강의가 있는 잭브라운홀까지는 집에서 나와 10분 거리였다. 마른 휘현의 등 위로 긴 머리카락이 바람에 흩날렸다. 성큼성큼 잔디밭을 가로질러 걷는 휘현의 컨버스가 스프링클러에 젖은 잔디의 물을 털어냈다.

강의실에 도착해 보니 금발 머리의 여교수가 앞에 앉은 학생들과 대화 중인 것이 눈에 보였다. 30대 후반으로 보이는 꽤 젊고 매력적인 외모에 쉬지 않고 웃는 그녀의 미소가 밝고 건강한 분위기를 자아냈다.

"자, 수업 시작해 볼까요."

그녀는 두 손을 비비면서 부채꼴 형태의 대형 강의실에 띄엄띄엄 앉은 학생들을 쭉 둘러보았다.

휘현도 서둘러 최대한 뒷좌석에 자리를 잡았다.

"제 이름은 블레이크이고 여러분이 이번에 듣게 될 수업은

'사랑의 기술'입니다. 강의명이 참 로맨틱하죠. 사실 처음엔 '빌어먹을 B급 연애 탈출 백서'였는데 보기 좋게 까였어요."

그녀의 말에 여기저기서 웃음이 터져 나왔다.

"혹시 지금 연애하는 게 너무 행복하다 하는 사람, 손?"

블레이크가 오른손을 얼굴 위로 짧게 들어 올리며 학생들을 바라보았다. 대충 봐도 100여 명이 들어선 것 같은 대강당에 위로 올라간 손은 20개 남짓이었다.

펜을 쥔 휘현은 종이 위에 작게 '도하'라는 이름을 썼다 지웠다.

"흐음, 손 내려주시고. 이번 수업을 통해서 애착이론을 공부하고 데이트에 실천해 보면서 행복한 연애 고수가 되는 것이 목표입니다. 보니까 저만의 목표는 아닐 것 같네요."

교수가 하는 말에 학생들의 작게 웃는 소리가 강의실에 울렸다.

"그리고 알다시피 내 수업에서는 조금 특별한 혜택이 있죠. 불안정 애착 유형 친구들이 마지막 수업 테스트에서 결과가 안정형으로 나올 경우 무조건 점수는 A+입니다. 출석, 에세이, 중간·기말고사 성적에 상관없이. 근데 생각보다 이런 베네핏을 가져간 친구들이 별로 없더라고요."

블레이크가 아쉬운 듯 한쪽 눈을 찡긋거렸다.

"자, 그럼 테스트를 해봐야겠죠?"

블레이크는 애착 유형 테스트 용지를 제일 앞에 앉아 있는 학생들에게 나눠주고는 뒤로 넘기라고 했다. 또각또각 울리는 그녀의 하이힐 소리에 이상하게 휘현의 심장이 쿵쿵 뛰었다.

"테스트 결과를 맨 앞에 적어서 제출하고 나가면 됩니다. 아, 그리고 수업 계획서에서 말했듯이 보름 뒤에 에세이 과제 제출하는 거 잊지 않도록!"

그녀의 말에 종이를 받아 든 학생들이 빠르게 펜을 꺼냈다.

〈성인 애착 유형 검사〉라고 적힌 맨 앞면을 넘기자 수많은 문항이 즐비하게 나열되어 있었다.

"휴……"

짧게 한숨을 내쉰 휘현도 서둘러 문항에 체크하기 시작했다. 얼마나 시간이 흘렀을까. 휘현이 마지막 문항을 체크하고 나니 학생들이 하나둘 자리를 뜨는 게 보였다. 휘현도 모든 문항에 따른 합산을 마치고 본인의 유형을 확인했다.

공포-회피(Fearful-Avoidant)

순간 휘현의 눈이 크게 떠졌다. 단어만 봐도 썩 좋은 유형이 아니라는 것이 피부로 느껴졌다.

"내가 왜?"

받아들이기 힘들다는 듯 미간을 찌푸리는 휘현이다. 엄지와 중지 끝을 관자놀이에 가져가 지끈 누르며 휘현은 다시 점수를 하나하나 계산했다. 역시 결과는 마찬가지였다. 게다가 공포와 회피 숫자가 심각하게 높게 나와 부인할 수조차 없었다. 크게 숨을 들이쉰 휘현이 종이 맨 앞면의 공포-회피란에 체크했다. '가만, 아까 불안정형이 마지막 수업 때 안정형으로 나오면 A+ 준다고 하지 않았나? 그럼, 기회인 건가?' 휘현이 고개를 갸웃거리며 펜대를 입술에 가져다 댔다. 그도 잠시, 밀물처럼 빠져나가는 학생들 소리에 서둘러 의자를 길게 뺀 휘현이 결과지를 쥐고 강단에 서 있는 블레이크 교수에게 걸어 나갔다. 휘현을 본 블레이크 교수가 입꼬리를 위로 말아 올리며 빙긋 웃어 보였다. 그 모습이 낯선 휘현이 바로 시선을 내리깔고 결과지를 건넸다.

"수고했어요."

간결하게 말을 건넨 블레이크 교수가 슬쩍 맨 앞 페이지에 적힌 결과지를 눈으로 훑는 게 느껴졌다. 올라간 입꼬리가 걱정스레 내려오는 것까지도.

❖❖❖

이든은 고개를 들어 하늘을 올려다보았다. 짙게 푸른 하늘에 떠 있는 구름 조각이 아담한 교회를 둥지 삼아 앉아 있는 듯했다. 흙으로 덮인 마당 한가운데 자리한 예배당 뒤로는 우거진 녹음이 가득했다. 짹짹거리는 새소리가 조용한 교회의 유일한 소음이었다.

"오래 기다렸지?"

코튼 점퍼에 베이지색 면바지를 차려입고 나온 남자는 교회 목사 크리스였다.

"아니에요. 센터 봉사도 늦게 끝나서 오래 안 기다렸어요."

크리스를 반기며 이든이 말했다.

"다행이다. 잠깐 걸을까?"

이든의 등을 다정히 쓸면서 크리스가 앞서 걸었다.

교회에서 이어진 길은 꽤 고즈넉했다. 모래 위를 걷는 두 사람의 발소리가 한동안 이어졌다.

"그래, 사라한테 소식은 들었다. 기관에 유전자 의뢰했다고."

"네. 검사 키트도 보냈고, 한국에서 연락 기다리고 있어요."

나지막하고 차분한 이든의 목소리에서 크리스는 많은 감정이 느껴졌다.

크리스가 이든을 처음 만난 건 이든이 6살이 됐을 무렵이었다. 둘째를 원했던 윌슨 가족이었지만 번번이 돌아오는 것은 유산의 아픔이었다. 첫째 에밀리도 시험관으로 어렵게 얻은 터라 사라의 우울증은 시간이 갈수록 깊어져만 갔다. 그런 윌슨 가족을 위해 몇 년 동안 중보 기도를 해왔던 크리스는 어느 날 사라가 한국인 남자아이를 입양하게 됐다는 기쁜 소식을 들었다. 그러고 보니 이든을 알게 된 것도 16년이나 되어갔다.

"…… 그래, 조금 놀라기는 했어. 친모를 찾고 싶다고 했을 때."

크리스가 고개를 반쯤 돌려 이든을 바라보았다. 그 말에 이든이 짧게 한숨을 토해냈다.

"어렸을 때는 입양아를 제 정체성으로 두고 싶지 않았던 것 같아요."

이든의 말에 크리스가 고개를 끄덕였다.

그런 크리스를 보며 이든이 덧붙여 말했다.

"마치 미들 네임 같았다고 할까요. 어쨌든 입양도 저의 일부분인 건 맞으니까요. 하지만 다른 사람이 미들 네임까지 굳이 부르지는 않으니까. 숨기고 싶고 받아들이기 싫었던 것 같아요."

"진실을 마주하는 데는 용기가 필요한 법이지."

"아이러니예요. 친엄마 찾는 게 저한테는 복권에 당첨될 기적의 확률이라는 게. 남들에겐 그저 당연히 주어지는 일인데 말이죠."

"모든 특별함에는 저마다의 이유가 있는 법이지. 그래도 이든, 참 잘 자랐다."

"……제이와 사라 덕분이죠."

"처음 이 교회에 왔을 때의 네가 생생하게 기억나. 마치 비 오는 날 떨고 있는 길고양이처럼 겁에 질려 있었지. 괜찮을까 싶었는데……"

크리스가 벤치 위에 앉자며 잠시 말을 멈추었다.

"사랑은 모든 것을 가능하게 한다는 걸 사라와 자넬 보며 깨달았어. 우여곡절도 있었지만 따뜻하고 강직하게 잘 컸어. 이렇게 용기 내어 자신의 약함을 마주할 만큼."

"늘 제게 좋은 말씀만 해주시네요."

"네가 좋은 사람이니까. 반드시 그 특별함이 귀하게 쓰일 거야."

그 말이 이든의 심장을 뭉근하게 데웠다.

## ‹ 04 ›

사라는 등을 숙여 부엌 하부장에서 양푼을 끄집어냈다.

"고춧가루, 설탕 2스푼, 물엿 4스푼, 맛술, 간장, 마늘, 케첩 또 뭐 안 넣었지……?"

나무 주걱으로 계량하며 양념을 만들던 사라가 이내 멈칫했다.

"고추장이요."

식탁 위를 정리하며 이든이 말했다.

"아, 맞다. 고추장!"

"딸기잼도요."

"그치, 그치. 이거 한 30분 정도 재워둬야 해. 휘현한테 연락해 봤니?"

"네, 거의 다 도착했대요."

"잠깐만! 김치찌개, 불고기, 잡채는 다 됐고. 양념치킨 만드는 데 시간 좀 걸리니까 네 방 좀 구경시켜줘."

"굳이 제 방을 보고 싶어 하지 않을 것 같은데……"

사라는 뭐가 그리 신난 건지 콧노래까지 흥얼거렸다.

그때 현관문 소리가 들렸다.

열쇠로 문을 열고 들어온 휘현의 눈이 현관문에 나란히 있는 사라와 이든의 신발로 향했다. 이미 집 안에는 맛있는 냄새로 가득했다. '한국 음식 냄새.' 휘현은 코를 킁킁거리며 부엌으로 향했다.

"어서 와, 휘현."

사라가 재워둔 불고기를 프라이팬에 올리다 말고 돌아서서 밝게 인사했다.

"안녕하세요."

부엌 싱크대와 가스레인지 위에 놓인 음식들을 훽 둘러본 휘현이 다소 얼빠진 얼굴로 인사를 건넸다.

"불고기 익히고 양념치킨 만드는 데 시간이 좀 걸릴 것 같은데 이든 방 좀 구경하고 올래?"

굳이 구경하고 싶은 마음은 없었지만 사라에게 시간이 필요할 것 같아 휘현은 고개가 절로 끄덕여졌다.

이든 방은 1층 거실 옆이었다. 무슨 남자 방이 이렇게 깔끔한지 침대 위의 이불과 베개도 호텔처럼 각 잡혀서 자기 자리는 절대 바뀌지 않는다는 듯 고고함을 뿜어내는 모양새였다.

"별로 볼 건 없어."

이든이 블라인드를 걷어 올리며 단정하게 말했다.

"어?"

휘현의 눈이 침대 아래로 향했다.

"아, 나 초코파이 좋아해서 박스째로 쌓아 놓고 먹어."

못해도 30박스가 넘을 것 같은 초코파이를 보고 휘현의 입이 작게 벌어졌다. 이어 단정하게 정돈된 책상 위로 고개를 돌리자 이든이 책상 밑 의자를 길게 빼 주었다. 의자를 잡고 앉은 휘현이 찬찬히 크기별로 정돈된 전공 책을 살폈다.

"디자인과."

휘현이 들릴 듯 말 듯한 소리로 말했다.

"응, 전공이 전시디자인이야."

"그렇구나."

잠깐 빠르게 눈으로 책들을 훑던 휘현이 《사랑의 기술》이라는 책에 멈췄다.

"이거 들었어?"

휘현이 손가락으로 가리키며 이든에게 물었다.

"응, 저번 학기 때."

"어, 너는……"

순간 말하던 휘현의 입술이 닫혔다. 이든에게 어떤 애착 유형이 나왔는지 물으려다 자신이 공포-회피형이 나온 게 퍼뜩 생각난 것이다. 그래도 궁금한 마음에 숨을 들이켜고 달싹거리며 어렵사리 입을 뗀 휘현은 이내 다시 아랫입술을 안으로 말며 말을 삼켰다.

이든은 그런 휘현을 보자 피식하고 웃음이 일었다. 무슨 말인데 저렇게 꺼내지도 못하고 눈알만 이리저리 굴리고 있는 걸까. 이든은 한쪽 눈썹을 추켜 올리며 휘현을 바라보았다.

그제야 휘현은 나지막이 덧붙여 물었다.

"넌 애착 유형이 뭐였어?"

"안정형."

"하……" 그 말에 휘현이 작게 숨을 토해냈다.

"이든! 휘현!"

그때 사라가 부엌에서 부르는 소리가 들렸다.

서둘러 이든 방에서 나오니 오랜만의 한식 냄새가 휘현의 코를 자극했다.

"입맛에 맞을지 모르겠네. 보다시피 한국인이 아니어서. 아마 네 엄마 손맛처럼 맛있진 않을 거야."

사라의 말을 들은 휘현은 속으로 피식 웃음이 나왔다. 엄마 미주가 언제 이렇게 정성으로 밥을 차려줬던가. 아무리 기억해 보려 해도 휘현의 머리에서 떠오르지 않았다. 짧게 고개를 숙여 인사를 한 휘현이 자리에 앉자마자 숟가락을 들어 김치찌개부터 홀짝 맛을 보았다.

그 모습을 바라보는 사라와 이든은 수저도 들지 않고 휘현을 지켜보았다.

"맛있어요."

숟가락을 든 채로 엷게 웃으며 휘현이 말했다.

"어휴, 다행이다."

그제야 사라도 숟가락을 들고 밥을 떴다.

"근데 어떻게 한국 음식을……"

말꼬리를 늘이며 영어로 더듬더듬 묻는 휘현을 보며 사라가 무슨 뜻인지 이해했다며 빙긋 웃었다.

"우리 아들 덕분이지."

사라는 말갛게 웃으며 이든을 바라보았다.

"이든이 9살 때 나 혼자 한국에 갔어."

"혼자서요?"

"응, 이든이 5살 때 입양됐으니 얼마나 한국 음식이 그리울까 싶어서. 시장도 가고, 식당 들어가서 식사도 하고, 그러면서 이것저것 사람들한테 물어보고. 하하. 그때 노트에 한국 음식을 한국말로 괴발개발 그렸던 게 아직도 서랍에 있어."

그 말을 들은 휘현의 눈이 조용히 이든에게 향했다. 이런 말을 자신이 들어도 되는 것일까. 이든은 별 동요 없이 그저 천천히 식사했다.

"이든이 태어난 보육원도 가고, 발길 닿는 곳마다 사진 찍고 그랬었지. 이든에게 보여주고 싶어서."

여기까지 들은 휘현은 어느새 수저도 놓고 사라의 말에 집중하고 있었다.

"엄마, 식사요."

휘현의 그릇을 힐끗 보며 이든이 사라에게 말했다.

"아휴, 내가 또 말이 많았지. 어서 먹어."

어색하게 집은 젓가락으로 사라가 반찬을 가리켰다.

"불고기 진짜 맛있어요."

휘현이 밥 위에 얹은 불고기를 크게 한입 먹으며 말했다.

"미국까지 와서 얼마나 한국 음식이 그리웠을까. 엄마가 해준 것보다 맛은 덜해도 많이 먹어."

"엄마가 해준 것보다 더 맛있어요."

혼잣말하듯 작은 소리로 읊조리는 휘현의 한국말에 이든이 고개를 들었다.

"휘현은 평소에 뭐 먹고 다녀? 냉장고에 음식이 없던데……"

사라가 서툰 젓가락질로 집어 올린 몇 가닥의 잡채를 입에 넣으며 물었다.

"제가 아직 장을 못 봐서요."

흘리듯 말하는 휘현이었다.

사실 한국에서도 요리를 해서 먹은 적이 없어 냉장고 안에는 늘 생수와 인스턴트식품뿐이었다. 이 집에 머무는 동안 아마 냉장고 안에 휘현의 음식이 채워질 일은 없을 것이다.

"아, 한인 마트가 여기서 1시간 거리지?"

사라가 젓가락을 쥔 채 잠시 생각에 잠기더니 이내 이든을 보고 말했다.

"그럼, 매주 시간 정해서 휘현이랑 같이 장 봐."

예상치 못한 말에 국을 마시던 휘현이 콜록거리며 기침했다. 사라는 서둘러 일어나 상부장에 놓인 컵을 꺼내 물을 따랐다.

"토요일이나 일요일에 이든의 차로 같이 장 보고 오면 되겠다."

다정하게 물을 건네며 생긋 웃는 사라였다.

"아뇨!"

화들짝 놀란 휘현이 생각지도 못하게 소리를 내질렀다.

불현듯 휘현의 속이 메슥거렸다. 이런 분위기가 휘현에게는 익숙하지 않았다. 음식 냄새가 나는 집, 요리하는 부엌, 함께하는 식사, 간지러운 대화들. 낯선 감각에 휘현은 털이 쭈뼛 서는 아찔함을 느꼈다. 목은 부은 것처럼 칼칼했고, 온몸에 미열이 올라오는 것만 같았다. 순간 이 모든 상황으로부터 벗어나고 싶은 강한 욕망이 들었다. 자신과는 어울리지 않는 배려들.

이든과 사라가 고개를 갸웃하며 휘현을 살폈다.

집중되는 시선에 휘현은 다시 마른침을 삼키고 호흡을 정리했다.

"그렇게까지 신경 써주지 않으셔도……"

손을 휘휘 저으며 희끄무레하게 웃는 휘현이었다. '이쯤 하면 부담스러워한다고 이해했겠지?' 그러나 이어지는 사라의 말에 휘현의 얼굴이 굳었다.

"어휴, 이 손목 좀 봐."

사라는 한 줌밖에 안 될 것 같은 휘현의 손목을 안쓰럽게 쳐다보고 있었다.

"제가 챙길게요."

보다 못한 이든이 상황 정리하듯 정갈하게 말했다.

그 말을 들은 휘현은 떨리는 입술을 겨우 유지하고 고개를 돌려 이든을 쳐다보았다. 휘현의 긴 눈매 속의 검은 동공은 더욱 확장되며 '나를?'이라고 하는 듯했다. 그런 눈빛을 읽은 건지 못 읽은 체하는 건지 이든은 덤덤하게 식사를 이어갔다.

"밥 더 먹어요. 앞으로 자주 같이 식사해야겠다."

화룡점정을 찍듯 오물오물 맛있게 밥을 먹는 사라의 소리가 휘현의 귓바퀴에서 녹는 듯했다.

## ‹ 05 ›

여전히 탄탄한 구릿빛 근육을 자랑하는 루크 교수가 팀 발표를 마쳤다. 이미 국내 굴지의 광고제에서 수상 경력이 있는 휘현은 나름 해외 광고제에 자신감이 있어 제발 능력 있고 잘 맞는 팀원과 함께하게 해달라는 기도만 했다. 팀 발표 전 아드레날린이 폭발할 정도로 흥분한 상태였던 휘현은 지금 패닉 상태가 되고 말았다. 또 맞은편에 앉은 이든과 서로를 직시한 채 대치 중이다. 하필 둘이 선택한 광고제 토픽이 겹쳐 팀원이 된 것이다.

처음 대화의 시작은 좋았다.

"사랑에 많은 종류가 있지만 저는 아무래도 가장 직관적인 남녀 간의 사랑을 주제로 표현해 보면 어떨까 생각해 봤어요."

동그랗게 모여 앉은 팀원들을 바라보며 휘현이 제일 먼저 자신의 의견을 어필했다. 슬쩍 둘러보니 히스패닉계 여학생 주디가 빙긋 웃으며 경청하는 것이 보였다. 그 표정에 자신감을 얻은 휘현이 덧붙였다.

"아무래도 광고는 인간의 본능을 건드리는 게 중요하니까, 상대 이성에게 관능적으로 매력 어필을 해보는 건 어때요? 뷰티 패션 기업을 타깃으로."

"아, 향수 광고나 속옷 광고처럼 섹슈얼한 이미지로?"

주디가 맞장구치며 말했다.

"맞아요. 예를 들어, 한껏 꾸며 자신감 가득한 여자가 유혹해서 상대를 홀리지만 이내 차갑게 구는 거죠. 마치 사랑은 하지만 내 마음이 전부 네 건 아니라는 듯. 언제든지 상대를 바꿀 수 있다는 듯이요."

신나서 말하는 휘현을 보자 이든은 흥미로운 듯 바라보았다. 지금까지 봐왔던 휘현과는 전혀 다른 표정과 말투였다. 얼버무리며 뭉개듯이 말했던 휘현의 모습은 찾아보기 힘들었다.

'원래 말을 저렇게 똑 부러지게 하는 사람이었나?'

빤히 보는 이든의 시선을 의식한 휘현이 그제야 눈을 크게 뜨며 몸을 기울였다. 이견 있냐는 물음이었다.

"저는 광고학과는 아니지만 궁금한 점이 있어서요. 음, 그러니까 호감이 있어서 상대방을 유혹했는데 왜 마음을 숨겨야 하죠?"

"그야, 상대를 사로잡으려면 쿨한 척해야 하니까요. 원래 올인할수록 상대는 질리니까."

"저는 감정을 감추는 여자를 사랑할 수는 없을 것 같아서요. 사랑에 빠진다는 게 서로 진실한 마음을 나누고 또 상처받더라도 나를 내어주는 게……"

"그러니까요. 왜 나를 상처받게 내버려 둬야 하죠?"

말을 자르고 되묻는 휘현의 시선이 뾰족해졌다.

그런 휘현을 보는 이든의 표정에는 별다른 변화가 없었다. 주눅 들지도 눈치 보는 것도 없이 평상시대로 차분한 얼굴이었다. 오히려 휘현과 나누는 토론을 흥미로워하는 것처럼 보였다. 턱을 괴고 있던 손을 내리며 이든이 자세를 고쳐 앉았다.

"기꺼이 상대에게 상처받을 준비가 됐다는 허용도 없이 사랑이 가능한 건가요? 그러니까 제 말은 그게 사랑인지조차 의심스럽다는 거죠."

"가능하죠. 관능적인 모습으로 호감을 사서 사랑을 시작한 뒤 서로 독립성과 거리를 유지한 채 좋은 모습만 보여주면 되니까요!"

휘현은 잠시 허공에 시선을 둔 채 낭만에 젖은 듯 말했다.

"그럼…… 가면은 언제 벗어요?"

여전히 휘현을 주시하며 이든이 물었다.

그 말에 휘현의 입술이 작게 벌어졌다. '가면? 내가 가장 이

상적이라고 생각하는 연인 관계가 가식이라고?'

"서로의 진짜 모습을 용기 내서 보여주고 알아가면서 친밀감이 생기는 거 아닌가요? 사랑에 거리감이 필요하다는 게 저는 이해가 안 돼서."

이든이 잠시 얼굴을 찌푸렸다.

휘현은 갑자기 목이 갑갑해지는 것을 느꼈다. 이든의 입에서 나온 '용기', '친밀감', '진짜'라는 단어가 불편했다. 닭살이 돋는 것처럼 피부가 일어나는 기분이었다. 가슴도 답답해서 숨이 잘 쉬어지지 않았다. 휘현이 다시 반박하려 숨을 들이쉬는데 주디가 먼저 끼어들었다.

"와우, 토론이 좀 격렬해지네! 글쎄, 나는 처음에 휘현 아이디어대로 기획해도 좋을 것 같다고 생각했는데 사실 그건 환상일 뿐이니까. 오늘은 첫 토론이니까 다음에 좀 더 논의해 보자."

"그래, 지금 다른 조는 토론 끝났어."

여태껏 한마디도 없이 심드렁하게 딴청 피우던 잭슨이 가방을 책상 위에 올리며 일어섰다.

휘현의 시선이 일어난 잭슨을 따라 올라갔다.

'이렇게 가버린다고?'

그러자 주디도 휘현을 흘긋 보며 빙긋 웃더니 일어날 준비를 했다.

'재는 줏대도 없이 이랬다가 저랬다가 어쩌라는 거야?'

휘현은 입술을 삐죽였다.

'그리고 뭐? 환상? 그런 사랑을 내가 해봤는데 무슨 환상이야!'

휘현의 머릿속에 헤어진 그 이름이 다시 떠올랐다.

'내가 강도하랑 한 게 사랑이 아니면 뭔데.'

## ‹ 06 ›

도하의 손가락 마디마디가 결을 느끼며 조심스럽게 위로 올라가고 또다시 아래로 내려왔다. 숨소리도 내지 않고 집중한 채 손으로 중심을 찾아갔다. 이윽고 그의 엄지손톱 끝이 구멍 안으로 들어가려다 이내 멈췄다. 너무 빽빽한 탓에 무리하게 들어갈 수가 없어 옆에 놓인 물을 손가락에 소량 적셨다. 그제야 다시 손톱 끝이 촉촉해진 구멍 안으로 밀려들어 갔다. 조금씩 조금씩 구멍 안으로 밀어 넣으며 구멍을 젖히려 좀 더 등을 숙였다.

"도하 오빠!"

갑자기 들이닥친 그림자에 놀라 도하의 고개가 위로 올라갔고, 갈색 긴 머리가 눈에 나풀거렸다. '한휘현?' 불쑥 떠오른 그 이름에 스스로 어이가 없어 피식 웃어버렸다. '한휘현일 리가.'

"오빠, 오빠!"

토끼처럼 눈을 동그랗게 떠서 생긋거리며 웃는 얼굴은 서아였다. 얼빠진 도하의 얼굴에 제 얼굴을 좀 더 가까이 대고서는 서아가 눈을 찡긋했다.

"어, 일찍 왔네."

서아 얼굴 건너편의 벽시계를 흘깃 보고는 물레를 멈추는 도하였다.

건조한 말투에 심기가 상했는지 서아가 볼을 부풀리며 볼멘소리를 냈다.

"더 빨리 보고 싶어서 온 건데……."

그런 서아의 마음에는 관심도 없는 듯 도하가 망가져 버린 기물을 손으로 툭 떼어내며 짧게 한숨을 내쉬었다.

"오빠는 나 안 보고 싶은가 봐?"

돌아서 걷는 도하의 등 뒤로 서늘한 목소리가 갈라져 나왔다.

"왜 연락이 안 돼? 하루 종일 오빠 연락만 기다렸는데. 이깟 도자기가 뭔 대수라고!"

이제는 악까지 써가며 고함을 지르는 서아였다.

예쁘게 보이려고 추운 한겨울에도 플리츠스커트를 입은 서아의 다리는 스타킹을 신었지만 얼어버린 탓에 아직도 붉은 기를 벗어버리지 못했다.

도하는 그런 서아 마음을 아는지 모르는지 선반 위에 차곡차곡 올려둔 도자기를 눈으로 훑었다. 교양 수업을 듣는 학생들이 흙으로 빚은 각양각색의 형상이 오묘하게 찬장 밑의 선반을 가득 채우고 있었다. 도하의 눈은 흔들림 없이 그곳을 응시하고 있었다.

도하가 휘현을 처음 만난 건 아버지와의 관계가 최악으로 치닫던 어느 날이었다. 늦겨울의 시샘을 밀어내는 봄기운이 캠퍼스에도 피어오른 새 학기에 도하는 교수의 부탁으로 실습실에서 교양 수업을 듣는 학생들을 보조했다. 워낙 도예과로 유명한 학교라 타 학과생에게도 인기가 많은 강좌였다.

처음 흙을 만지는 학생들의 손이 이리저리 분주하게 움직였고, 도하는 그들이 원하는 형상대로 만들 수 있도록 잡아주었다. 그러다 도하는 이내 한 여학생이 만들고 있는 기물에 시선이 꽂혔다. 흉상을 만드는 건가, 그저 장난하고 있는 건가 싶어 그녀 옆으로 발걸음을 옮겼다. 뭘 만드는지 물으려 입술을 뗀 도하는 도로 말을 삼켰다. 눈을 찡그렸다가 또렷하게 뜨기를 반복하며 집중하는 그녀의 옆모습이 꽤 진지했다. 마음처럼 빚어지지 않는지 달팽이처럼 웅크렸던 작은 몸을 겨우 펴고 작게 한숨을 내쉬는 그녀였다. 도와줘야겠다 싶어 그녀 바로 뒤로 가서 고개를 숙여 기물을 보는데, 순간 그녀의 고개가 반쯤 돌아가 도하와 시선이 마주쳤다. 도하 얼굴에 그녀의 뜨거운 숨결이 닿았다. 얽힌 눈동자가 피하는 것도 잊은 채 한동안 맞물렸다. 이윽고 도하가 느릿하게 시선을 돌려 흉상으로 고개를 떨구자 작고 동글동글한 모양으로 새겨진 글자가 보였다.

도하

"오빠, 우리 이럴 거면 헤어져!"

멍하니 선반 위의 도자기들을 바라보며 생각에 잠긴 도하 앞을 가로막으며 서아가 말했다.

앙칼진 소리에 다시 현실로 돌아온 도하가 서아를 쳐다보았다. 높이 꼬리를 올린 아이라인 화장과 한껏 치켜 뜬 서아의 눈매가 어우러져 꽤 날카롭게 보였다.

"좋을 대로."

쉬어버린 목소리로 감정 한 올 없이 내뱉는 도하였다.

서아는 그런 도하를 한껏 노려보더니 주먹 쥔 손톱을 손바닥 깊숙이 짓이겼다.

"여자를 이런 식으로 갈아치우는구나? 듣던 대로네. 오빠가 만났던 모든 여자가 불쌍할 지경이야. 관계 회피 환자한테 내가…… 됐다."

씩씩거리며 화가 풀리지 않는 듯 서아는 홱 뒤돌아 쿵쾅거리며 자리를 떠났다.

도하는 떠나는 서아의 뒷모습도 보지 않은 채 의자를 질질 끌어와 자리에 털썩 앉았다. 헤어지자고 먼저 말을 꺼낸 여자들에게 도하가 건네는 말은 늘 똑같았다.

"좋을 대로."

그건 휘현도 마찬가지였다. 휘현은 여태껏 만난 여자 중 가장 오랜 기간 만났지만 헤어지는 순간은 똑같았다. 문제는 한휘현이 계속 머릿속을 맴돈다는 것이다. 지난날 자신이 내뱉었던 말이 후회될 정도로. 그리움이 깊어질수록 선명하게 깨닫게 되는 게 있었다. 자신이 한휘현을 사랑하고 있다는 것.

## ‹ 07 ›

물먹은 솜처럼 무거운 몸을 이끌고 저벅저벅 걸어가다 보니 휘현은 어느 새 문 앞이었다. "크흠, 흠!" 집 열쇠를 찾는데 목이 컬컬한 휘현이 연거푸 잔기침을 했다. 요 며칠 컨디션이 최악이었다. 딱히 음식 탓은 아닌 것 같은데 언제부터인지 몸에 기운이 없고 불쑥 미열이 올라오기 일쑤였다. 그럴 때면 목이며 몸이며 간지럽고 따가웠다. 감기에 걸린 건가 싶어 한국에서 가져온 감기약을 복용한 지도 열흘이 지났지만 차도가 없었다.

"휴……" 작게 한숨을 내쉰 휘현이 집에 들어가니 문 앞에 이든의 신발이 보였다. 퍼뜩 광고 수업 때 격돌했던 것이 생각난 휘현은 미간을 찡그리며 신발을 신경질적으로 벗어던져 한쪽으로 치워버렸다. 클레오 광고제 준비한다고 먼 타국까지 와서 수업을 듣고 있는데 이든이 방해물이 된 것만 같은 기분이다. 다음 수업 때도 오늘같이 평행선을 달리는 일은 없어야 했다. 가뜩이나 시간이 부족하다고 느끼는 휘현이었다.

가방을 벗지도 않고 성큼성큼 부엌으로 향하니 이든의 뒷모습이 보였다.

"왔어?"

몸을 반쯤 돌린 이든이 휘현을 보고 살풋 웃으며 반겼다.

식탁 의자를 빼낸 휘현이 가방을 던지듯 내려놓았다.

"양념떡볶이 좋아해, 국물떡볶이 좋아해?"

불편한 휘현의 심정을 아는지 모르는지 이든이 태연하게 어묵을 칼로 자르며 물었다.

"얘기 좀 해."

"얘기? 그래. 근데 지금 물을 넣어야 해서, 양념? 국물?"

무해한 얼굴로 이든이 되물었다.

또 저 얼굴이다. 세상 단정하고 바른 얼굴. 따뜻하고 다정한 얼굴. 답을 안 하면 계속 저러고 있을 것 같았다.

"양념."

휘현은 마지못해 단호하게 대답했다.

"물 조금만 넣어야겠다. 거의 다 돼가. 옷 좀 편한 걸로 갈아입고 나와."

그 말을 듣는 휘현은 헛웃음이 나왔다. '참나, 무슨 신혼부부도 아니고……' 하지만 광고 수업 때 토론한 것처럼 이든이 꼬투리를 잡으면 말이 길어질 것도 같았다.

"하아…… 그래."

휘현이 가방을 다시 쥐어 매고 터덜터덜 2층으로 향했다. 드르륵. 방에 들어온 휘현이 화장대 앞 의자를 길게 빼내 앉았다. "크흠" 여전히 목구멍이 막힌 것처럼 답답한 휘현이 고개를 젖혀 목 안을 살피자 목이 벌겋게 부어올라 있었다. 오전까지만 해도 괜찮았는데 광고 수업 들을 때부터 숨이 잘 안 쉬어지는 느낌이 들더니 이 모양이었다.

"도대체 왜 이래."

이래저래 짜증이 난 휘현이 후드티를 대충 걸쳐 입고 방을 나섰다. 1층으로 내려오자 매콤한 떡볶이 냄새가 집 안에 가득했다.

"다 됐어."

이미 숟가락까지 정갈하게 식탁 위에 세팅해 놓은 이든이 냄비 받침 위에 떡볶이를 올려놓았다. 빨갛게 양념이 잘 밴 통통한 쌀떡볶이가 먹음직스러워 보였다. 이든은 집어 든 국자로 떡볶이를 정성스레 떠 휘현의 앞접시에 올려줬다. 세모난 어묵까지.

"뜨거우니까 불어서……"

"앗, 뜨거!"

포크에 찍어 그대로 입으로 밀어 넣은 휘현이 그대로 떡볶이를 뱉어냈다. 이든은 서둘러 찬물을 따라 건넸다.

"불어서 먹지."

떡볶이를 한입 베어 물며 이든이 말했다.

아직도 입술이 얼얼한 휘현이 물을 머금고 있었다.

그 모습을 보던 이든이 픽 웃었다. 뾰로통한 얼굴로 볼을 부풀린 채 통통한 붉은 입술을 오므리고 있는 휘현이 마치 아이 같았다. 이내 물을 꼴깍 삼킨 휘현은 웃는 이든을 날 선 눈으로 쳐다보았다.

"나한테는 클레오 광고제가 너무 중요해. 수상하고 싶어."

"응, 잘해보자."

자신이 만든 떡볶이가 맛있는지 만족스럽게 웃으며 이든이 대꾸했다.

"잘할 거고, 수상도 할 거야. 그러려면 우리 의견을 좀 맞춰야 할 것 같아. 다음 시간에도 오늘처럼 싸울 순 없어. 시간이……"

"우리 오늘 싸웠어?"

이든이 눈을 동그랗게 뜨고 오물거리며 물었다.

"말장난하지 말고."

휘현의 손에 쥐어진 포크 날이 이든을 향해 서 있었다.

그 모습이 공격적으로 느껴졌는지 이든이 알겠다는 듯 양손을 들어 올렸다.

"떡볶이 불겠다. 먹으면서 얘기해."

이든의 말에 휘현은 들고 있던 포크를 다시 어묵과 떡볶이에 톡톡 꽂아 한입에 넣었다. 짜증이 나는 상황에도 떡볶이가 맛있어 하마터면 헛웃음이 나올 뻔한 걸 꾹 참아 삼키는 휘현이었다.

"휘현아, 맛이 어때?"

"맛있네. 근데, 그냥 한휘현이라고 불러."

휘현이 덧붙여 말했다.

"응?"

"좀…… 낯간지러워서."

고개를 숙인 채 포크에 꽂힌 떡볶이에 양념을 묻히며 휘현이 말했다.

2년을 만났던 남자친구 도하도 자신에게 "휘현아."라고 부른 적이 없었다. 그래서 미국에 와서 며칠 본 사이에 이름만 불리는 것이 영 불편했는데 휘현은 오늘에야 말을 꺼냈다.

"아, 그리고 광고 말이야. 넌 어떤 광고를 만들고 싶어?"

이마에 식은땀을 닦아내며 휘현이 물었다.

몸 상태가 점점 더 안 좋아지는 게 느껴져 휘현은 빨리 대화를 끝내고 쉬어야겠다고 생각하는 중이었다.

"음, 글쎄…… 근데 너 괜찮아?"

창백한 낯빛으로 눈이 풀린 휘현을 보며 이든이 걱정스레 물었다. 처음엔 떡볶이가 매워서 땀을 흘리는 건가 했다. 그러나 기진맥진한 얼굴로 휘현의 몸이 이든 자신에게로 조금씩 고꾸라지는 것이 보이자 몸이 좋지 않다는 것을 직감적으로 알 수 있었다.

"괜찮아. 일단, 네가 하고 싶은 광고 방향을 좀 알려줘."

한층 더 가라앉은 목소리로 휘현이 말했다.

이든은 휘현의 볼이 점점 더 붉게 상기되어 가는 것이 신경 쓰였지만 이내 다시 입을 뗐다.

"음, 여러 개의 토픽 중에 사랑을 선택한 건……"

휘현은 점점 작아지는 이든의 말소리에 집중하려 이든의 입술만 바라보았다. 그럼에도 점점 꿈을 꾸는 것처럼 모든 것이 몽롱해지자 휘현이 작게 숨을 토했다.

"휴……"

어지러운 듯 두 손으로 이마를 짚은 휘현이 도저히 안 되겠는지 결국 몸을 일으켰다.

"내가 지금…… 몸이…… 조금 쉬어야 할……"

말을 맺지도 못한 채 테이블을 짚고 급하게 일어선 휘현이 털썩 바닥에 주저앉았다.

"휘현아! 휘현아, 정신 좀 차려봐!"

놀란 이든의 목소리가 거실을 가득 메웠다.

이든의 실루엣이 휘현의 눈에 아른거리다 이내 스르르 몸에 힘이 빠졌다.

❖❖❖

"상태가 많이 안정됐네요."

인턴인 조시는 코 중간까지 미끄러져 내린 안경을 밀어 올릴 새도 없이 휘현과 링거를 번갈아 보며, 차트에 무언가를 끄적거렸다.

"어디가 안 좋은 거예요?"

보호자 의자에 앉아 있던 이든이 걱정스럽게 물었다.

"알레르기 반응에 의한 쇼크예요. 곧 데릭 선생님이 오실 거예요."

매뉴얼대로 건조하게 말을 마친 조시가 이내 안경을 밀어 올리며 서둘러 자리를 떠났다.

'도대체 무슨 알레르기 때문에 이렇게 쇼크가 왔을까?' 지금 이 상황이 이든에게는 마치 데자뷔 같았다. 호두 알레르기로 응급실로 실려 왔을 때 누웠던 침대에 지금은 휘현이 누워 있다.

짧은 순간이었다. 마르고 가느다란 휘현의 몸이 자신의 품에 흩날리듯 안겼다. 건조하고 냉담하기만 한 종이꽃 같은 그녀가 자신의 앞에서 꺾여버린 것만 같은 아찔함이었다. 정신을 못 차리는 휘현을 흔들어 깨우면서도 이든은 분연히 짜증이 일어났다. 몸이 이 지경인데 휘현은 끝까지 광고제 얘기뿐이었다. 일과 관련한 것은 눈을 치켜뜨고 승부욕을 보이면서도 정작 자신의 감정이나 몸 상태는 관심도 없는 듯했다. 이든의 입에서 결국 괜찮냐는 말이 나올 때까지 괜찮은 척 숨겨가면서 피해버리는 것도 이해가 되지 않았다. 또 끝까지 숨기지 못해 이렇게 쓰러진 게 기가 막혔다.

삐져나온 이불을 다시 가슴께로 밀어 올려주자 무의식적으로 휘현의 손이 이불 위로 올라가 이든과 맞닿았다. 이든은 꼼꼼히 휘현의 얼굴을 하나하나 살폈다. '이렇게 잘 때는 순둥순둥한데 평상시에는 왜 그렇게 눈에 힘을 잔뜩 주고 다니는 건지……'

이윽고 휘현의 미간이 좁혀지며 구겨졌다. 무거운 눈꺼풀을 겨우 반쯤 위로 올린 휘현이 다시 숨을 크게 들이쉬고 짧게 뱉어내며 마저 눈을 떴다. 이리저리 눈을 굴리며 주변을 둘러보던 휘현이 천천히 입술을 떼며 말했다.

"뭐야……?"

쉬어버린 휘현의 목소리가 볼품없이 새어 나왔다.

"쓰러져서 응급실 왔어."

감정을 추스르며 이든이 나직하게 말했다.

아직 상황 파악이 안 된 건지 휘현은 눈만 껌뻑거렸다. 그때 어수선한 발소리와 함께 문이 열리고 데릭 교수가 들어섰다. 그 뒤를 따라 다른 의료진들이 허둥지둥 들어왔다.

"한휘현 환자, 의식이 돌아왔네요. 보호자이신가요?"

희끗희끗한 머리의 데릭이 이든을 흘끗 보며 물었다.

"네, 제가 보호자예요."

이든이 자리에서 일어서며 말했다.

"다행히 현재 바이탈은 안정적이고, 의료 처치는 다 끝났어요. 다만, 잠시 후 저와 같이 면담하시죠. 안내는 조시 인턴이 해줄 겁니다."

말을 마친 데릭이 입을 앙다물고 무미건조하게 서 있는 조시와 무언의 눈짓을 주고받았다.

30분 뒤, 조시는 휘현과 이든을 데리고 미로처럼 생긴 복도를 돌고 돌아 임상시험센터로 들어갔다. 파리한 조명 아래 사람들이 힘없이 복도를 걸어 다녔다. 퍼뜩 이상함을 감지한 이든이 앞서 걷는 조시에게 물었다.

"왜 임상시험센터로 가는 거죠?"

"데릭 교수님이 거기 계시니까요."

"임상시험센터에요?"

심드렁한 얼굴을 한 채 빨리 걸어가는 조시를 따라 이든이 바싹 다가서며 물었다. 휘현은 아직도 몽롱한 듯 저만치 뒤에서 털레털레 걸어오고 있었다.

"하…… 질문은 데릭 교수님한테 하세요."

문 앞에 다다른 조시가 노크를 하며 성가신 듯 대꾸했다.

"네, 들어오세요."

대답이 끝나기가 무섭게 문을 연 조시가 기계적으로 빙긋 웃으며 이든과 휘현을 방 안으로 안내했다.

"여기 앉으세요."

데릭이 책상 맞은편 의자를 가리켰다.

처음 들어선 낯선 방 안을 휘휘 돌아보던 휘현이 걱정스레 의자에 앉았다.

"제 소개 먼저 할게요. 저는 알레르기 내과 전문의 데릭이라고 합니다. 세부적으로는 아나필락시스와 특이 알레르겐 면역치료를 주로 다루고 있고요. 흠, 여기까지 부른 이유는 휘현 씨에게 몇 가지 확인해 보고 싶은 게 있어서예요."

그 말에 휘현의 눈이 크게 떠졌다. '무슨 문제가 생긴 걸까?' 휘현의 얼굴이 순식간에 굳었다.

"원래 앓고 있던 알레르기 반응이 있었나요?"

"아뇨. 미국에 들어온 지는 한 달 좀 넘었고 한국에서는 건강했었어요."

"최근 음식을 먹고 불편했던 경험이 있을까요?"

"글쎄요, 특별히 음식으로는……"

휘현이 고개를 갸웃거리며 대답했다.

매일 먹는 음식이라고는 시리얼과 스크램블드에그, 샌드위치 그리고 신경 쓰지 말라는 데도 굳이 정갈하게 차려주는 이든의 한국 음식이 전부였다.

"그러면 특정 약을 복용했다거나 약물 투여를 한 적이 있을까요?"

데릭이 눈을 가늘게 뜨며 캐묻듯 물었다.

"최근에 감기인 줄 알고 감기약 먹었어요."

"지금 알레르겐을 찾으려고 하시는 건가요?"

보다 못한 이든이 질문했다.

"네, 맞습니다. 어떤 물질에 이상 반응이 오는지 확인해 보려 합니다. 휘현 씨 저기 침대에 잠깐 누워보시겠어요?"

데릭이 고갯짓으로 가리킨 곳은 벽 옆에 붙어 있는 흰색 시트로 덮인 침대였다.

"보호자분은 잠시만 여기 앉아 계세요."

데릭은 휘현 옆에 놓인 탁자 위의 기계 전원을 켰다. 전원이 켜지는 소리가 들리자 서둘러 조시와 간호사 한 명이 방 안으로 들어왔다.

갑자기 휘현은 등골이 서늘해졌다. 모든 것이 일사천리로 진행됐다. 휘현의 이마 위로 동그란 헬멧이 씌워졌고, 팔에는 뭘 측정하려는지 다닥다닥 선으로 연결된 밴드가 달라붙었다.

"긴장하지 마시고 편안히 누워서 저와 이야기 나누면 됩니다."

데릭이 눈빛을 빛내며 말했다.

이런저런 농담을 주고받으며 10분 정도 지났을까. 분주하게 측정 기록을 받아 적는 조시를 흘끗 보던 휘현이 마른침을 꿀꺽 삼켰다. 이윽고 조시가 데릭에게 무언의 고갯짓을 건넸다.

"자, 보호자분 잠시 여기로 와보실까요."

이든이 의자에 붙은 엉덩이를 떼고 걸어 들어왔다.

"두 분 혹시 어떤 사이인가요?"

조시가 시큰둥하게 안경을 밀어 올리며 물었다.

"그게 알레르기 원인 찾는 것과 관련이 있나요?"

휘현이 날선 어조로 물었다.

"룸메이트예요."

이든이 간결하게 대꾸했다.

"저희가 잠시 의논할 게 있어서 10분 정도만 실례하겠습니다."

데릭의 말이 끝나자 조시와 간호사도 서둘러 그의 뒤를 따라 방을 나갔다.

"심각한 건가……"

휘현이 혼잣말하듯 작게 읊조렸다. 자기 몸인데 남 얘기하듯이 건조하게 말하는 휘현이었다.

"감기약은 며칠 동안 먹어온 거야?"

다소 굳은 얼굴로 이든이 물었다.

"열흘 정도."

휘현이 입만 뻥긋거리며 귀찮은 듯 대꾸했다.

"며칠 먹어도 차도가 없으면 병원이라도 가지."

"……"

"나 만날 때마다 잔기침했던 것 같은데…… 내가 못 챙겼네. 미안해."

"네가 날 왜 챙겨. 죽기야 할까."

한숨을 내쉬고 고개를 돌리며 너털웃음을 짓는 휘현이다. 그 말에 이든의 미간이 구겨졌다.

빤히 쳐다보는 이든의 시선을 피하듯 휘현은 짙은 속눈썹을 내리깔았다. 저렇게 이든이 쳐다볼 때마다 휘현은 살갗이 간지러운 느낌이 들었다. 이든이 하는 모든 말의 온기는 따뜻했음에도 휘현은 몸이 닳는 것만 같은 이상한 감정에 휩싸이고는 했다.

휘현과 이든의 눈동자가 마주쳤다. "콜록콜록" 휘현이 다시 잔기침을 시작했다. 때맞춰 데릭 교수가 돌아왔다.

"알레르겐을 찾은 것 같습니다."

다시 자리로 돌아온 이든과 휘현은 다소 멍한 눈으로 데릭을 주시했다. 이제 막 들은 말이 이해가 되지 않아서 휘현은 웅얼거리듯 되물었다.

"인간 알레르기요?"

"네, 조금 자세히 설명해드리자면 이 세상 모든 물질에는 알레르기가 있다고 보면 됩니다. 우리가 익히 아는 꽃가루, 음식, 약물 외에도 날씨나 감정 같은 것에도 알레르기가 있을 수 있습니다."

책상 위에 팔을 올린 데릭이 차분히 설명을 이어갔다.

"인간 알레르기는 처음 듣는데요."

이든이 고개를 갸웃거리며 물었다.

"많은 사람에게 인간 알레르기가 있지만 모르고 지나가는 경우가 많죠. 하지만 휘현 씨는 즉각 몸에서 반응해 알게 된 거고요."

"여태까지 별 탈 없이 살아왔는데요? 정상적으로 사람들과 어울리면서……"

휘현이 믿어지지 않는다는 듯 항변하는 어투로 말했다.

"고칠 수 있는 건가요?"

이든이 물었다.

"물론입니다. 제가 그걸 연구하고 있고요. 인체는 면역계가 있고 그것을 포괄하는 뇌신경계가 있습니다. 먼저 휘현 씨에게 연구 중인 임상시험약을 처방해드릴 텐데 이건 일시적으로 면역 반응을 억제한 조치라고 보면 됩니다. 하지만 말 그대로 잠깐의 증상 완화일 뿐 뇌신경계까지 치료해야죠."

"어떻게 치료하죠?"

휘현이 망연하게 물었다.

"잘못된 알레르겐 정보를 뇌신경으로 가지 못하도록 하면 됩니다."

"제 알레르겐은 찾은 건가요?"

손가락으로 관자놀이를 지그시 누르며 휘현이 물었다.

"다행히 찾았습니다."

데릭의 말에 휘현과 이든의 눈썹이 위로 올라갔다.

"이든, 당신입니다."

순간 당황한 휘현과 이든이 미동 없이 서로를 응시했다.

"아주 흥미로워요. 최신 테크놀로지 장비로 뇌신경과 근육의 미세한 움직임을 감지해서 관찰해 본 결과, 휘현 씨가 친구 이든씨와 신체가 가까워지거나 대화할 때 알레르기 반응을 보이더군요!"

데릭 교수는 뭐가 그리 신나는지 대단한 연구 주제라도 발견한 듯 흥분을 감추지 못했다.

이든은 데릭이 돌팔이가 아닌가 의심스러웠다. 휘현이 이든 자신을 이물질인 알레르겐으로 본다는 게 이해되지 않았다. 지금까지 주변 사람에게 폐를 끼친다고 생각해 본 적 없는 삶이다. 이건 자신에 대한 모독이었다.

반면 휘현은 처음 이든을 만난 데서부터 지금까지를 차분히 복기했다. 그러고 보니 이든과 가깝게 붙어서 대화할 때 목이 부었던 것 같기도 했다. '역시 안 맞아, 나랑.' 휘현이 얄미운 듯 이든을 곁눈질로 흘긋 보았다.

"제가 활동하고 있는 '인간 알레르기 학회'에 휘현 씨를 임상시험 대상자로 삼고 싶습니다."

데릭이 의자를 좀 더 휘현 쪽으로 돌려 앉으며 말했다.

"임상시험이요? 저를요?"

"네, 최근 인간 알레르기 환자 발생 건 수가 기하급수적으로 늘고 있어 학회의 주요 연구 주제예요. 저는 지난 5년 동안 신약이나 식품, 의료기기, 시술법 등의 안전성과 유효성 연구를 해왔고요. 휘현 씨가 임상시험에 응할 경우 진료비 및 치료비는 전부 무료입니다. 단, 알레르겐인 보호자 이든 씨도 함께 내원해 주셔야 합니다."

"저는 별로 내키지가 않네요."

휘현은 자신이 실험 대상자가 된다는 것이 영 불쾌하기 짝이 없었다.

"임상시험 여부와 상관없이 휘현 씨는 알레르기 치료를 받아야 하고, 그러지 않을 경우 오늘처럼 급성 쇼크로 다시 응급실에 오게 될 수도 있습니다."

'이 사람 지금 날 협박하는 건가?' 휘현은 이상하게 반항심이 들었다.

"전 지금까지 잘 살아왔어요. 그냥 제가 이든을 안 보면 되는 거 아닌가요?"

휘현의 말에 이든의 심장이 쿵 하고 울렸다.

하지만 휘현의 얼굴에는 표정 변화가 없었다. 사실 휘현의 말이 맞다. 이든 자신이 알레르기의 원인이라면 이물질인 자신을 피하거나 제거해 버리면 되는 것이다. 그런데 어쩐지 이든은 순간 자신을 유기한 친모가 불현듯 생각났다. '엄마는 몇 살 때 나를 버렸을까? 지금 휘현의 나이 정도였을까? 나를 버릴 때도 저렇게 쉬웠을까?' 이든은 자기도 모르게 이를 질끈 물었다. 이든의 턱 근육이 도드라지게 드러났다.

"휘현 씨가 이든 씨와 함께할 때 알레르기 반응이 일어나는 것은 맞지만 정확히 어떤 이유로 증상이 발현되는 것인지는 앞으로 검사를 통해 밝혀나가야 합니다. 그러니까 보호자분의 어떤 점 때문에 알레르기 반응이 일어나는지 추적해 알아내야 이 알레르기를 고칠 수 있습니다."

말을 마친 데릭은 휘현을 흘끗 보며 안색을 살피더니 다시 입을 뗐다.

"네, 제가 강요할 수는 없는 일이니까요. 그래도 저희 임상시험 계약서와 관련 사항을 조시 인턴이 전달해 줄 겁니다."

희망을 놓지 못하는 데릭의 말이 끝나자 휘현은 자리에서 황급히 일어나며 말했다.

"감사하지만 그럴 일은 없을 거예요."

## ‹ 08 ›

스르륵. 침대 이불에 파묻힌 휘현이 눈을 뜨지도 않은 채 휴대폰 알람을 끄기 위해 팔을 휘휘 저었다. 톡톡. 겨우 찾은 휴대폰 화면에 알람 중지를 누르고 그대로 눈을 감았다. 그렇게 10분이 더 흘렀을까. 휘현이 겨우 눈을 반만 뜬 채 암흑에서 깨어났다. 창문을 통해 곧게 내리꽂는 햇살이 이제 일어나라는 듯 눈을 괴롭혔다.

휘현은 어렵게 몸을 일으켜 풀어헤쳐진 머리카락을 한 움큼 손가락 사이에 넣으며 어렵게 몸을 일으켰다. 오늘은 '사랑의 기술' 에세이 과제 첨삭을 받기 위해 라이팅센터(writing center)에 방문하는 날이다.

"에세이 주제도 참……. 내가 보는 나에 대해 쓰라니……"

휘현이 픽 하니 코로 웃으며 침대에서 내려왔다.

화장대에 놓인 거울을 보고 앉은 휘현이 이쪽저쪽 목을 살폈다. 다행히 이든과 응급실에 실려 갔다 온 이후로 알레르기 반응은 일어나지 않았다.

"하긴, 만나야 알레르기가 일어나지."

휘현이 혼잣말하듯 중얼거렸다.

알레르겐인 이든을 못 본 지도 나흘이나 지났다. 한집에 살면서도 얼굴 보기가 쉽지 않았다. 새벽에 나간 이든은 집에 들어오면 자기 방으로 들어가 웬만하면 나오는 일이 드물었다. 응급실 사건 전에는 거실이며 부엌에서 자주 마주쳤던 걸 생각해보면 분명 이든은 휘현을 마주치지 않도록 애쓰고 있는 것이 분명했다. 휘현은 이상하게 그런 이든이 신경 쓰였지만, 한편 몸에서 알레르기 반응이 일어나지 않으니 살 것도 같았다.

"헉! 빨리 준비해야겠다."

이런저런 생각으로 거울을 보던 휘현이 시계를 흘긋 보고는 씻기 위해 화장실로 달려갔다.

휘현은 떨리는 마음으로 문 앞에 잠시 서서 대기했다. 두 손으로 그러쥔 에세이가 살짝 떨렸다. "휴." 짧게 숨을 내쉬고 반쯤 열린 문을 마저 열고 들어갔다. 누가 봐도 처음 라이팅센터에 방문한 것 같은 휘현의 어정쩡한 걸음에 선생으로 보이는 긴 머리의 여자가 이름과 예약 시간을 물었다. 휘현이 간결하게 예약 일자를 말하자 여자는 잠시 노트북 모니터에서 확인하고는 10분만 더 기다려달라고 말했다. 휘현은 고개를 끄덕거리고는 구석에 일자로 줄지어 있는 의자의 맨 끝자리에 털썩 앉아 주변을 둘러보았다. 둥그런 테이블이 네 개 정도 배치되어 있고 각 자리에 튜터 한 명과 학생 한 명이 1:1로 튜터링을 받고 있었다. 가만히 그 모습을 지켜보던 휘현은 문득 고등학생 시절이 떠올랐다.

중학생부터 고등학생까지 휘현은 전교 1등 자리를 놓친 적이 없었다. 휘현이 장학금을 받으러 교단에 올라갈 때마다 학부모들은 입 모아 휘현을 칭찬했고, 그럴 때면 엄마 미주는 입이 귀에 걸리도록 함박웃음을 지었다. 어떤 학부모는 휘현에게 다가와 비결이 뭔지 알려달라며 채근하기도 했다. 그러면 미주는 애가 똑똑하고 공부 욕심이 많아서 그런다며 기분 좋게 호호거리며 웃기 바빴다.

휘현이 성취욕이 강했던 것은 사실이지만 그렇게 된 건 엄마 미주와 아빠 석준 때문이었다. 늘 심하게 말다툼하는 미주와 석준 사이에서 휘현은 불안에 떨며 자랐다. 그러던 어느 날 석준은 집을 나갔고, 미주는 혼이 나간 채 식탁 의자에 앉아 허공을 바라보고 있었다. 학교에서 돌아온 휘현은 난장판이 된 집 안을 보고 또 한 차례 부모님이 싸웠다는 것을 직감했다. 떨어지고 깨진 물건 사이를 피하며 조심스럽게 미주 앞까지 걸어간 휘현은 미주에게 성적표를 건넸다. 전교 1등이 찍힌 것을 본 미주는 영혼 없는 굳은 표정을 밀어내고 조금씩 온기를 되찾더니 이내 입꼬리를 위로 밀며 휘현에게 웃어 보였다. 그때 휘현은 깨달았다. 엄마를 웃게 하려면 1등을 하면 된다고. 그러나 엄마와 아빠가 싸우는 것을 막기 위해 노력한 지난 시간은 늘 휘현에게 배신이라는 상처로 돌아왔다. 부모님의 갈등을 막을 수 없었기 때문이다. 하지만 성적은 달랐다. 노력하는 만큼 공정하게 결과가 나온다는 사실이 휘현을 전율케 했다. 그렇게 가진 성취는 엄마와 아빠를 잠깐만이라도 웃게 만들 수 있음을 알았다. 미주는 한 팔에 다 안기는 휘현을 끌어안고 토닥여주었다.

"참 잘했어, 고마워 딸."

그 말을 또 듣기 위해 휘현은 날마다 15시간이 넘게 부단히도 공부에 매진했다. 1등이 찍힌 성적표는 미주의 자존심이자 자부심이었다. 그 순간만큼은 휘현에게 따뜻한 스킨십이 오갔다. 휘현이 원했던 명문대에 떨어지기 전까지는 말이다.

"휘현, 휘현!"

두 번이나 호명되고서야 휘현은 자기 차례가 됐음을 알아차렸다. 휘현이 자리에 앉자 튜터가 친절한 목소리로 밝게 본인 소개를 했다.

"기다리게 해서 미안해요. 내 이름은 켈리라고 해요. 오늘 처음 왔죠?"

속눈썹 파마를 한 것인지 연장을 받은 것인지 모를 긴 속눈썹 밑으로 자리 잡은 옥색 눈동자가 휘현과 마주쳤다. 동양인과 다른 눈동자 색깔을 가까이서 본 휘현은 그녀를 잠시 빤히 보았다. 그런 모습을 들키지 않으려 휘현은 서둘러 외워둔 영어 소개를 읊었다.

"제 이름은 한휘현이에요. 교환 학생으로 와서 라이팅센터는 처음이에요."

몇 번이고 영어로 인사하는 걸 연습하기는 했지만 나름 또박또박 잘 말했다는 생각이 들자 휘현의 어깨가 슬쩍 올라갔다.

"와우, 어디에서 왔어요?"

"한국이요, 남한."

"물론 남한이겠죠? 하하. 오늘 어떤 도움이 필요해서 이렇게 찾아왔나요?"

"듣고 있는 수업에서 에세이 과제가 있어서요."

휘현이 손에 쥐고 있던 페이퍼를 조심스레 내밀었다.

"흐음, 열심히 준비해 왔네요. 토픽이 뭐죠?"

켈리는 흘러내린 안경을 위로 올리며 휘현을 쳐다보았다.

"내가 생각하는 나 자신이요. 나의 과거에 기인해서 형성된

내 성격이나 가치관에 대해서 써오라는 과제를 받았어요."

"오케이, 총 4장이군요. 예약된 1시간 안에 다 할 수 있을지 모르겠지만 만약 다 끝낼 수 없다면 추가 예약을 잡으면 돼요."

켈리가 목소리에 힘을 주어 말했다.

켈리는 화려하게 스와로브스키가 얹어진 왼손을 페이퍼 위에 고상하게 올리고 다른 한 손으로는 연필을 그러쥐었다. 그리고 쓱쓱 밑줄을 그어가며 휘현이 쓴 문장을 정성스럽게 읽어 나가기 시작했다.

순간 긴장한 휘현은 마른침을 꿀꺽 삼켰다. 익숙하지도 않은 에세이라는 형식을 영어로 작성해야 하는 것이 여간 어렵지 않았던 휘현이었다.

"와우, 그러니까 미국 대입 SAT 같은 시험을 준비하기 위해 한국에서 하루 15시간을 앉아서 공부했다는 건가요?"

켈리는 믿을 수가 없다는 듯이 큰 리액션을 보이며 되물었다.

"네, 맞아요. 입시 경쟁이 치열해서요."

"놀랍네요. 흥미롭고. 아! 그러고 보니 한국 대학 입학 경쟁이 치열하다는 얘기는 들어본 것도 같네요."

그녀는 다시 에세이를 꼼꼼히 읽어 내려갔다.

"오 마이 갓! 대학교에 들어가기 전에 살을 13파운드를 뺐어요? 지금도 충분히 말랐는데."

그녀는 놀랍다는 듯이 휘현의 몸을 슬쩍 위아래로 훑어보며 말했다.

“항상 앉아만 있다 보니 못생긴 돼지가 돼서요.”

나긋나긋 휘현이 대답했다.

“솔직히 잘 이해가 되지는 않네요. 휘현 학생은 있는 그대로 아름다운걸요.”

그 말에 휘현은 고개를 올려 지그시 켈리를 바라보았다. 딱히 인사치레로 하는 말 같지는 않았지만 진심인지 아닌지 알 도리가 없는 휘현은 그저 누가 봐도 어색하게 웃어 보였다. 그나저나 갑자기 들은 말에 목구멍 안쪽에 머리카락 한 올이 걸린 것처럼 껄끄러웠다. 그렇게 불편하게 문법과 구성 그리고 내용에 대해 튜터링을 받다 보니 종료 시간이 가까워졌다.

“연결어만 좀 줄였으면 좋겠어요. 테크니컬한 부분에서는 저랑 같이 확인했으니 수정하면 될 듯하고요. 전반적으로 글을 잘 쓰네요.”

안도한 휘현이 첨삭 받은 페이퍼를 가져가려 손을 뻗었다.

“근데……”

말꼬리를 늘이며 페이퍼를 손에 쥔 켈리가 입술을 달싹이며 머뭇거렸다.

휘현은 뭔가 잘못된 건가 싶어 눈썹을 위로 올린 채 듣고 있다는 듯한 제스처를 보였다. 그제야 켈리가 다시 입을 떼며 말을 했다.

"나는 휘현이 자기 자신을 사랑해 줬으면 좋겠어요."

휘현은 뜬금없는 소리에 입이 작게 벌어졌다.

켈리가 몸을 돌려 다시 자리를 고쳐 앉고 짐짓 심각한 얼굴로 말을 이어갔다.

"하루에 15시간을 공부했지만 원하는 대학에 들어가지 못했다고 해서 실패한 인생은 아니에요. 결과는 실패했을지라도 과정에서 늘 성공한 삶을 산 거예요. 내가 보기에 휘현은 매 순간 최선을 다해 성실하게 살아온 사람 같아요. 충분히 당신 자신을 존중해 줘야 하고, 또 실제로 당신은 존경받을 만해요! 그냥 글을 읽는데 그런 생각이 들었어요. 이 말은 꼭 해주고 싶었어요."

반듯하게 웃는 켈리의 미소가 휘현에게 와 닿았다.

영어 표현이 서툰 휘현이 켈리의 말에 해줄 수 있는 건 그저 고개를 끄덕거리는 것뿐이었다.

그때 뒤에 앉아 기다리고 있던 학생이 들으라는 듯 길게 한숨을 내쉬었다. 휘현은 서둘러 페이퍼를 챙겨 들고 라이팅센터를 나왔다. 조심스럽게 문을 닫고 나와 한 걸음, 두 걸음 걷는데 갑자기 툭 하고 눈물이 떨어졌다. 보통은 울기 전 눈자위가 뜨거워지기 마련인데 눈물이 갑자기 떨어지자 휘현은 당황스러웠다. 서둘러 주변을 돌아보던 휘현이 벽면에 붙어 있는 거울 앞에 멈췄다. 그리고 한동안 시선을 떼지 못하고 서서 자신을 빤히 바라보았다. 목이 다시 벌겋게 부어올라 있었다.

## ‹ 09 ›

같은 시각 한국. 물러서지 않으려는 늦겨울의 온도를 닮은 도하가 재천 앞에 서 있다.

"갑자기 해외 전시를 나가겠다고?"

모니터를 보던 재천의 눈이 책상 너머의 도하에게 향했다.

"네, 자매결연 CSUSP 대학에서 도자기 특별기획전시를 한다고 들어서요. 지원하고 싶습니다."

전공 교수인 재천을 보는 도하의 눈빛은 흔들림이 없다.

"네 아버지한테서 못 들었는데."

고개를 갸웃거리던 재천은 입고 있던 블랙 터틀넥이 답답했는지 손가락을 넣어 늘어뜨리며 말했다.

어렸을 때부터 유명 도예가 세진의 아들로 이름이 알려진 도하였다. 세진의 작업실에서 어깨너머로 보고 배운 것도 큰 몫을 했겠지만 실제 도하의 도예 실력은 천부적인 재능이었다. 기존의 전통적인 도예와는 다른 모던한 선의 형태와 장식이 도하만의 특별함을 담아냈고, 이러한 기법은 세계적으로도 큰 파장을 불러일으켰다. 예전 것을 답습하기를 거부하려는 듯한 도하의 거침없는 창작 활동은 새로운 도예의 지평을 넓혔다며 곳곳에서 찬사가 이어졌다.

모든 도자기 기능 대회에서 대상을 휩쓴 도하에게 천재 작가라는 수식어가 붙었고, 세간의 이목이 쏠렸다. 도하의 인기가 더 높아지는 순간이 오자 세진은 본능적으로 직감했다. 돈이 될 사업은 도하의 손에 달려 있다는 것을. 해외에서 기획전시를 함께하고 싶다는 의뢰가 빗발쳤고 그런 스케줄을 관리하는 것은 자연스레 아버지 세진의 몫이었다.

도하가 대입을 준비해야 할 나이가 되었을 때도 입학할 대학은 이미 세진의 마음속에 정해져 있었다. 한국에서 도예로 가장 명망이 높은 대학이자 본인의 모교였던 서라대학교였다. 게다가 서라대학교의 도예과 교수들은 이미 세진과 인맥이 있는 터라 이보다 더 좋을 수는 없었다.

재천도 세진의 대학 동기로 이미 막역한 사이였다. 세진으로

부터 아무 소식도 전달받지 못한 재천은 의아한 얼굴로 재킷에서 휴대폰을 꺼내 들었다.

"이번 전시는 제 결정입니다."

도하가 그런 재천을 저지하려는 듯 반걸음 앞으로 나와 말했다.

재천의 가는 눈이 동그랗게 말려 올라갔다.

"그게 무슨……"

"아버지께는 비밀로 해주셨으면 합니다."

그제야 재천은 의자에서 엉덩이를 떼며 도하에게 소파에 앉으라고 고갯짓을 했다. 재천에게 도하는 친구인 세진의 아들이기도 하지만 반듯하고 재능이 출중해서 아끼는 제자이기도 했다. 도하의 곧고 정갈하게 생긴 외모와 예의 바른 모습은 어렸을 때나 성인인 지금이나 변함이 없었다. 그렇게 한결같았던 도하가 아버지 모르게 전시를 열고 싶다는 것은 꽤 뜻밖의 일이었다.

"흠, CSUSP 아트센터에서 특별전시를 기획 중인 건 맞다만 네가 나갈 정도의 급이 아니야. 그저 대학생 전시일 뿐인데."

이미 세진이 기획 중인 해외 전시 준비만 해도 일정이 빠듯한 데다가 돈도 안 될뿐더러 명목도 없을 거라는 뜻이었다.

"저도 대학생이니까요."

도하가 옅게 입꼬리를 올리며 말했다.

그 말에 재천이 "허!" 하고 웃으며 소파 옆의 테이블 위에 팔을 었었다.

"현재 지원하는 학생이 없다고 들었어요. 교수님 말씀대로 큰 규모도 아니고 관람자도 재학생인데 전시일까지 기간이 촉박하니까요."

낮게 깔린 목소리로 또박또박 힘주어 말하는 도하였다.

재천은 이것 때문에 골머리를 앓고 있던 것도 사실인지라 머리가 복잡해져 왔다.

"갑자기 지원하게 된 이유는?"

재천이 물었다.

"제 전시를 보여주고 싶은 사람이 있어서요."

도하가 긴 속눈썹을 아래로 늘어뜨린 채 생각에 잠긴 듯 말했다.

"하하, 녀석. 그래, 도하 네가 준비해 봐. 알다시피 대학 시설 내에 작은 아트센터고, 심지어 전시 디자인도 그곳 재학생이 맡는 걸로 알고 있어. 내 말 무슨 뜻인지 알지? 거기에 쓸 에너지 아껴서 다른 전시 준비하란 뜻이야."

재천이 도하의 한쪽 어깨를 툭 치며 말했다.

"네, 감사합니다. 담당자 연락처 알려주시면 같이 준비해 볼게요. 그리고 제 아버지께는 비밀로 해주세요."

"허, 참. 그래, 그것도 약속하마."

별 싱거운 부탁을 다 한다는 듯 재천이 웃으며 대답했다.

❖❖❖

"이든, 여기!"

바바라 교수가 이든을 향해 손짓했다. 긴 머리가 거슬렸는지 가방에서 집게핀을 꺼내 하나로 틀어 올린 그녀는 걸어오는 이든을 향해 우아하게 손을 흔들었다.

"자, 이거. 아트센터 전시 공간 기획서야. 실무는 처음이지?"

바바라가 물었다.

"네, 교수님."

그녀를 따라 센터를 걸으며 이든이 대답했다.

"그래, 긴장할 건 없고 편하게 전시 맥락을 익힌다고 생각하면 돼."

바바라가 신은 하이힐의 또각또각 소리가 걷는 내내 아트센터를 울렸다.

"작가 작품이 나무라고 생각하면 그걸 어떤 숲의 모양으로 만들지를 기획해 보는 거야."

바바라가 특유의 낭만적인 몸짓으로 말을 이었다.

"네."

간결하게 대답하는 이든이었지만 사실 걱정이 앞섰다. 센터 규모가 크지 않더라도 전시까지 3개월 남짓 남은 상황인 데다가 아직 작가도 미정이라고 들었기 때문이다.

"최근 아시아 학교와 산학 연계가 활발하게 이어지면서 아시아 문화에 대해 전시 기획을 하게 됐어. 이번 주제는 도자기고. 작가는 한국에서 꽤 명망 높은 도예과 학생이야."

"작가가 정해졌네요?"

기획서를 훑어보던 이든이 고개를 들며 물었다.

"다행히 가까스로 정해졌지. 이제 작가와 전시 제목, 작품 메시지, 위치 등을 같이 논의해서 구성안을 만들어볼 거야. 이 역할을 이든 네가 맡게 될 거고."

"기대되네요. 한국 작가라……"

"첫 전시 기획으로 네게 의미가 있을 거라 생각해. 한국계니까."

바바라가 눈을 치켜뜨며 이든을 흘긋 보았다.

"그러게요, 정말 의미 있네요."

읊조리듯 말하는 이든의 머릿속이 복잡했다.

숨기고 싶지만 숨길 수 없는 자신의 뿌리. 거부하고 싶어도 망령처럼 따라다니는 모국. 이렇게 일로 만나게 된 나라도 한국이라니. 친모 찾기는 기적을 바라야 하는 확률임에도 자신과 한국은 늘 얽혀 있다는 게 아이러니했다.

"기획서의 일정표에 작가와 어떤 논의를 해야 하는지 나와 있으니까 참고해. 관람객 동선은 지금 우리가 같이 걸어온 순서로 세 개의 구역이야. 언제든 궁금한 게 있으면 연락하고. 한국 작가 연락처는 전달해 줄게. 이름이 뭐였더라……? 하하. 한국

이름이라 잠시만……"

들고 있던 휴대폰에서 연락처를 뒤적이던 바바라가 이내 찾은 듯 입꼬리를 위로 올려 이든에게 보여줬다.

"찾았다, 강도하."

❖❖❖

집 뜰을 걷던 휘현의 눈이 우편함에 삐죽 튀어나온 우편물로 향했다.

"누가 디자인과 아니랄까 봐."

우편물을 집어 빼며 휘현이 작게 웃었다.

이든 집 마당 앞에 놓인 우편함은 꽤 유니크했다. 이든 집을 미니어처처럼 작게 만들어 놓았는데, 지붕 아래 동그랗고 귀여운 글씨로 MAIL이라고 적혀 있었다. 집으로 들어올 때마다 눈길이 갔지만 우편물이 꽂혀 있어 오늘 처음으로 가까이서 구경하는 참이다.

"흠, 한국에서 온 우편물은 이든 거. 이건…… 내 거네?"

휘현은 한 손으로 가방에서 열쇠를 꺼내며 눈을 굴려 우편물을 확인했다. 문을 열자 웬일로 가지런히 놓인 신발이 보였다. 거실로 너털너털 걸어가는데 방에서 이든이 나왔다.

"어?"

응급실에 실려 갔다 온 이후로 처음 마주하는 터라 휘현이 우뚝 멈춰 섰다.

"안녕."

짧게 인사를 건넨 이든이 바로 부엌으로 들어갔다.

휘현은 인사를 건네려다 먼저 뒤돌아서 걷는 이든의 등을 보고는 다시 입을 다물었다. 그동안 이든과 만나면서 수많은 인사를 나누었지만 지금 이든이 건넨 인사에서는 차가움이 느껴졌다. 주춤거리며 따라 들어간 휘현이 식탁 위에 이든의 우편물을 내려놓았다.

"우편물이 왔더라고."

"아, 고마워."

훌긋 우편물을 확인한 이든이 다시 돌아서서 그릇을 정리했다.

'일부러 거리를 두는 건가? 내가 또 알레르기 쇼크를 일으킬까 봐? 아니면 내가 뭘 잘못한 게 있나?' 순간 머릿속에 여러 생각이 복잡하게 뒤얽혔지만 휘현은 이내 방으로 향했다.

휘현이 2층으로 올라가고 발소리가 작아지자 이든은 식탁 의자를 길게 빼서 자리에 앉았다. '그동안 휘현은 알레르겐인 자신을 마주할 때마다 얼마나 불편했을까?' 최대한 마주치지 않으려 애썼는데 오늘은 딱 마주치고 말았다.

"하……"

긴 한숨을 내쉰 이든이 그릇에 시리얼을 쏟아부었다. 이어 꺼내놓은 우유에 손을 뻗는데 우편물이 보였다. 발신인을 확인하는 순간 이든의 등이 딱딱하게 곧추세워졌다. 한국이었다. 이든은 눈을 떼지 못한 채 한동안 우편물을 쳐다보았다. 아마도 DNA 결과일 것이다. '친모가 나를 찾고자 DNA를 등록해 놓았을까? 유기한 자식을 다시 찾고 싶은 마음이 있었을까? 그래도 사연이 있었을지도 모르니까……' 생각이 깊어질수록 이든의 얼굴이 점점 경직되었다.

'종이 한 장으로 지난 20년의 거리를 좁힐 수 있을지 없을지 여부가 결정되다니……' 우편물로 손길이 향하다가도 이내 다시 식탁 밑으로 손을 내려놓는 이든이었다. 미동 없이 앉아 있는 몸과 다르게 심장은 곤두박질치며 뛰어댔다. 마른 입술을 둥글게 말아 침을 삼킨 이든이 우편물을 집어 올려 조심스럽게 뜯었다. 몇 줄 되지 않는 입양 기록을 본 이든은 서둘러 맨 마지막에 쓰인 결과를 확인하고는 작게 숨을 토했다.

"안타깝게도 현재 가족 찾기 데이터베이스에 이든 씨와 일치하는 DNA 정보가 없습니다."

친모를 찾겠다고 결심했을 때부터 지금까지 이든은 하루에 몇십 번을 곱씹었다. 어떤 결과가 나와도 괜찮다고. 양부모로부터 충분한 지지와 사랑을 받고 자라왔다고. 그러니까 그깟 5살

전의 기억쯤이야 있어도 그만 없어도 그만이라고. 그러나 질끈 문 입술에서 비릿한 피맛이 느껴지는데도 이든은 입술을 깨문 채 굳어 있었다.

그때 이든 앞으로 길게 그림자가 드리워졌다. 찬찬히 고개를 들어 올린 이든의 눈에 망연하게 서 있는 휘현이 보였다.

"저기…… 잠깐 얘기 좀."

무너져버린 이든보다 더 창백해진 얼굴을 한 휘현의 목소리가 어렴풋하게 떨리고 있었다.

이든이 손에 쥔 검사지를 접어 구겨 넣고 작게 고개를 끄덕였다. 그제야 맞은편 의자를 빼서 앉은 휘현이 가져온 우편물을 이든에게 건넸다.

"병원에서 보낸 영수증을 받았는데 금액이 너무 커……."

이든이 종이 위에 적힌 내용을 차분히 훑어 내려갔다.

◦ Emergency department

◦ Acute URI : Anaphylaxis

◦ Patient material : Epinephrine auto injector

◦ Allergies : Human relationship

911 앰뷸런스 250만 원, 응급실 270만 원, 약값 30만 원 등 토탈 청구 비용이 한화로 대략 550만 원 정도였다.

"보험은?"

종이에서 눈을 뗀 이든이 휘현에게 물었다.

"학생 보험 들긴 했는데 국제처에 전화해 보니까 전액 보상 받을 수 있는 플랜이 없대."

휘현은 이제 거의 울 지경이었다.

"보험 커버가 얼마나 되는데?"

"3% 정도."

"얼마 안 되네. 미국은 의료비가 비싸서."

이든이 손으로 턱을 괴고 대답했다.

"나 아무래도……"

휘현의 목소리가 심각하게 떨렸다.

"임상시험 해야 할 것 같아. 의료비 전액 지원받으려면."

입술을 삐죽 내민 휘현이 망연자실한 얼굴로 말했다.

"아, 그 임상시험……"

"응. 그래서 말인데……"

휘현이 입술을 달싹거리며 몇 번이고 말을 꺼내려다 삼키기를 반복했다.

"편하게 말해."

보다 못한 이든이 휘현에게 말했다.

"너도 병원에 동행해야 해서…… 네 도움이 필요해."

눈도 마주치지 못한 채 긴 속눈썹을 내리깔고 휘현이 말했다.

## ‹ 10 ›

물레질하는 도하의 머릿속에는 온통 휘현 생각뿐이었다. 물을 머금은 흙의 익숙한 질감이 도하의 손을 스치고 지나가자 불현듯 휘현의 살결이 닿은 것만 같아 그리움이 들었다.

한눈에 서로를 알아보고 강하게 끌려 시작한 연애였다. 항상 곁에 있어 주던 존재가 지금은 없다는 것이 이렇게도 낯설 일인가. 늘 거리감을 두고 사람 만나는 것이 마치 자신을 지키는 일인 것처럼 사수해 왔던 도하였다. 그런 자신의 연인이었던 휘현은 지금 너무나도 먼 거리에 떨어져 있다. 어쩌면 잃어버릴지도 모른다.

생각이 여기까지 미치자 순간적으로 도하의 손가락에 힘이 들어갔다. 움켜쥔 원기둥 모양의 흙이 흉하게 어그러졌다. "하아.” 도하가 짧게 숨을 몰아쉬었다. 말도 안 되는 실수를 해버린 것이다. 휘현과 연인이었던 시절에도 도예 작업에 지장을 받은 적이 없었는데 도하는 이런 실수까지 하는 자신이 이해되지 않았다. 위가 구겨져 버린 흙의 모양을 멍하니 내려 보다 보니 또다시 휘현의 목소리가 들리는 것만 같았다.

휘현과 만난 지 얼마 되지 않았을 때였다. 휘현은 도하에게 언제부터 도예를 시작한 건지 물었다. 유명한 도예가 아버지 밑에서 자라서 그런 거냐며 말간 얼굴로 도하의 아버지 세진에 대해 말을 꺼냈다. 그녀 입에서 아버지 이름이 나오자 도하는 심기가 뒤틀리는 기분이 밀물처럼 밀려들어 왔다. 자신이 세상에서 가장 증오하는 사람의 이야기를 굳이 하고 싶지 않았던 것이다. 어린 시절의 기억이 깨진 유리 조각처럼 도하의 심장을 긁어대며 조각조각 모아졌다.

처음 흙을 잡기 시작했던 건 도하가 6살 무렵부터였다. 어두운 겨울밤이었다. 고적한 집 안에 들리는 소리라곤 창밖의 거센 바람에 스치는 나뭇잎 소리가 전부였다. 추위가 코 밑까지 다가와 오들오들 떨던 도하는 견디지 못하고 2층 방에서 나와 거실로 향했다. 끼익-. 그때 적막을 깨고 현관문 소리가 들렸다. 나선형의 나무 계단을 밟고 내려오던 도하의 작은 맨발이 움찔하며 굽어졌다. 한 치 앞이 보이지도 않는 어둠을 정면으로 직시하던 도하가 결심한 듯 다시 걸음을 뗐다. 이윽고 쉬어 꼬부라진 아버지의 목소리가 집 안을 난도질했다. 어린 도하가 아직 무슨 뜻인지 알지도 못하는 욕들이 쏟아져 나왔다. 쾅! 의자 넘어지는 소리. 쨍그랑! 접시 깨지는 소리.

난간을 잡고 한 발 한 발 내려오던 도하는 불 켜진 부엌에서 머리채가 잡혀 끌려 나오는 엄마와 눈이 마주쳤다.

"도하 아빠! 여보!"

절규에 가까운 엄마 목소리에 도하의 작은 어깨가 부들부들 떨렸다.

"도하야, 방에 들어가. 어서!"

바닥에 엎드려져 무지막지한 아빠의 손에 끌려오면서도 엄마는 도하에게 시선을 떼지 않고 외쳤다. 말이 떨어지기 무섭게 도하는 집 밖으로 달려 나왔다.

마당을 내달려 도망친 곳은 아버지의 작업실이었다. 익숙한 작업실의 어둠이었지만 도통 잦아들지 않는 두려움이 도하의 뱃속을 뜨겁게 달궜다. 책상 아래로 작은 몸을 구겨 넣은 도하가 무릎을 세워 얼굴을 묻었다. 누군가가 망치로 심장을 대패질하는 것 같았다. 쿵쿵 하는 울림에 토해내듯 울었다.

얼마나 시간이 지난 걸까. 눈물에 젖은 얼굴이 말라갈 때쯤 도하는 조심스럽게 처박아둔 고개를 들어 올리며 몸을 일으켰다. 작업실을 둘러보던 도하는 책상 위 작은 램프를 켰다. "하." 참던 숨을 한번에 몰아 내쉰 도하가 작업실 선반 위에 돌아다니는 자투리 흙을 그러쥐었다. 그것이 처음으로 도하가 흙을 만진 순간이었다.

휘현을 다시 만나게 된다면 솔직하게 말해줘야겠다고 다짐하는 도하였다. 아버지 얘길 꺼낼 때마다 휘현에게 차갑고 거칠게 말을 잘라내기 바빴고, 그럴 때마다 휘현도 경직된 채 도하 눈치를 살피기 바빴다. 그리고 어느 날부터 휘현은 도하의 가족에 대한 얘기를 일절 꺼내지 않게 되었다. 그때는 내면 가장 깊숙이 자리 잡고 있는 상처를 꺼내어 타인에게 웃음거리가 되고 싶지 않았을 뿐이었다. 그것이 휘현에게 상처가 되었을지언정 말이다. 하지만 헤어진 지금에 와서야 왜 이런 용기가 생기는 건지 모를 일이었다.

이제 도하는 휘현에게 다시 자신의 마음을 고백하고 싶고 그저 너무 늦지 않았기를 바랄 뿐이었다.

시선을 돌린 도하가 벽에 걸린 캘린더를 바라보았다. 전시가 석 달도 채 남지 않았다. 아트센터 전시 총괄이라는 바바라 교수는 전시디자인과 학생과 함께 기획을 준비해 달라고 메일을 보내왔다. 그동안 수많은 전시를 준비하면서 어떤 일정과 기획으로 진행되는지 너무나도 잘 알고 있는 도하였다. 이번 전시

또한 하나부터 열까지 도하의 머릿속에 정리되어 있었다. 전시 주제는 〈Heart: Light〉로 할 예정이다. 입장과 동시에 보게 될 소개글도 이미 완성해 두었다. 관람객의 시선이 처음으로 닿는 곳인 만큼 그게 얼마나 중요한지는 도하가 더 잘 알고 있었다.

첫 구역은 칠흑 같은 어둠 속으로 입장하게 한 뒤 동선의 이동에 따라 조명을 밝힐 것이다. 구역이 바뀌면서 돌담처럼 성벽을 쌓고 어둠 속에 갇혔던 자신이 사랑하는 존재를 만나 조금씩 빛을 받아들여 무덤에서 나오는 것을 표현하고자 함이었다. 혼자 어둡고 고립된 곳에 갇혀 있었지만 볕이 새어 든 돌담 안에서 깨어나 빛으로 나아가게 되면서 작품에도 색이 입혀질 것이다. 맨 마지막 구역에서는 모든 벽면이 화이트로 채색된 공간에서 휘현에게 작품을 보여주려 한다. 가장 높은 색온도로 달항아리의 청명함을 부각하고, 사면형 유리 케이스 안에서 비추고 개방함으로써 자신의 온전한 모습을 내어주고 싶은 마음을 전할 것이다.

휘현을 생각하면 생각할수록 모든 것이 선명하게 그려졌고, 그럴수록 도하의 마음이 바빠졌다.

## ‹ 11 ›

거실의 따뜻한 샹들리에 빛이 포슬포슬한 기운을 북돋아 주려 애썼지만 도통 가라앉은 분위기는 들뜰 줄 몰랐다.

"실망이 컸겠구나, 이든."

애써 적막을 뚫고 나온 목소리는 크리스의 것이었다.

친모를 찾기 위해 한국에 DNA를 의뢰했지만 일치하는 데이터가 없다는 통보를 받게 되자 사라는 크리스 목사에게 심방을 부탁했다. 눈앞이 부예진 사라가 이내 눈을 질끈 감았다 떴다.

"괜찮아요, 전."

이든은 속상한 마음이 얼굴에 드러날까 싶어 고개를 숙였다. 실망할 것도 없는 일이라고 괜찮다고 수도 없이 되뇌며 쐐기를 박았건만 기대라는 것이 마음에 자리 잡고 있었나 보다.

그 모습을 보는 사라의 마음도 갈기갈기 찢어질 듯 아려왔다. 제 배로 낳은 자식은 아니지만 마음으로 낳고 키운 자식의 수척해진 얼굴을 보기가 여간 쉽지 않았다.

“다른 방법을 찾아보자. 분명 찾을 수 있을 거야.”

사라가 이든의 손을 감싸 쥐고 단단하게 붙잡았다.

“이든 DNA는 한국 데이터에 기록되어 있으니까 나중에라도 친어머니께서 DNA를 등록하실 경우 매칭되어 연락이 올 거야. 그리고……”

크리스는 옆에 놓인 가방을 끌어와 투명 파일을 꺼내 이든에게 건넸다.

“홈코리아라고 가족 찾는 것을 도와주는 기관이야. 네가 자란 보육원과 지리적으로 가까운 곳을 중심으로 조사해 가족을 찾아주는 거지.”

크리스가 콧수염을 문지르며 조심스럽게 이든의 눈치를 살폈다. DNA 검사를 하는 것도 이든에게 큰 용기가 필요한 일이었다는 것을 누구보다 잘 아는 크리스였다. 가족을 찾아주는 기관에 의뢰할 경우 지속해서 잠재적 친모 리스트를 보내올 것이다. 기대하고 또 실망하는 일이 지난하게 반복될 수밖에 없는 힘든 여정이었다. 사라 역시 크리스가 가져온 기관에 대한 설명을 꼼꼼히 훑어 내려갔다.

쿵쿵. 그때 2층 위에서 휘현이 내려왔다. 사라와 크리스의 시선이 소리를 따라 움직였다. 이윽고 거실로 내려온 휘현이 사라를 보고 짧게 목 인사를 했다. 사라는 굳은 얼굴 근육을 펴서 겨우 입꼬리를 넌지시 밀어 올렸다. 어색하게 웃는 사라의 웃음을 보자 심각한 일이 생겼다는 걸 휘현도 직감적으로 느낄 수 있었다.

"목사님, 2층에 사는 한국 유학생 휘현이라고 이든이와 동갑이에요."

사라가 크리스와 휘현을 번갈아 보며 소개했다.

"휘현, 우리가 다니는 교회 담임 목사님이셔. 오늘 심방 오셨어."

"안녕하세요."

희끄무레하게 웃으며 크리스에게 인사하는 휘현이었지만 시선은 이든을 건너다보고 있었다. 경직된 이든의 눈이 앞에 놓인 탁자 위의 종이에 향해 있었다. 그의 시선을 따라간 휘현은 거기에 지난번 자신이 건넨 우편물이 놓여있는 것이 보였다. 구겨진 표정의 이든을 보자 휘현의 미소도 금세 증발하고 말았다.

"아, 저는 부엌에 가려던 참이어서……"

휘현은 왠지 빨리 사라져줘야 할 것만 같아 손가락으로 부엌을 가리키며 황급히 몸을 돌렸다.

"의미가 있을까요? 제가 보고 싶었다면 엄마도 최소한 DNA

등록이라도 했을 텐데요."

그때 굳게 닫혀 있던 이든의 입술 사이에서 힘없이 말이 새어 나왔다.

그의 말에 부엌으로 향하던 휘현의 발걸음이 땅에 박힌 듯 우뚝 섰다. '친모를 찾고 있는 건가?' 휘현이 고개를 갸웃거렸다. 낮게 가라앉은 이든의 목소리가 돌아선 휘현의 몸을 감싸왔다.

"흐음, 용기가 필요한 일이지. 그저 고려해 봤으면 해서 가져왔어. 최근 교회 성도님도 그 기관 프로그램으로 가까운 친척을 찾았다고 들었거든."

느릿하게 말하는 크리스의 목소리에서 그가 얼마나 조심스럽게 이든과 사라를 살피고 있는지 여실히 느껴졌다.

"감사합니다. 생각해 볼게요."

겨우 고개를 들어 올린 이든이 크리스를 바라보았다.

"그래, 잠시 기도할까?"

크리스가 반듯하게 웃으며 이든의 어깨에 손을 올려 기도를 시작했다.

떨어지지 않는 발을 끌다시피 하며 주방으로 온 휘현은 냉장고에서 우유를 꺼내면서도 상황을 파악하느라 머리가 욱신거렸다. 그러니까 지난번에 이든에게 건넨 우편물은 한국에서 친모와 일치하는 DNA 정보가 없다는 통보였던 것이다. '으악!' 휘현은 손가락을 머리카락 사이에 집어넣고 움켜쥐었다. 기분이 최악이었을 그날 이든에게 자신의 임상시험 보호자가 되어 달라고 부탁을 했던 게 떠오른 것이다. 휘현이 힘없이 식탁 밑의 의자를 빼내어 털썩 주저앉았다. 여전히 머리카락을 쥔 주먹을 그대로 움켜쥐고 한쪽 무릎을 굽혀 세웠다. 그대로 휘현은 이마에 무릎을 댔다. 휘현에게 옅게 웃으며 함께 가자고 했던 다정한 이든의 얼굴이 계속 눈앞에 아른거렸다.

이든은 심방을 마친 크리스를 배웅하려고 함께 집 밖을 나섰다.

“몇 년간 큰 집에서 혼자 살다가 친구가 들어오니 어때?”

문밖을 먼저 나온 크리스가 미처 다 집어넣지 못한 발뒤꿈치를 구두에 집어넣으며 물었다.

“아, 휘현이요? 뭐……”

말을 끝내지 못한 이든이 짧게 한숨을 내쉬었다.

그 모습을 본 크리스는 뭔가 일이 있음을 직감적으로 느낄 수 있었다. 지금까지 크리스가 옆에서 본 이든은 한국 친구들과 어울리는 일이 없었다. 소수이긴 해도 교회에 한국인 또래들이 있었지만 이든이 그들과 오래 얘기하는 모습을 본 적은 없었다. 본래의 친밀하고 자상한 이든의 모습과는 거리가 멀게 행동하는 것을 보며 이든의 마음속에 여전히 상처가 남아 있다는 걸 알고 있었던 크리스였다.

생각이 여기까지 미친 크리스는 서둘러 입을 떼고 물었다.

"무슨 문제가 있나?"

"아직 엄마한테도 말씀은 못 드렸는데 휘현이가 저한테 알레르기가 있어요."

이든이 말하면서도 입술을 지그시 물었다.

그 말에 크리스의 입이 망연히 벌어졌다. 이든의 대답은 크리스의 머릿속에는 없는 시나리오였다. 크리스는 잠시 눈을 허공에 둔 채 좀 전에 만난 휘현의 모습을 떠올려 보았다. 별다르게 특이한 점은 없었지만 겨우 끄집어낸 기억이라고는 휘현이 이든 눈치를 살피는 모습이었다.

"잠시 얘기 좀 할까?"

크리스가 마당에 놓인 의자를 가리키며 말했다.

이든은 최근 휘현과 관련된 일들을 자세히 크리스에게 들려주었다. 설명하면서도 이게 이성적으로 가능한 일인가에 대해 스스로도 이해할 수가 없는 이든이었다.

크리스는 성직자답게 진지하게 귀를 기울여 이든의 말에 경청했다.

"허어…… 인간 알레르기는 나도 처음 들어보는데."

크리스가 마른 입술을 축이며 허공을 응시했다.

"저도 이해가 안 가요. 치료를 권하는 의사한테 휘현이는 저를 안 보겠다며 거부했거든요."

"그런데 병원비 때문에 임상시험자에 지원했고, 치료에 차도가 있는지 확인하려면 알레르겐인 네가 필요한 거고?"

"네."

"참, 묘하게 얽혔구나."

크리스가 알 듯 말 듯한 미소를 지어 보이며 말했다.

"어떤 점 때문에 휘현이가 불편해하는지 궁금해요."

"이든, 네 상황도 힘든데 룸메이트 일까지 겹쳐서 더 난처하겠구나. 또 하나의 짐이 생겼네."

"흐음…… 제가 도움이 될지 모르겠네요."

이든이 어깨를 으쓱하며 덧붙여 말했다.

"사실 친모를 찾던 중에 한국인 여자를 룸메이트로 만나면서 궁금했던 것 같아요. 어쩌면 친모가 저를 버렸던 나이도 지금의 휘현과 비슷하지 않았을까 싶고."

"허어……"

크리스가 짧게 신음을 뱉어냈다.

"아까 휘현이 보셨죠? 진짜 말라서 휘청휘청 걷는 거. 수업도 같이 듣는데 승부욕이 엄청나요. 그런데 또…… 전 그게 걱정돼요. 정작 자신은 챙기지 않거든요. 친해지고 싶었는데 다가갈수록 멀어지는 것 같아요. 충분히 더 웃을 수 있을 것 같은데…… 웃는 게 진짜 예쁘거든요."

여기까지 말을 마친 이든이 작게 숨을 내쉬었다.

"허허허."

갑자기 크리스가 목을 젖히고 크게 웃어 젖혔다. 이든은 그런 크리스를 보고 알 수 없다는 듯 눈을 동그랗게 떴다.

"지난번에 교회에서 내가 말했던 거 기억나나? 자넨 특별한 사람이고 그게 소중하게 쓰일 거라고. 그 대상을 찾은 것 같은데?"

"……네?"

이든이 고개를 갸웃거리며 되물었다.

"짐이 아니라 선물이 자네에게 찾아왔구먼."

크리스가 다시 한번 "허허" 너털웃음을 지으며 이든의 어깨를 툭툭 쳤다.

## ‹ 12 ›

“임상시험 계획서는 다 읽어보셨나요?”

데릭 교수가 사람 좋게 웃자 그의 눈가 주름이 더 깊게 패였다.

“네, 그런데 몇 가지 확인할 게 있어요.”

착잡한 목소리로 휘현이 계획서를 손으로 넘겨보며 대꾸했다.

“총 12주 과정이고 2~3주 간격으로 한 번씩 이든과 내원해서 검사받는 거죠?”

“맞습니다. 계획서에 나온 일정표대로 진행해 주시면 됩니다. 혹시 걱정되는 부분이 있을까요?”

데릭의 물음에 휘현은 잠깐 머뭇거리다가 이내 입술을 떼며 말했다.

“음, 이든과 너무 많은 시간을 함께 보내야 하는 것 같은데……”

몸을 휘현에게 기울인 채 집중해서 그녀의 말을 듣던 데릭이 이내 고개를 끄덕거렸다.

"7일 기준 18시간 동안 2m 거리 내에서 함께 있어야 하고, 어떤 대화나 행동에 휘현 씨의 몸이 불편한지 체크해서 일지를 작성해 주셔야 합니다. 무엇보다 보호자이자 알레르겐인 이든 씨의 역할이 매우 큽니다."

데릭이 이든 방향으로 몸을 틀며 강조했다.

"또 내원할 때마다 알레르기 민감도 수치 체크와 더불어 두 분의 관계에 대해서 인터뷰를 진행할 예정입니다."

데릭의 말에 휘현은 혼란스러운 감정을 감추기가 어려웠다. 이든에게 많은 시간 할애가 요구되는 일이었고, 무엇보다도 이건 마치 모르는 사람이 보면 연인처럼 서로 딱 붙어서 데이트하는 꼴이었다.

휘현은 흘깃 곁눈질로 옆에 앉은 이든의 눈치를 살폈다. '지금이라도 이든이 못하겠다고 거절하면 어떡하지? 그럼, 병원비 550만 원을 어디서 구해야 하나?'

순간 휘현의 눈앞이 깜깜해졌다.

"제가 주의해야 할 게 따로 있을까요?"

그때 나지막하고 차분한 톤으로 이든이 데릭에게 물었다.

"조금 전에 몇 가지 검사를 진행한 결과를 공유해드릴게요."

차트를 꺼낸 데릭은 다른 한 손으로 안경을 주섬주섬 꺼내

쓰며 말했다.

"현재 휘현 씨의 불안도와 민감도 수치는 평균보다 매우 높은 편입니다. 심리적으로도 불안정한 상태라는 것을 의미하죠. 보통 이런 환자의 경우……"

환자라고 말하는 데릭의 말에 휘현이 바닥을 보며 길게 한숨을 내쉬었다. 그 모습을 예의주시하던 데릭이 잠시 말을 멈추는가 싶더니 다시 이어갔다.

"타인을 믿지 못합니다. 보호자께서 일관적인 신뢰성을 주는 것이 중요합니다."

데릭은 눈썹을 몇 번이나 추켜올리며 강조했다.

"휘현 씨, 12주의 과정이 불편하고 고통스러울지라도 잘 완수하셔야 합니다. 저번에 말씀하신 것처럼 이든 씨만 피한다고 해서 해결될 문제가 아니에요. 상대가 바뀌어도 휘현 씨의 잘못된 뇌신경체계가 바뀌지 않는다면 똑같이 쇼크가 올 겁니다."

"네……."

체념한 어조로 휘현이 대답했다.

"미리 걱정하실 필요는 없습니다. 일정표대로 함께 시간을 보내면 되니까요. 응급 상황에 대비해 자가 투여할 수 있는 임상시험약도 함께 처방해드릴 겁니다. 자, 그러면……"

말을 마친 데릭은 책상 위의 시계로 눈길을 주고는 진료를 정리할 준비를 했다.

그때 휘현이 허리를 곧게 펴고 데릭에게 물었다.

"저…… 교수님."

"네."

"만약에 임상시험이 조기 종료될 경우에 위약금이 있을까요? 지난번 청구된 550만 원 병원비 외에도……"

"흐음…… 조기 종료가 인정되는 예시도 계획서에 명시되어 있습니다만 혹시 어떤 것 때문에 묻는 거죠?"

"중도에 이든의 마음이 변할 수도 있잖아요. 저를 포기하고 싶을 수도 있고……"

그녀의 말에 이든이 휘현을 쳐다보았다. 그리고 깨달았다. 휘현은 정말 자신을 믿지 못하고 있었다.

돌아오는 차 안은 적막했다. 소음이라고는 휘현이 톡톡거리며 내는 손톱 소리가 유일했다. 휘현은 아까부터 이든에게 꺼내려던 말을 몇 번이고 목구멍 안으로 집어삼켰다. 그러다 이내 안 되겠는지 숨을 크게 들이쉬고 운전석 쪽으로 몸을 돌렸다. 순간 휘현의 눈이 이든과 마주쳤다. 휘현이 기계적으로 입꼬리를 추켜올리자 이든이 가볍게 웃었다.

"……괜찮아?"

이든과 휘현이 동시에 서로에게 물었다. 몇 초간 둘의 시선이 얽히더니 이내 이든이 눈을 떼고 앞을 바라보았다.

"나는 괜찮아!"

조용한 차 안 분위기에 어울리지 않게 높은 톤으로 휘현이 대꾸했다.

"다행이네, 지금은 괜찮아서……"

"너는 괜찮아?"

휘현이 되물었다.

"뭐가?"

"오늘 데릭 교수님 말 들어보니까 우리 둘이 꽤…… 같이 시간을 보내야 하더라고."

"아, 응."

이든이 왼팔을 창밖으로 걸친 채 대꾸했다.

"시간을 많이 뺏길 텐데 괜찮겠어?"

"사실 아까 네가 마지막에 데릭 교수님한테 한 말 듣고 좀……"

이든이 말끝을 흐렸다.

"마지막에? 내가 뭐라고 했지?"

휘현이 잠시 미간을 구기며 기억하려 애썼다.

"내가 널 포기할까 봐 걱정된다고."

"아…… 그거?"

그제야 고개를 주억거리는 휘현이었다.

이든이 그런 휘현을 힐끔 쳐다보고 다시 고개를 돌렸다.

"시간 뺏긴다고 생각하지 않아."

이든이 덤덤하게 말했다.

"그래서 말인데 한 달에 30만 원씩이라도 너한테 지불할게!"

"응?"

"적은 돈인 건 아는데…… 내가 아르바이트라도 해서……"

"잠깐만."

핸들을 쥔 손을 스르륵 내리며 이든은 고개를 돌려 휘현을 쳐다보았다.

"그러니까 돈을 주겠다는 거야?"

차가 신호에 걸린 터라 이든이 휘현에게 시선을 꽂은 채 물었다. 이든의 눈빛이 차갑게 휘현의 눈동자를 파고들었다.

"미안, 액수가 많이 부족하긴 하지……?"

휘현이 처연하게 속눈썹을 아래로 내렸다.

"하아……"

이든이 바람 빠지듯 숨을 내쉬었다. 속이 점점 답답하게 옥죄어 오는 듯했다. '돈이라도 몇 푼 쥐어줘야만 임상시험이 끝날 때까지 자기 곁에 남을 거라고 생각해서 저러는 걸까?' 방금 들은 말은 자신을 그저 돈으로 얽힌 사이로 관계를 규정지으려고 하는 것만 같았다.

"휘현아, 나한테 돈 줄 필요 없어. 네가 걱정돼서 결정한 일이고 난 네가 잘 치료받았으면 좋겠어. 그 과정에서 내가 도움이 되고 싶은 거고. 그뿐이야."

이든이 말을 마치자 신호가 바뀌었다.

휘현은 말이 없었다. 거액의 병원비를 감당하지 못해서 시작한 임상시험이었지만 이든까지 이렇게 깊게 개입되어야 하는 줄은 몰랐다. 앞으로 12주 동안 무슨 일이 벌어질지 막막하기만 한 휘현이었다.

"대신 나한테 한 가지만 약속해 줘. 네가 약속을 지키면 나도 책임지고 네 옆에 있을게."

이든이 말했다.

"뭔데?"

휘현이 마른침을 삼키며 물었다.

"솔직하게 네 감정을 말해줘."

"난 늘 솔직하게 내 생각을 말해왔어."

휘현이 인상을 구기며 말했다. '이든은 여태까지 내가 거짓말을 한다고 생각했던 걸까?'

"네 생각 말고 네 감정. 난 그게 궁금해."

그의 말에 휘현의 말문이 턱하고 막혔다. 가끔 이든은 이렇게 알 수 없는 말을 늘어놓고는 했다.

"휴…… 그래, 그래. 솔직하게 감정 표현할게."

양손을 들어 올려 항복한다는 듯한 제스처를 취하며 휘현이 지친 얼굴로 대답했다. 그 모습을 보자 픽 하니 웃음이 나오는 이든이었다.

## ‹ 13 ›

[나 도착했어.]

휴대폰에 시선을 고정한 채 메시지를 보내는 휘현의 손이 작게 떨렸다.

[응, 나갈게.]

그때 지잉- 하며 휘현의 휴대폰이 바로 울렸다.

병원에 함께 다녀온 후 처음으로 둘이 시간을 보내게 된 곳은 이든이 작업하는 아트센터였다. 만일의 사태를 대비해서 휘현은 집에서 나오기 전 임상시험약을 투약했다. 첫날부터 발작해서 이든을 당황하게 하면 그만하겠다고 말할지도 모르니까.

눈을 돌려 건물을 확인한 휘현은 지금까지 자신이 잭브라운홀 건물만 왔다 갔다 했다는 것을 깨달았다. 처음 보는 아트센터는 꽤 모던한 느낌이었다. 앞면이 전부 통유리로 되어 있어 내부의 세련된 인테리어가 그대로 눈에 들어왔다. 해 질 녘의 주황빛 톤이 따뜻하게 내부 조명을 비추고 있었다. 그때 문을 밀고 이든이 나왔다. 휘현은 통유리에 빛이 반사된 탓에 순간 눈을 찡그렸다. 다시 눈을 떴을 땐 몸의 라인이 모두 드러나는 딱 붙는 흰 티셔츠에 검정 비니를 쓰고 있는 이든이 눈에 보였다.

"휘현아, 들어와."

한 손으로 문을 잡고 있는 이든이 오라며 손짓했다. 그 모습을 보는 휘현의 입이 작게 벌어졌다. '원래 이든이 저렇게 비율이 좋았던가?' 비니에 가려진 작은 얼굴에도 짙은 눈썹과 눈매가 눈에 띄었다. 게다가 평상시와는 다르게 휘현은 그의 넓은 어깨로 시선이 향했다. 찰나였지만 어질거리는 느낌이 볕이 좋은 날씨 탓인 건지 빛나는 이든 때문인 건지 휘현은 분간할 수 없었다. 그러다 휘현은 자신이 이런 감정을 갖는 게 스스로도 어이가 없었는지 피식 웃으며 서둘러 이든에게 달려갔다.

아트센터의 규모는 크지 않아 보였지만 내부 조명과 노출된 콘크리트 벽면 덕분인지 웅장한 기분이 들게 했다.

"아트센터엔 처음 와보지?"

입구에 들어선 순간부터 주변을 휘휘 둘러보는 휘현을 보며 이든이 물었다.

휘현의 눈이 이든의 도톰한 입술로 향했다. 얼굴이 검은색 비니에 가려져서인지 붉은 입술이 더 도드라져 보였다. 순간 휘현은 자신의 시선이 너무 노골적으로 이든의 입술에 머물렀다는 것을 깨닫고 황급히 통로 쪽으로 시선을 돌렸다.

"응, 처음 와봐."

스스로 생각해도 퉁명스러운 말투에 휘현도 놀랐다.

이든이 가볍게 고개를 끄덕거리며 통로 쪽으로 안내했다.

"이번에 처음으로 여기 아트센터 전시 기획에 참여하게 됐어."

그 말에 휘현이 흘깃 옆에 선 이든을 바라보았다. 눈매가 짙은 이든이 주의 깊게 센터 내부를 둘러보는 게 보였다.

"와! 여기가 통로야?"

특이하게 기운 타원형 통로를 들어서며 휘현이 물었다.

"응, 로비와 전시 공간을 이어주는 튜브형 구조야."

"블랙홀로 빠져들어 가는 것 같아."

휘현이 작게 읊조렸지만 갇힌 통로 탓에 목소리가 웅웅 울렸다. 휘현이 신은 미들힐의 구두 소리가 일자로 뻗은 통로를 걷는 동안 또각또각 울려댔다. 이든의 시선이 휘현의 발로 향하는 것이 느껴지자 휘현은 구두 소리를 줄이려 조심스럽게 걸었다.

"발 아프지 않아?"

이든이 걱정스레 물었다.

"응? 아, 괜찮아."

자기 다리에 시선을 고정한 채 묻는 이든을 보자 휘현은 갑자기 얼굴이 화끈거려오는 게 느껴졌다. 다행히 긴 통로를 지나쳐 전시 입구에 다다랐다.

"여기가 1전시관이야."

반걸음 앞선 이든이 고갯짓으로 입구를 가리켰다. 전시관엔 몇 점의 그림이 진열되어 있었다.

"지금 전시 중인 거야?"

전시관 내부에 아무도 없었음에도 휘현은 이든에게만 들릴 정도로 목소리를 낮춰 물었다.

"응, 재학생들이 샤갈……"

"샤갈 작품이다!"

흥분한 휘현이 의도치 않게 이든의 말을 자르며 감탄했다.

"샤갈 작품을 모티브로 재구성했지."

그런 휘현을 보며 이든이 마저 말을 맺었다.

"나 샤갈 진짜 좋아하는데. 특히 이 작품!"

입술이 반쯤 벌어진 휘현이 샤갈의 〈산책〉 작품 앞에 우뚝 섰다. 나란히 걷던 이든도 덩달아 걸음을 멈추고 고개를 젖혀 작품을 감상하는 휘현을 바라보았다. 어두운 조명 아래에서도 휘현이 눈빛을 빛내며 좌우로 빠르게 그림을 훑는 것이 보였다.

"이 작품이 왜 좋아?"

이든이 호기심 가득한 눈으로 휘현에게 물었다. 좋고 싫은 감정 표현을 휘현이 이렇게 분명하게 말하는 모습이 생경했다.

"그냥…… 놓으면 하늘로 날아갈 것 같은 여자를 남자가 땅에 굳게 서서 잡아주고 있잖아. 손 잡힌 여자는 그 안에서 자유로워 보이고……"

평상시와 같은 익숙한 어투로 혼잣말하듯 낮게 조곤조곤 말하는 휘현이었다.

곁에 사람이 있는데도 주변 사람을 지워버리고 마치 혼자 있는 것처럼 느껴지게 하는 것은 휘현의 습관일까, 특기일까.

이든은 휘현이 눈을 떼지 못하는 작품으로 다시 눈길을 돌렸다.

"난 좀 다른 생각이 들어."

그제야 고개를 반쯤 돌린 휘현이 이든을 바라보았다. 휘현이 궁금하다는 듯 두 눈썹을 위로 올렸다.

"만약에…… 친엄마 곁에 저렇게 안정적인 사랑을 주는 남편이 있었더라면……"

여기까지 말한 이든은 답답한 듯 숨을 크게 들이쉬고 이내 다시 숨을 내쉬며 덧붙였다.

"그랬더라면 20년 전 나를 안 버리지 않았을까……?"

이든의 목소리는 덤덤했지만 휘현은 그의 말이 심장 깊은 곳으로 점점 가라앉는 것만 같았다.

"그냥 그렇다고……."

이든이 빙긋 웃으며 서둘러 옆으로 발걸음을 옮겼다. 걸으면서도 괜한 소리를 꺼낸 것 같아 이든의 고개가 점점 아래로 떨어졌다. 굳이 속 얘기를 꺼낼 필요는 없었는데 왜 그렇게 마음속에서 응어리 터지듯 톡 튀어나와 버린 건지 이든도 의아했다. 오늘 만남으로 더 불편해진 건 아닐까 걱정이 됐다.

한편 그 자리에 우뚝 멈춰 선 휘현은 멀어져 가는 이든의 등을 바라보았다. 친엄마를 진심으로 찾고 싶어 하는 이든의 마음이 휘현에게 닿아 파장을 일으켰다. 한국에 일치하는 DNA가 없다는 결과를 받았을 때 이든은 얼마나 힘들었을까. 힘든 이든에게 휘현 자신이 짐이 된 것만 같은 기분이 밀려왔다. 휘현은 무슨 말이라도 해주고 싶었지만 입이 떨어지지 않았다. 누군가가 자신의 깊은 속마음을 꺼냈을 때 어떤 반응을 보여줘야 하는 건지 감조차 오지 않았다. 다시 한번 전시된 작품에 시선을 고정한 휘현은 잠잠히 그림 속 남자 손을 바라보았다.

휘현도 누군가의 속마음 깊이 박힌 상처를 알고 싶었던 적이 있다. 자신이 감히 공감해 줄 수도 없고 위로하는 데 있어 젬병일 테지만. 그래도 듣고 싶었던 사람. 생각이 여기까지 미치자 휘현의 입술에 씁쓸한 미소가 스쳐 지나갔다. 2년 동안 사랑하며 만났던 애인한테도 듣지 못했는데 만난 지 2개월밖에 안 된 저 남자는 너무나도 솔직하게 자기의 상처를 고백하고 있다. 그리고 그런 군더더기 없는 솔직함이 휘현을 멈칫하게 했다.

"저……"

휘현이 이내 입술을 떼고 이든을 멈춰 세웠다.

"아이스크림 먹으러 갈래?"

휘현이 생긋 웃으며 물었다.

"으, 무슨 줄이 이렇게 길어!"

휘현이 아랫입술을 쭉 내밀었다. 인기 많다는 소문은 들었지만 이렇게 조그마한 가게 앞에서 30분째 줄을 서 있다는 것이 어이가 없었다.

"크. 우리 차례 다 됐어."

이든이 배시시 웃었다.

"주문하시겠어요?"

가닥가닥 머리를 땋아 내린 종업원이 밀린 주문에 지친 듯 눈도 보지 않고 물었다.

서둘러 손 글씨로 적힌 메뉴판을 훑은 휘현이 옆에 선 이든을 톡톡 치며 말했다.

"뭐 먹을 거야? 나는 커피 쿠키 맛."

"흐음, 나는 씨 솔티드 초코."

"오케이, 이건 내가 살게."

종업원에게 카드를 먼저 내밀며 휘현이 싱긋 웃었다.

"고마워."

지갑을 꺼내려던 이든이 이내 뒷주머니에 도로 넣으며 대답했다.

부산스러웠던 바깥과는 달리 내부에는 빈 테이블이 몇 개 보였다. 이든이 빈자리로 가서 자리를 잡자 휘현이 뒤따라왔다.

"주문이 좀 밀려서, 나오면 불러준대."

이든 맞은편의 의자를 빼내며 휘현이 말했다.

"아이스크림 좋아해?"

분주하게 움직이는 종업원들을 흘깃 보며 이든이 물었다.

"그냥…… 울적하거나 그럴 때 종종 먹어."

받은 영수증을 꾸깃꾸깃 접으며 휘현이 대꾸했다.

"오늘 울적했어?"

이든이 물었다.

"37!"

그때 손에 쥔 영수증에 적힌 번호를 부르는 소리에 휘현이 벌떡 일어났다.

"내가 가져올게."

냅다 달려가는 휘현을 보고 이든은 픽 웃었다. 휘현을 따라 시선을 움직이는데 무슨 문제가 생긴 건지 종업원과 얘기를 나누는 휘현이 보였다. 이윽고 휘현이 이든을 불렀다.

"혹시 커피 쿠키 맛 괜찮아? 종업원이 주문을 잘못 받아서 네 거를 피넛 버터 맛으로 줬어. 근데 지금 씨 솔티드 초코가 솔드

아웃이라고 해서."

"아, 진짜? 난 커피 쿠키 맛 좋아."

"넌 견과류 먹으면 안 되니까."

휘현이 피넛 버터 아이스크림 위에 한 움큼 흩뿌려진 땅콩 가루를 보여주며 말했다.

"우리 여기서 나갈까? 휴, 사람이 더 많아진 것 같아."

덧붙여 말하는 휘현이었다.

"응, 캠퍼스 공원 걷자."

아이스크림을 받아 든 이든이 말했다.

가게에서 나오니 하늘이 온통 유황색으로 물들어가는 이른 저녁이었다. 발맞추어 걷는 이든과 휘현의 발이 터벅터벅 공원을 가로질렀다.

"휘현아."

이든이 옆에서 걷는 휘현을 힐긋 보며 말을 꺼냈다.

"우웅……"

야무지게 아이스크림을 스푼으로 떠서 한입 문 휘현이 오물거리며 대답했다.

"오늘 울적한 일 있었어?"

"아니? 그런 일 없었는데."

휘현이 눈을 동그랗게 뜨며 대답했다.

"아까 울적할 때 아이스크림 먹는다고 해서."

"내가 울적한 게 아니라…… 전시장 구경할 때 그냥 네가 좀 그래 보였어."

휘현이 손으로 머리를 긁적거리며 말을 얼버무렸다. 이든은 그런 휘현을 빤히 쳐다보았다.

"나 위로해 준 거야?"

이든이 장난스럽게 웃으며 휘현을 마주 보고 뒤로 걸었다.

"어? 뭐……"

자신을 뚫어지게 보는 시선을 피하며 휘현이 말을 뭉갰다. 그래도 여전히 눈을 떼지 않는 이든과 기어이 눈이 마주치자 휘현은 작게 한숨을 쉬며 입을 뗐다.

"나 어렸을 때 부모님이 좀 많이 다투셨거든. 그럴 때는 그냥 무섭기도 하고 슬프기도 하고 그래서…… 혼자 나와서 아이스크림 사 먹고 들어가고 그랬어."

이든은 휘현의 뜻밖의 고백에 멈칫하며 걸음을 멈췄다. 그 바람에 휘현과 마주 선 모양이 됐다.

"아무 생각 없이 어느새 다 먹었을 즈음엔 그냥 마음이 시원해지는 기분이더라고. 풉. 근데 웃기지? 찬 거 먹어서 몸이 차가워진 건데 그걸 시원하다고 생각했으니까. 확실히 어렸던 것 같아."

휘현이 손등으로 입을 가리며 덤덤하게 웃었다.

그 모습을 보는 이든의 마음에 잔잔히 동요가 일었다.

"부모님하고 얘기해 본 적 있어?"

"응? 뭐를?"

"힘들었던 거."

"아니, 없지. 그럴 상황이 아니었어."

휘현이 절레절레 도리질했다.

"네 말을 들어줄 사람이 없었나 보다."

"흐음…… 응석 부릴 수가 없었지. 딱히 받아줄 사람도 없었고."

남은 아이스크림을 바닥까지 스푼으로 긁어모으며 휘현이 태연하게 대답했다.

"그래서 혼자 아이스크림 먹으면서 삭였고."

"풉, 삭였다고 말하니까 좀 웃기다. 고작 유치원생이었는데! 그냥 지금도 나는 아이스크림 먹으면 기분이 좋아지더라고."

휘현이 별거 아니라는 듯 웃었다. 왠지 그 모습이 이든의 마음을 무겁게 만들었다.

"이번에 네가 맡게 된 전시회는 언제 오픈이야?"

분위기가 가라앉자 휘현이 주제를 돌리며 가볍게 물었다.

"3개월 좀 안 남았어."

"바쁘겠네."

"응, 이제부터 바빠질 듯. 전시하게 될 도예 작가님하고 이번 주부터 미팅도 해야 해."

"도자기 전시구나."

"응, 혹시 도자기 좋아해?"

이든이 물었다.

"글쎄, 도예가를 좋아했지……."

휘현이 들릴락 말락 한 목소리로 읊조렸다.

"내 첫 전시니까 보러 와."

휘현의 말을 못 들은 이든이 눈썹을 추켜올리고 기대에 찬 눈빛으로 말했다.

그런 이든을 휘현이 빤히 쳐다보았다. 저럴 때는 정말 장난기가 가득했다. 길게 뻗은 눈매 속의 눈동자가 오늘따라 더 크게 느껴지는 휘현이었다.

"……그럴게."

빙긋 웃으며 휘현이 대답했다.

"오, 좋다."

그제야 휘현에게서 시선을 떼며 만족스러운 듯 웃는 이든이다.

"저기 근데……"

"응?"

"이제 집에 갈까? 우리 오늘 5시간 만났어."

휘현이 휴대폰 속 알람으로 맞춰둔 시계를 이든 눈앞에 보여주며 말했다.

"아……"

이든이 이내 바람 빠지듯 픽 웃었다.

휘현이 보여준 알람 시계 위에는 '임상 시험 치료 5시간 예정'이라고 적힌 메모가 보였다. 자신을 만나면서 계속 시간을 체크하고 긴장했을 휘현을 생각하자 이든은 복잡한 감정이 일어났다.

"그래, 다행히 첫 만남에는 알레르기 반응이 안 일어났네."

"으응."

"이제 집에 가자."

다정하게 말하는 이든이었다.

# 2부

## ‹ 14 ›

얇은 커튼 천으로 옅게 빛이 들어왔다. 적막한 작업실의 공기를 머금은 재즈가 유유히 도하의 귓바퀴에 흘러내렸다. 차가운 흙을 손바닥의 온기로 데워가며 물레를 돌리는 도하의 눈빛이 꽤 진지했다. 오랜 시간 만져왔던 흙의 촉감이 오늘따라 더 예민하게 느껴지는 것은 기분 탓인 걸까. 흘러내린 머리카락을 위로 올릴 겨를도 없이 오로지 미끄러지는 흙의 예민함을 잔잔함으로 붙들기 위해 애쓰는 도하였다.

덜컥. 그때 도하의 작업실 문이 열렸다. 물레를 돌리던 도하의 손길이 멈칫하는 순간 흙이 여지없이 균열을 만들며 흐트러졌다. "하." 작게 한숨을 토해낸 도하가 작업을 멈추고 고개를 들었다. 네이비 컬러의 터틀넥 위에 입은 진청색의 코트로 톤

온 톤을 맞춘 세진이 뚜벅뚜벅 도하를 향해 걸어 들어왔다. 느리지도 빠르지도 않은 저 걸음 소리는 도하에게 너무나도 익숙하다. 마치 서두를 것 없다는 듯이 그러나 놓치지도 않겠다는 듯한 걸음.

사람을 질식시키게 만들어버리는 분위기에 도하는 다시 머리가 지끈거렸다.

"방해됐나?"

테라스 가까이에 다가선 세진이 커튼을 젖히며 말했다.

순간 밝은 햇볕이 강하게 작업실을 밀고 들어와 도하의 눈이 질끈 감겼다. 이내 다시 눈을 뜬 도하는 세진의 등을 바라보았다. 밝은 햇볕도 어두운 세진의 아우라에 목이 졸린 듯했다. 여전히 세진은 도하를 보지도 않은 채 테라스 밖의 자연 풍경만 바라보고 서 있었다.

"작업은?"

명령적인 어투의 낮은 목소리가 도하의 귀에 닿았다.

"잘하고 있어요."

잠겨버린 도하의 목소리였다.

이내 세진이 등을 돌리며 도하를 바라보았다.

"이번 런던 전시 중요한 거 알지? 얼마 안 남았어."

"알고 있어요."

"아는데 다른 전시를 잡았더라고, 네가."

날카롭게 쏘아붙이는 세진의 말에 도하가 미간을 찌푸렸다.

비밀로 해달라는 도하의 부탁에도 재천은 기어이 세진에게 말을 전한 듯했다. 하긴, 도하에게 별 상관은 없었다. 어차피 아버지가 알게 되는 건 시간문제라는 것도 알고 있었으니까. 도하가 말없이 반듯하게 세진을 쳐다보았다.

“하하.”

갑자기 세진이 난데없이 한숨 쉬듯 웃음을 토해냈다.

처음 보는 모습에 도하의 한쪽 눈썹이 추켜 올라갔다.

“나한테 말도 안 하고 네가 그곳에서 전시하고 싶은 이유가 있겠지. 네 급에 맞지도 않는 전시라 내 성에는 안 차지만…… 뭐, 존중해.”

순간 도하는 잘못 들은 건가 싶어 자신의 귀를 의심했다. 지금 아버지가 자기에게 존중한다고 말을 한 건가?

“여태까지 늘 내 뜻대로 따라오기만 했는데 너도 많이 컸구나.”

세진의 말을 들은 도하는 말을 꺼내기 전 깊이 심호흡을 했다.

“둘 다 차질 없이 준비할게요.”

딱딱하게 굳은 목소리로 도하가 말을 꺼냈다.

“그래, 실망시키지 않을 거라 믿어.”

세진이 도하의 한쪽 어깨에 손을 얹으며 입꼬리를 말아 올렸다. 햇볕에 반사되어 번들거리는 이마 아래로 탐욕스럽게 휘어진 눈가의 주름이 짙게 접혀 들어갔다.

"시간이 촉박할 텐데 더 방해 안 하마."

속을 알 수 없는 눈으로 도하를 내려 보던 세진이 이내 몸을 돌렸다. 걸어 들어올 때와 비슷한 속도로 뒷짐 진 채 걸어 나가는 세진이 선반 위의 작업물들을 눈으로 훑는 것이 보였다.

이윽고 문이 쾅 소리를 내며 닫히자 도하는 긴장이 풀려 크게 숨을 내쉬었다. '파투를 내지는 않는다는 말이지?' 고개를 갸웃거리며 물레 위에 뭉그러진 흙을 바라보던 도하가 이내 신경질적으로 흙을 뜯어냈다.

❖❖❖

똑똑. 떨리는 손으로 작게 주먹을 쥔 휘현이 블레이크 교수 연구실을 두드렸다.

"네."

밝고 쾌활한 목소리가 들려오자 휘현은 짧게 숨을 들이쉬고 문을 열었다. 머리부터 빼꼼히 들이밀고 들어간 휘현의 눈이 블레이크 교수와 딱 마주쳤다.

"휘현, 어서 들어와요."

브이넥 칼라에 스트라이프 패턴의 니트를 입은 블레이크가 소매를 걷어 올리며 자리에서 일어났다.

"안녕하세요."

휘현이 애써 빙긋 웃으며 얼쯤얼쯤 들어갔다. 생각보다 교수 연구실이 비좁아 앉을 자리라고는 교수 책상 옆면에 붙은 간이 의자가 전부였다.

블레이크는 고개로 의자를 가리키며 앉으라고 말하곤 책상에서 주섬주섬 뭔가를 찾았다.

"잠시만, 네가 쓴 에세이가…… 아, 여기 찾았다."

블레이크는 투명 파일에서 에세이를 꺼내 들어 의자를 끌고 와 휘현 앞에 앉았다. 휘현은 마른침을 꼴깍 삼켰다. 교수실에 불려오는 게 달가울 학생은 없을 테지만 휘현은 왜 자신이 여기까지 불려오게 된 건지 의아했다.

"저번에 네가 쓴 에세이야."

"네."

빳빳하게 등을 세우고 경직된 얼굴로 종이를 받아 든 휘현이 맨 앞장의 A+라는 점수에 눈길을 멈췄다.

"자신이 생각하는 자기 자신에 대해 쓰는 에세이였지. 보다시피 점수는 A+야."

"네."

휘현이 만족스러운 듯이 입꼬리를 올렸다.

"주제 적합성이나 문법과 논리력도 좋아서 점수는 높은데 문제는……"

블레이크는 자세를 다시 고쳐 앉고 짐짓 진지한 얼굴로 휘현을 바라보았다.

"점수를 줘야 하는 교수로서는 A+지만 개인적으로는 이 에세이를 보고 꽤 마음이 아팠다는 걸 말해주고 싶었어."

블레이크의 말에 휘현은 이해가 되지 않는 다는 듯 미간을 좁히고 눈을 동그랗게 떴다.

"첫 수업 때 애착 유형 검사에서 휘현이 공포-회피 유형이 나왔었지?"

"네."

"이 유형은 자기 부정, 타인 부정형이야. 그러니까…… 그 누구도 믿질 못하지. 솔직히 말하면 내가 여태 가르쳤던 학생 중에 휘현이가 공포-회피에 대한 불안도와 민감도 수치가 가장 높아."

"아……"

휘현은 말문이 턱 하고 막혀 고개를 작게 주억거렸다.

"흐음, 내가 부른 건 네게 걱정을 안겨주고 싶어서는 아니고. 적어도 내 수업을 듣는 시간만이라도 조금 더 개선되었으면 하는 바람에서야."

"네에."

휘현은 입이 바싹 마르는 기분이 들었다. 그렇지 않아도 인간 알레르기 때문에 임상시험까지 하고 있는데 듣고 있는 수업에서도 교수와 면담을 해야 할 정도라니. 한국에 있을 때는 전혀 문제없이 살았는데 왜 여기에서 이 모든 일이 한꺼번에 터지는 건지 머리가 아플 지경이었다.

“각각의 애착 유형에 대해서는 수업 시간에 자세하게 배울 테지만 혹시라도 궁금한 점이 있으면 언제든지 편하게 연락해도 좋아. 휘현한테는 마지막 수업 때 진행할 애착 유형 검사 결과지를 집으로 보내줄 거고. 그리고…… 한 가지 더. 한 달 뒤에 제출해야 하는 ‘타인이 보는 나’에 대한 에세이를 쓸 때 휘현이를 아끼는 사람으로부터 들은 내용을 적고 발표해 줬으면 해.”

“제가 발표를요?”

“응, 너를 아끼는 사람이어야 해.”

블레이크가 교수가 생긋 웃으며 다시 한번 강조했다.

“안녕하세요. 제 말 들리시나요?”

이든은 카메라 각도와 마이크를 흘깃 보면서 볼륨을 조정했다. 벙긋거리는 도하의 입술을 보니 뭔가 말을 하고 있는 것 같기는 한데 소리가 들리지 않았다. 이든은 다시 설정 창을 클릭한 뒤 회의실 스피커 음량을 높였다.

“안녕하세요.”

갑자기 울린 하울링에 옆자리에 앉아 있던 바바라 교수가 놀라 움찔했다.

"아, 이제야 들리네요."

이든이 마이크 음량을 아래로 내리며 말했다. 자리에 앉은 이든이 화면에 보이는 도하의 얼굴을 바라보았다. 흑발 머리카락 아래의 눈썹이 검고 짙었다. 검은 눈동자가 커서인지 눈빛이 강렬한 인상이었다.

"도하 씨, 이번 전시 총괄을 맡은 바바라입니다. 반가워요."

우아한 억양으로 인사를 건넨 바바라 교수가 고개를 옆으로 돌려 이든을 바라보았다.

"처음 뵙겠습니다. 바바라 교수님을 도와 전시 디자인을 맡은 이든이라고 합니다."

선하고 반듯한 얼굴과 어울리는 단정한 말투였다.

"강도하라고 합니다."

"먼저 촉박한 일정에 맞춰서 작품을 준비해 주셔서 감사하다는 말을 작가님께 드리고 싶네요. 한국뿐만 아니라 전 세계적으로 명망 있는 분이라고 들었습니다. 함께 전시를 진행하게 되어 기쁘네요."

바바라가 생긋 웃으며 도하를 바라보았다.

"급박하지만 서툴게 전시를 치르고 싶지 않습니다. 제게 의미 있고 중요한 전시라서요."

도하가 흔들림 없는 눈동자로 말했다.

"흐음, 좋습니다. 오늘 화상 회의는 전시 주제, 공간별 구성과 테마, 작품 리스트와 설치안에 대해서 논의해 보려고 합니다. 그럼, 작가님의 의견 먼저 들을 수 있을까요?"

바바라가 이든에게 준비한 안건 화면을 공유해달라며 손짓했다.

"전시 제목은 〈Heart: Light〉입니다. 보내주신 전시 구조는 확인했고, 입장하는 곳에 쓰일 소개글은 메일로 전달하겠습니다. 그리고 처음 관람객이 입장하는 공간은 어두운 돌담 안에 갇힌 듯한 느낌으로 벽면과 설치물을 거칠고 암울한 질감의 톤으로 표현해 주셨으면 합니다. 2구역은 미세한 간접 조명에 의해 제 도자기의 색이 드러나게 표현하고 싶습니다. 마지막 구역은 가장 단아하고 심플하되 모든 시선이 통유리 안의 백자로 향하게 하고 싶습니다. 조명은 백자 안에서부터 비치도록 부탁드립니다."

흐트러짐 없이 차분한 모습이었지만 날카로움이 묻어 있는 도하였다.

"좋네요. 역시 도예 전시회 경험이 많아서 협업에 큰 도움이 되네요. 이든? 궁금한 사항이나 의견이 있을까?"

바바라가 노트북으로 무언가를 적어 내려가며 물었다.

"혹시 전시 제목을 〈Heart: Light〉로 정한 이유가 있을까요. 이번 전시에서 표현하고 싶은 주제가 궁금해서요."

이든의 눈이 짙은 도하의 눈동자와 마주쳤다.

“이번 작업은 어둠뿐이었던 제 마음에 빛을 주었던 여자를 그리워하며 빚어내는 시간이었습니다. 사랑이란 걸 너무 늦게 깨달았지만 그럼에도 제 작품이 있는 공간에 그녀가 머물기를 바라며 준비하고 있습니다. 제 마음을 빛으로 변화시켜준 그녀에 대한 헌사죠.”

“So romantic!”

바바라가 눈을 찡긋하며 빙긋 웃었다.

말 한마디 한마디에 집중하며 받아 적던 이든이 한동안 도하의 시선과 얽혀 들어갔다. 지금 강도하는 헤어진 그녀에게 다시 고백하고 있었다.

# ‹ 15 ›

"수영할 줄 알아?"

운전하는 이든이 휘현을 보며 물었다.

"자유형 배울 때 앞으로 손 내밀고 쭉 직진하는 것까지 배웠는데 숨 쉬면서 팔 돌려서 나가는 걸 못 배웠어."

휘현이 구구절절한 설명을 덧붙여 가며 설명했다. 어쨌든 못한다는 걸 이렇게나 돌려 말하는 중이었다.

"풉." 휘현이 볼을 부풀린 채 설명이 길어지자 이든은 재미있다는 듯이 웃었다.

수영도 못하는 휘현이 이든과 스노클링을 가는 이유는 하나였다. 이렇게 멀리 나가야 임상시험 조건에 나와 있는 18시간을 채울 수 있어서다.

"근데 찾아보니까, 수영 못해도 흉내는 낼 수 있더라고. 물고기 형체만 보고 나오지, 뭐."

"물 공포증이 있는 건 아니네. 그럼 됐어."

씨익 웃으며 창밖을 바라보는 이든이었다.

차로 2시간이나 내달려서 도착한 라호야 비치는 이미 주차된 차로 가득 차 몇 바퀴를 더 돌아야 했다. 어렵게 주차를 마치고 차에서 내리자마자 바다 냄새가 코끝을 징하게 파고들었다. 한국에서 맡았던 짭조름한 바다 냄새라기보다 비릿함이 더 강하게 들어 휘현은 순간적으로 멀미가 일었다. 동물적인 냄새에 코가 아플 지경인데, 아니나 다를까 해안 절벽과 바위 위에 갈매기와 펠리컨이 모여들어 앉아 있었다. 저 많은 새가 싸 놓은 배설물들 때문에 이렇게 고약한 냄새가 나는 건가 싶어 휘현은 다시 한번 입으로 숨을 들이켰다. 그래도 아직 코로 냄새를 맡으려면 적응할 시간이 필요할 듯했다.

그러다 해변에 널브러져 있는 돌처럼 생긴 것을 보고 휘현은 눈을 크게 떴다. 돌이라기에는 꿈틀꿈틀 거리는 것이 가만히 보니 물개였다. '세상에! 무슨 물개가 이렇게 많지?' 휘현의 입이 떡하니 벌어졌다.

일광욕을 즐기기에 여념이 없는 물개들을 방해하지 않으려 사람들은 멀찌감치 떨어져서 구경하고 있었다. 그때 라호야 비치의 해안 절벽을 큰 파도가 철썩 때렸다.

"와, 바다 봐! 스노클링 하기 좋은 날이다."

수영을 좋아한다더니 바다를 본 이든은 한껏 신나 보였다. 한참이나 바다를 보던 이든은 이내 차 트렁크에서 수트와 장비를 주섬주섬 꺼냈다.

"스노클링은 처음 하는 거지? 수트 입는 거 어려우면 지퍼 올리는 건 도와줄게!"

휘현이 이든의 말에 괜히 부끄러워 고개를 돌리자 멀리 커플처럼 보이는 두 사람이 보였다. 여자가 수영복 차림에 수트를 입는 모습을 남자가 흐뭇하게 서서 지켜보다가 이내 친절하게 지퍼 올리는 걸 도와줬다. 작열하며 일직선으로 내리꽂는 태양에 비친 커플의 모습은 한 편의 로맨스 영화 같았다. 그 모습에 휘현은 눈을 떼지 못하며 수트를 손에 쥔 채 멀뚱히 지켜보고 서 있었다.

"휘현아!"

자신을 부르는 목소리에 휘현은 그제야 고개를 돌려 이든을 바라보았다.

"응?"

"저쪽에 탈의실 있어."

"아……"

이든이 가리키는 손의 방향으로 휘현이 시선을 돌렸다.

"여기서 입을 거면 내가 도와줘도 되고."

이든이 걸친 티셔츠를 위로 벗으며 덤덤하게 말했다.

순간적으로 이든의 노출된 상의가 준비도 안 된 휘현의 눈에 고스란히 들어왔다.

"아니! 나도 옷 갈아입고 올게."

당황한 휘현이 백사장에 수트가 질질 끌리는 줄도 모르고 빠른 걸음으로 탈의실로 향했다. 누가 보면 줄행랑치는 줄 알았을 속도였다.

'아니, 옷을 왜 내 앞에서 벗는 거야?' 탈의실에 도착해 옷을 갈아입으면서도 휘현의 머릿속이 구시렁댔다. '아니지, 친군데 뭐 어때. 게다가 내 알레르겐인데. 이든이 티셔츠를 벗든 바지를 벗든. 아, 그래도 바지는 아니지.' 다시 고개를 절레절레 흔드는 휘현이었다. 그때 낯선 여자가 휘현이 수트 착용하는 데 애먹는 줄 안 모양인지 힘차게 뒤에서 지퍼를 올려주며 만개한 잇몸으로 웃어 보였다.

수트를 착용하고 나오니 착장을 마친 이든이 보였다. 작은 얼굴에 짙고 선명한 눈썹 그리고 그 아래 자리한 긴 눈매가 꽤 남성적인 분위기를 자아냈다. 그럼에도 선하고 반듯하게 느껴지는 건 부드럽게 이어지는 그의 턱선 탓이리라. 순간 휘현은 오묘함을 느꼈다. 뜨거운 햇볕 아래 라인이 다 드러나는 수트를 입은 이든은 마치 화보를 촬영하는 모델 같았다.

"수영모를 쓰고 마스크 위로 모자를 덮어서 고정해 주면 돼. 스노클은 편한 대로 관자놀이에 둬도 되고 아니면 귀 뒤로 넘겨도 되는데……"

하나하나 시범을 보여 가며 친절하게 설명해 주던 이든이 휘현의 긴 머리카락을 귀 뒤로 넘기고 스노클을 고정시켰다. 고개를 숙인 이든이 휘현의 눈동자와 얽혔다. 도톰하고 붉은 입술로 이든이 무어라 웅얼거리는 게 휘현의 눈에 슬로우 모션처럼 보였다.

"휘현아? 스노클 위치 편해?"

얼빠진 듯 멍하게 자신을 보는 휘현에게 이든이 눈썹을 올리며 물었다. '스노클이 처음이라서 걱정이 되는 건가? 수영을 못해서 두려운 건가?' 갖가지 생각이 이든의 머리에 스쳤다.

"…… 우웅."

마저 대답한 휘현이 괜히 스노클을 만지작거렸다.

"무서워?"

고개를 옆으로 기울이며 이든이 물었다.

"그런 건 아니고……"

눈동자를 일렁거리게 만드는 매서운 파도를 흘끗 본 휘현이 얼버무리며 대답했다.

"크큭, 이리 와봐. 얕은 물에서 뜨는 것부터 하자."

이든이 석고상처럼 굳어버린 휘현의 팔을 잡고 바다로 이끌었다.

물에 들어갔던 휘현의 발이 차가운 온도 탓에 다시 쏙 하고 뒤로 물러났다. 여전히 비릿한 바다 냄새가 수트를 뚫고 피부에 파고드는 것 같아 휘현은 속이 울렁거렸다.

"자유형 하기 전까지 배웠다고 했지?"

이든이 아예 바다에 몸을 흠뻑 담근 채 휘현을 보고 물었다.

"으응……"

대답을 하는 건지 마는 건지 휘현이 쏟아져 밀려오는 파도를 보며 얼버무렸다. 왜 이렇게 이든을 정면으로 마주 보는 것이 부끄러운지 모를 휘현이었다. 이든을 이물질로 생각해서 거부 반응이 일어나는 건가 싶어 휘현이 고개를 갸웃거렸다.

"몸을 물에 담가봐, 편해지게."

그런 휘현의 속도 모르고 이든이 말갛게 웃으며 말했다.

그제야 휘현은 굳은 몸을 조금씩 조금씩 바다로 밀어 넣었다. 이래저래 이든이 물로 장난을 치는 탓에 휘현은 조금 더 편하게 물 안으로 들어갈 수 있었다.

어느새 휘현의 몸이 바다에 온전히 잠겨 있었다. 그래봤자 얕은 바다라 엉덩이를 바다 모래 위에 앉혀 놓고 얼굴만 물 위로 동동 뜨게 만들었다는 표현이 더 맞긴 했지만.

"이제 몸에 힘 빼고 다리랑 팔을 늘어뜨려 봐, 악어처럼."

이든은 몸소 시범을 보여주겠다며 머리를 물 위로 조금 빼낸 뒤 몸을 뒤로 눕혔다. 그러자 곧 동물의 왕국에서 봤던 친근한 악어 같은 형태가 됐다.

휘현이 갑자기 풉 하고 웃었다. 이든이 보여준 노력이 고마워 엉거주춤 자세를 잡아보았다. 그리고 바닷속으로 얼굴을 조금씩 집어넣고 빼보며 호흡을 연습했다.

"잘하네, 손과 발도 휘휘 내저어봐. 물의 흐름도 타면서."

이든이 말했다.

얕은 물이지만 휘현은 양옆으로 손과 발을 개구리처럼 뻗어가며 계속 연습했다. 그러다 거센 파도에 밀려 해변으로 걷어차인 휘현은 이렇게 얕은 물에 있었나 싶어 순간 창피한 마음이 들었다. 이든이 봤을까 싶어 고개를 빼꼼 들어보니 다행히 이든은 저 멀리서 스노클을 즐기고 있었다. 유려하게 수영하며 힘껏 바다 밑으로 들어갔다가 시간이 지나 빠져나오고 빙글뱅글 돌며 즐기는 이든의 모습은 마치 물 만난 돌고래 같았다. 그러다 물미역처럼 해변에 앉아 있는 휘현을 발견한 이든이 다시 수영해서 휘현의 옆으로 와 누웠다.

"재밌다."

이든이 거칠게 숨을 내쉬고 들이쉬며 호흡했다.

"재밌어 보여."

나지막한 목소리로 휘현이 말했다.

"많이 연습했어?"

이든이 빙긋 웃으며 슬쩍 휘현을 바라보았다.

"으응."

먼바다 너머의 수평선으로 고개를 돌리며 대충 얼버무리듯 대답하는 휘현이었다.

"들어가자!"

"응?"

"물고기 본다며. 내가 보여줄게."

"아, 나 수영을 못해서. 그냥 이 정도 거리에서 보는 게 좋아."

휘현은 손사래까지 쳐가면서 한사코 고개를 절레절레 흔들었다.

"숨 참고 앞으로 가는 건 배웠다고 했지? 내 팔 잡고 다니면 돼."

"너 힘들어서 안 돼."

휘현은 자기 몸무게를 생각하며 고개를 저었다. 혼자서 바다 수영하는 것도 힘든데 다른 사람 무게까지 감당하면서 수영하기에는 이든에게도 무리가 될 터였다. 휘현은 그렇게 이든에게 짐을 지우고 싶지도 않았다. 충분히 이든 혼자서도 이렇게 재미있게 잘 노는데 말이다.

"가자!"

일어선 이든이 휘현에게 손을 뻗어 내밀었다.

휘현은 고개를 들어 이든이 내민 손을 바라보다 이내 다시 고개를 절레절레 흔들었다.

"그냥 난 멀찌감치 여기서……"

"휘현아, 가자."

장난스럽게 입술을 오므려 이름을 부르는 이든의 눈빛이 휘현에게 닿았다. 마치 서로의 눈이 자석처럼 붙어버린 듯했다. 이든은 여전히 내민 손을 거두지 않은 채 그대로 기다리고 서 있었다.

휘현은 다시 한번 바다를 바라보고는 "휴." 하고 짧은 한숨과 함께 이든의 손을 잡고 일어섰다. 처벅처벅 물길을 휘저어가며 바닷속으로 들어가다 이윽고 엉덩이 높이까지 들어온 휘현은 퍼뜩 겁이 나서 잡은 이든의 손을 더 세게 쥐었다.

이든은 그런 휘현을 흘긋 보더니 긴장하지 말라며 맞잡은 손을 자기 팔뚝에 가져다 댔다.

"악어 기억하지? 호흡 참고 악어처럼 해봐."

이든의 말에 따라 얕은 물에서 배웠던 악어 모양으로 몸을 물에 띄우기까지 조금 시간이 걸렸다. 이윽고 휘현의 몸이 얼추 물에 뜨자 이든은 다시 한번 휘현의 손목을 그러쥐고 물속으로 들어갔다.

그와 동시에 휘현의 몸도 이든을 따라 바다 깊은 곳으로 빨려들어 갔다. 해변에 앉아 있을 때는 볼 수 없었던 광경이 눈앞에 펼쳐졌다. 노란빛 물고기 떼가 동그랗게 무리 지어 있다가 흩어졌다. 팔을 스치며 지나가는 물고기 감촉이 느껴지자 순간 휘현이 움찔했다. 휘현은 잡고 있던 이든의 손을 의지한 채 눈을 껌뻑이며 주변을 느릿느릿하게 둘러보았다.

이든은 아직 보여주고 싶은 게 많은지 방향을 틀어 다른 곳으로 향했다. 그러자 연둣빛 형광 줄무늬의 물고기 떼들이 질서정연하게 꼬리를 흔들며 헤엄치고 있는 게 보였다. 그 모습이 너무 예쁘고 경이로워 휘현의 눈이 절로 크게 떠졌다. 이든을 바라보며 잡지 않은 손으로 엄지를 치켜들었다. 이든의 입꼬리가 말려 올라가는 것이 보였다. 다시 물 위로 올라온 둘은 스노클을 정리하며 숨을 골랐다.

"진짜 예뻐!"

바다 위로 낭랑한 휘현의 목소리가 퍼져 나갔다.

잠시 하늘을 바라보자 마치 하늘 위에서 헤엄을 치는 것 같은 기분이 들었다. 하늘이 바다고 바다가 하늘 같았다. 바닷속에서 느낀 감탄이 잔잔히 휘현의 마음에 잦아들었다. 그렇게 잠시 물에 떠서 호흡을 고른 뒤 둘은 다시 입수했다. 물에 머리를 담그자마자 밝게 빛나는 주황색 금붕어가 보였다. 너무 빛이 나서 마치 황금 산호초가 펄럭이는 것 같았다. 눈에 보이는 모든 광경이 믿을 수 없어 휘현은 마치 꿈을 꾸는 것만 같았다. 그때 바위 아래로 형형색색의 물고기가 유려하게 나풀거리는 모습이 보여 휘현은 자기도 모르게 발에 힘을 주고 방향을 틀었다. 손목을 잡고 있던 이든이 잠시 놀라는 것 같더니 이내 웃으며 따라왔다. 이든과 휘현은 그렇게 한참 동안 바다에 온몸을 맡긴 채 스노클링을 즐겼다.

바다에서 나온 이든은 거친 숨을 몰아쉬었다. 혼자서 해도 숨이 찰 텐데 휘현의 몸무게까지 견디며 꽤 오랜 시간 스노클링을 했으니 지칠 만도 했다. 흉곽까지 들썩거릴 정도로 한동안 크게 호흡을 고르던 이든이 하늘을 바라보며 해변에 누웠다.

휘현도 이든 옆에 대자로 누워 하늘을 보며 호흡을 가다듬었다.

"어땠어?"

"특이한 물고기가 많아."

"큭." 하고 이든이 웃자 휘현이 눈을 동그랗게 뜨고 쳐다보았다.

"그런 거 말고 네 기분."

"아……."

휘현은 뭔가 우물우물 말을 꺼내려다 이내 입을 다물었다. 잠잠하게 빤히 쳐다보는 이든의 시선이 오래 지속되자 손에서 땀이 나는 휘현이었다.

"나는 스노클링 맨날 혼자 와서 했었는데…… 오늘 네 손잡고 하니까 색다르더라."

대답 없이 우물대는 휘현에게 시간을 주려는 건지 이든이 먼저 말을 꺼냈다.

"뭔가를 같이 하니까 더 친해진 것 같아. 네가 그렇게 밝게 웃는 것도 처음 봤고. 재미있었어."

"아, 그래……"

"넌?"

누웠던 이든이 몸을 반쯤 돌려 머리에 손을 괜 채 휘현을 내려다보았다.

"내 기분이 중요한가……?"

"뭘 느꼈는지 궁금해."

여전히 시선을 거두지 않고 이든이 휘현에게 물었다.

"하."

휘현이 졌다는 듯이 짧게 한숨을 토해냈다.

'감정, 어떤 감정을 말해줘야 할까?'

"물에 깊게 들어가서 보니까 예쁘고…… 사실 처음엔 좀 무서웠거든."

"용기를 내야 볼 수 있는 게 있지. 그러니까 너도 마음 좀 열어."

그제야 머리 뒤로 손을 넣어 깍지를 낀 채 잠잠히 말하는 이든이었다.

휘현이 고개를 돌려 이든을 바라보았다.

"거리 두지 말고 누군가에게 깊게 들어가면 더 아름다운 걸 보게 될 거야."

이든의 말에 휘현은 목이 갑갑해져 오는 것이 느껴졌다. 이 기분을 잘 안다. 호흡이 가빠지고 목구멍이 막힐 것 같고 답답한 느낌이 들면 여지없이 두드러기가 올라온다. 마치 어딘가에 데인 것처럼 말이다.

"이제 그만 가자. 시간 다 채운 것 같아."

올라오는 두드러기를 들키지 않으려 서둘러 몸을 일으킨 휘현이 돌아서며 말했다. 가방 속에 휴대용 임상시험약을 챙겨 오길 잘했다고 생각하며 휘현이 발걸음을 서둘렀다.

# ‹ 16 ›

흰색 얇은 긴팔 티셔츠에 베이비핑크 니트 원피스를 입은 휘현이 한 손에 광고 실습 전공 책을 쥐고 잭브라운홀로 향했다. 3월의 캘리포니아 날씨는 추위를 많이 타는 휘현에게는 여전히 쌀쌀한 날씨였다. 휘현은 집에서 나온 뒤 얼마 지나지 않아 카디건이라도 걸치고 나올 걸 하는 후회가 밀려들어 왔다. 그러고 보니 이든과 함께 스노클링을 다녀온 뒤로 몸도 으슬으슬 떨리는 게 미열이 나는 것 같기도 했다.

휘현은 손바닥으로 팔을 감싼 채 뛰다시피 강의실에 도착했다. 저 멀리, 부스스한 꼬불한 머리를 매만지던 주디가 반갑게 인사를 건넸다.

"와, 오늘 파티 가? 예쁘게 하고 왔네!"

주디가 휘현을 위아래로 훑으며 말했다.

"하하, 아니 그냥 오랜만에 치마 입어봤어."

몸을 한 번 부르르 떤 휘현이 방긋 웃으며 말했다.

그때 마침 루크 교수가 성큼성큼 강의실로 들어왔고 그 뒤로 이든이 따라 들어왔다.

"자, 오늘은 2시간 정도 해외 광고 트렌드와 입상작을 분석해 보는 시간을 갖고 짧게 조별 토론을 할 거예요."

루크는 스크린에 준비한 자료를 띄워 최근 3년 동안 해외에서 인정받은 광고들을 소개하기 시작했다. 설명 중 재밌는 주제가 나올 때면 휘현은 눈을 반짝이며 열심히 노트에 받아 적었다.

휘현의 대각선 뒤에 앉은 이든은 그런 휘현을 물끄러미 바라보았다. 언제부터인지 이든의 시선 끝에는 늘 휘현이 닿아 있는 듯했다. 심지어 교수를 보고 있는 중에도 온통 신경은 휘현에게가 있었다. 지금도 몸이 추운지 팔을 교차해서 쓸어내리는 휘현이 자꾸만 눈에 밟혔다.

"그러면 지금까지 분석한 광고를 바탕으로 그룹별로 모여서 같이 아이디에이션하는 시간을 갖도록 하죠. 미팅을 끝낸 조는 자유롭게 나가도 좋아요."

루크 교수의 말이 떨어지기 무섭게 학생들은 지난 시간에 모여 앉았던 배열대로 자리를 찾아갔다.

휘현도 가방을 챙겨 일어나며 주변을 휘휘 둘러보다 자신을 보고 있는 이든과 눈이 마주쳤다. 그때 먼저 앉은 주디가 휘현을 부르며 자신의 옆자리를 가리켰다. 서둘러 휘현이 자리에 앉자 주디가 뒷자리까지 들리게 조금 큰 소리로 말을 꺼냈다.

"오늘 휘현이 예쁘지 않아? 파티각이야."

흐트러진 머리를 돌돌 말아 올리며 주디가 이든을 보고 눈짓했다. 리액션 해달라는 무언의 제스처였다.

"……어, 어."

버퍼링 걸린 듯 한쪽 귀를 긁적이며 말하는 이든을 보자 잭슨이 피식 웃었다.

"그치?"

주디가 놀리듯 눈알을 굴리며 이든에게 되물었다.

"예쁘지, 늘."

이든의 대답이 낯간지러운 듯 휘현이 나서며 말을 꺼냈다.

"흐음, 광고 트렌드를 보고 느낀 점 얘기해 볼까? 내가 먼저 얘기할게. 나는 수상작을 보면서 역시 시의성을 반영한 감각적이고 창의적인 광고가 주목받은 것 같다고 생각했어. 코로나로 인해 불편해진 점들을 IT에 접목해 편하게 만든 것도 그렇고."

휘현이 또박또박 발음하며 느낀 점을 말했다.

"맞아, 아까 보니까 참신하더라. 게다가 그 의견을 반영해서 기업에서 플랫폼을 개발한 것도 쿨하고."

잭슨이 몸을 건들거리며 휘현의 말에 맞장구를 쳤다.

"그래서 말인데 내가 저번에 말한 패션 뷰티 쪽 기업에서 광고한 것들을 조사해 봤거든."

"와우! 열심이네 아주."

잭슨이 입꼬리를 올리며 휘현을 건너다보았다.

"일단 광고를 기획할 때 나는 과제, 현 상황 그리고 인사이트를 도출해내는 방식을 써. 조사해 본 결과 대부분의 패션 회사의 과제는 감각적이고 모던하고 시크한 분위기를 고객에게 보여주고 싶어 해. 그래서 모델들이 순간적이고 즉각적인 희열을 느낄 수 있는 오브제를 활용해서 상황을 꾸미더라고."

"오호, 흥미롭다."

주디가 두 손을 비비며 휘현의 말에 리액션을 했다.

그런 주디를 힐끗 본 휘현이 좀 더 자신감을 얻었는지 빙긋 웃으며 마저 말을 이었다.

"내가 기획한 인사이트는 타깃 고객들에게 자존감을 높여줄 수 있는 그러니까 성적 텐션을 높여줄 수 있는 뷰티 상품이라고 느끼게 해주는 거야. 이걸 바탕으로 상황도 생각해 봤어."

휘현은 준비해 온 시나리오와 콘티를 투명 파일에서 꺼내어 한 사람 한 사람에게 나눠주었다.

"데이트를 위해 머리부터 발끝까지 꾸미느라 바쁜 한 여자가 있어. 준비만 해도 1시간이 넘게 걸리는 거지. 힘들지만 그를 위해서 그녀는 시간을 할애해. 그런데 남자한테 문자 한 통이 온 거야. 너무 피곤해서 집에서 쉬어야겠다고 말이야. 여자는 그동안 치장했던 모든 걸 다 빼내기 시작해. 그리고 편한 복장으로 그의 집으로 가는 거지."

"헉! 그래서, 그래서?"

상황 묘사에 빠져든 잭슨이 몸을 숙이며 어서 말해보라고 채근했다.

"집 안에 들어간 그녀는 편하게 걸친 옷을 하나하나 벗어던지고 가져온 향수를 몸에 뿌리면서 도발적으로 유혹을 하는 거야. 남자는 그런 그녀에게 홀리고."

"오 마이 갓! 완전 내 스타일인데. 그다음엔?"

주디도 흥미진진해하며 휘현에게 더 가까이 다가갔다.

"그녀는 자신에게 홀려버린 남자를 버리고 떠나. 그리고 여자의 목소리로 마무리하는 거지. 자신을 입다, OO퍼퓸. 이런 식으로."

"와우!"

잭슨이 흥분한 듯 박수를 치며 엄지를 휘현에게 치켜들었다.

"괜찮은 것 같아? 그냥 내 의견이야. 난 여기서 우리가 더 발전시켰으면 해."

휘현이 맞은편에 앉은 이든을 바라보며 말했다. 휘현의 시선에 주디와 잭슨도 이든에게로 눈을 향했다. 생각에 잠긴 이든은 아랫입술을 혀끝으로 살짝 적시며 입을 뗐다.

"음…… 자신을 입는다는 의미가 뭔지 설명해 줄 수 있을까."

"관계에 주도권을 갖는 거지. 향수를 몸에 입혀서 자신감을 갖고 내가 우위에 서는 거야."

"향수로 자신감이 높아진다면 나도 갖고 싶긴 하네."

"원래 향수 자체가 본질적으로 즉각적인 끌림을 주는 기능을 하니까."

다소 목소리를 날카롭게 세우며 휘현이 대답했다.

"향수로 성적 매력을 높여 주도권을 쥐고, 남자를 유혹하고, 그를 떠난다."

휘현이 준 콘티를 빤히 바라보며 읊조리는 이든이었다.

"여자한테 남는 건?"

이든이 고개를 들어 휘현을 빤히 보며 물었다.

"응?"

"향수는 일시적이고 휘발되어 버리잖아."

"어, 저기. 너무 심오한데? 휘현이가 제시한 콘티는 지극히 우리가 많이 봐왔던 전형적인 광고 메시지고……"

주디가 휘현이 안쓰러운 듯 편을 들었다.

"맞아, 광고인데 너무 전형적이지. 환상만 조장하고. 차라리 이런 건 어떨까? 치유받지 못한 모든 상처에는 악취가 난다."

이든이 말했다.

"갑자기? 향수 광고에서 웬…… 잠깐만, 지금 PSA 광고를 만

들자는 거야?"

잭슨이 끼어들며 말했다.

"요즘 사람들은 순간적이고 감각적인 쇼츠 영상을 보길 원해. 그저 우린 상품의 분위기만 전달해 주면 되는 거고. 공익광고는 주목받기가 힘들어."

휘현이 말했다.

"한편으로는 꾸준히 사회적인 문제에 대해 이슈를 제기하면서 스토리를 전달해 주는 기업도 있지. 다양한 SNS 채널로 사람들의 참여를 이끌어서 공유나 리트윗해서 확산시킬 수도 있고."

이든이 흔들림 없는 눈으로 휘현을 직시하며 말했다.

순간적으로 휘현은 다시 목이 답답해져 오기 시작하는 것을 직감할 수 있었다. "후." 그러고 보니 저번에 응급실에 실려 갔던 것도 광고 수업이 있던 날이었다. '이든이 오글거리는 단어들을 쓰며 사랑을 정의하는 바람에……' 여기까지 생각이 미치자 휘현은 무언가에 머리를 얻어맞은 듯했다.

"아휴, 오늘 여기까지 하자. 우리 조만 맨날 마지막까지 토론한다니까."

잭슨이 의자를 길게 뒤로 뺀 뒤 일어날 준비를 했다.

"나도 뒤에 수업이 있어서…… 오늘 이든이와 휘현이 제시한 의견에 대해서 생각해서 다음에 보자."

묶었던 머리를 풀어 탈탈 털며 주디가 말했다.

'휴…… 앞으로 광고 수업이 얼마나 남았더라?'

복잡한 머릿속을 정리하며 휘현도 자리에서 일어났다.

"휘현아."

자신을 부르는 소리에 돌아보자 이든이 입고 있던 블랙 데님 재킷을 벗어 휘현에게 안겨주었다.

"추워 보여서."

무릎 위까지 올라오는 짧은 원피스를 힐끗 보며 이든이 말했다.

"……"

휘현이 그 자리에 우뚝 서서 재킷을 들고 있자 이든이 다시 재킷을 빼내어 휘현의 어깨 위에 걸쳐주었다. 순간 샌달우드와 로즈가 묘하게 섞인 묵직하고 따뜻한 향이 휘현의 몸에 감겼다.

"이따 집에서 줘."

차분한 이든의 목소리가 휘현의 귓바퀴에 맴돌았다. 먼저 돌아서서 가는 이든의 뒷모습을 보던 휘현이 따끔거리는 목을 긁적였다. 알레르기가 올라오고 있었다.

## ‹ 17 ›

휘현은 거울에 비친 얼굴을 흘끗 보고 곧바로 홀러덩 티셔츠를 벗어 젖혔다. 미국에 온 뒤로 몸이 많이 약해진 기분이 들어 처음으로 캠퍼스 내의 헬스장을 찾았다. 어쩌면 이 빌어먹을 인간 알레르기도 체력이 떨어져서 그럴지도 모른다.

"에취."

휘현은 연거푸 잔기침과 재채기를 해댔다.

"이것 봐, 체력이 너무 떨어졌어."

혼잣말을 중얼거리며 휘현이 탈의실 밖으로 나오자 죽 늘어선 몇십 대의 러닝머신 위로 수많은 발이 힘차게 움직이고 있었다. 휘현은 긴 머리를 한데 모아 동그랗게 말아 정수리에 올렸다. 무언가에 집중하기 전에 하는 일종의 루틴 같은 것이다.

머리도 위로 시원하게 올렸겠다 힘차게 양팔을 앞뒤로 왔다 갔다 하면서 발을 내디뎠다. 50분쯤 뛰었을까 휘현은 갑자기 머리가 울리더니 어질했다.

지잉-. 그때 앞에 놓인 휴대폰 액정에 '이든'이라는 글자가 보였다. 손을 뻗어 통화 버튼을 눌렀다.

"여보세요."

헬스장에서 크게 울리는 노래 때문인지 이든의 목소리가 잘 들리지 않았다. 그때, 휘현의 스텝이 꼬이는가 싶더니 몸이 홱 밀려났다. 순간 눈앞에 모든 것이 하얗게 도배되어버린 듯했다.

"흐윽." 짧은 신음과 함께 휘현이 쓰러졌다.

"괜찮아요?"

옆에서 누군가가 소리 지르며 스태프를 부르는 소리가 어렴풋이 들려왔다.

휘현이 눈을 떴을 땐 침대 위였다. 등은 식은땀으로 흥건했다. 휘현은 자기 앞의 흐릿한 형체에 찬찬히 눈을 감았다가 다시 떴다. 이내 점차 모양이 하나의 윤곽으로 잡히고 의자에 앉아 곧게 내려다보고 있는 이든이 보였다. 처음에 휘현은 잘못 본 줄 알았다. '꿈을 꾸는 건가. 왜 내 방에 이든이 앉아 있는 거지?'

방 안은 질식할 듯 적막했다. 고요하게 내려앉은 침묵이 이든의 목소리를 대신해주는 것만 같았다. 아직 상황 파악이 되지 않은 휘현은 말없이 천천히 눈알을 양옆으로 굴렸다. 몸에서 열이 나서인지 볼은 뜨겁고 오한이 일어났다. 휘현이 몸을 웅크리자 이든이 이불을 목까지 끌어 덮어주었다. 그러다 휘현은 잘근 입술을 깨무는 이든에게 시선이 멈췄다. '화가 난 건가?' 무언가 마음에 들지 않을 때 이든은 저렇게 아랫입술을 사리물고는 했다. '언제부터 여기 있었던 거지?' 마주친 눈으로 질문하고 있는데 이든이 먼저 입을 뗐다.

"정신 들어?"

꿈이 아니었다.

"으응."

휘현은 목구멍에서 나오지 않는 소리를 뱉어냈다.

"하." 짧게 토해내는 이든의 한숨에 공기가 더 가라앉는 듯했다.

휘현이 고개를 들어 창문을 보니 블라인드 사이로 어둠이 새어 나오고 있었다. 책상 위에 켜진 황색 테이블 램프가 희미하게 빛을 밝혔다.

"얼마나 잔 거지?"

휘현이 휴대폰을 찾으려 두리번거리며 물었다.

"4시간, 지금 8시야."

이든은 탁자 위에 놓인 물을 가져와 건넸다.

휘현은 물을 마시자 건조했던 목구멍이 확 열리는 것 같았다.

"왜 여기 있어?"

비몽사몽 내뱉는 휘현의 말에 이든은 한숨을 내쉬었다.

“너 운동하다가 쓰러졌어. 그 덕분에 나는 알지도 못하는 남자와 통화했고.”

어두운 밤처럼 낮게 깔린 음성이지만 조곤조곤 또렷하게 말하는 것이 마치 잘 들으라는 듯한 어투였다.

“아…… 쓰러졌……”

감기는 눈을 억지로 반쯤 뜬 채 웅얼거리는 휘현이었다.

“네 목소리는 안 들리고, 옆에서는 괜찮냐고 소리 지르고. 내가……”

이든의 목소리가 더 낮게 가라앉았다.

“미안. 나……”

휘현이 이불에 파묻혀서 뭐라 웅얼웅얼 읊조렸다.

“응?”

이든이 휘현에게 얼굴을 가까이 대며 물었다.

“신경 쓰지 말고 그냥 가.”

웅얼거리며 잦아드는 소리로 말하는 휘현을 보며 이든은 다시 아랫입술을 잘근 씹어버렸다.

“아프지 마.”

휘현의 흘러내린 머리카락을 쓸어 넘겨주는 이든의 손길이 잠잠히 느껴졌다.

휘현은 이런 비슷한 느낌을 받은 적이 있다. 휘현의 긴 생머리를 좋아해서 등을 감싸고 있는 머리칼을 쓸어주었던 사람. 어이없게 휘현은 이 순간 헤어진 강도하가 생각이 났다.

그날도 지금처럼 많이 아팠던 하루였다. 늘 환절기만 되면 휘현은 지독하게 감기를 한 번 앓고 지나가곤 했다. 예쁘게 단풍이 들었던 나뭇잎들이 군데군데 흔적을 남긴 채 고개 내민 겨울을 맞이하던 어느 날, 휘현과 도하는 늘 만나던 사면이 통유리로 개방된 카페에 앉아 빈 나무를 바라보고 앉아 있었다. 온몸에 열기가 올라오는 게 느껴졌지만 약속 어기는 것을 끔찍하게 싫어하는 도하를 생각하며 몸을 이끌고 나온 휘현이었다.

"어디 아파?"

도하가 무감하게 말했다. 정말 휘현을 걱정하는 것인지 인사치레로 하는 말인지 말투로는 분간이 어려웠다.

"감기 걸려서."

얇은 코트를 감싸며 잠긴 목소리로 휘현이 말했다.

"다음에 보지."

"오빠 전시 준비한다고 석 달 째 얼굴 못 봤잖아. 또 미뤄질까 봐."

얼마 남지 않은 해외 전시 준비로 도하와 연락도 되지 않았던 게 서운했던 휘현이다. 그래도 보고 싶었다는 속말은 여전히 입 밖으로 나오지 않았다.

"약은?"

"집에 감기약 있어서 먹고 나왔어. 내가 이렇게 아픈데 우리 엄마는 오늘 또 아빠랑 크게 싸운 거 있지. 아빠에게 다른 여자가 생긴 것 같아."

눈이 반쯤 감긴 채 휘현이 말했다.

말을 꺼내 놓고 아차 싶은 휘현이었다. '도하 오빠는 부모님 얘기하는 거 싫어하는데…….' 몸이 아파서 그런지 아무 얘기가 막 나오는 듯했다. 그래도 웬일인지 투정을 부리고 싶은 날이었다. 그냥 도하가 듣기라도 해주었으면 했다.

"한두 번 싸우는 것도 아니고. 너 힘들면 오늘 그만 볼까?"

앞에 놓인 휴지를 꾸깃 접으며 도하가 말했다.

"수도 없이 봐도 늘 힘들어. 그래도 나는 두 분이 헤어지지 않았으면 하는데…… 근데……"

"한휘현."

"응?"

"그런 얘기 나한테 왜 하는 거야?"

낮고 차가운 도하의 말에 휘현은 감긴 눈이 번쩍 뜨였다.

"전시 준비하느라 나도 많이 피곤해. 네 감정은 네가 해결해야지."

"아니, 나는……"

몸까지 아픈데 이런 얘기까지 들으니 휘현은 왈칵 눈물이 쏟아질 것만 같았다.

"됐다, 오늘은 날이 아닌 것 같아. 서로 너무 예민하고."

도하가 답답한 듯 의자에서 일어났다.

"안 가?"

냉담한 도하 목소리가 휘현의 머리를 짓눌렀다.

"신경 쓰지 말고 그냥 가."

도하의 내리꽂는 시선을 받는 것도 버거워 쳐다보지도 않은 채 휘현이 대답했다.

도하가 먼저 자리를 떠나고 여전히 자리에 앉은 휘현은 멍한 표정으로 밖을 내다보았다. 얼마나 시간이 흘렀을까. 마음을 비운 듯 휘현은 다시 현실로 돌아왔다.

"그러게 왜 속마음을 얘기해서."

조용히 읊조리는 휘현이었다.

그렇게 둘은 한 달 동안 서로 연락을 하지 않았다. 언제나 그랬듯이.

늘 싸우면 서로 거리를 두고 시간을 뒀다. 그게 며칠이든, 몇 주든, 몇 달이든. 그리고 다시 만났다. 서로 다퉜던 일에 대해서는 대화하지 않았다. 그저 묵인하고 묻어버렸고 그저 흘려보냈다.

## ‹ 18 ›

쏟아지는 햇볕에 휘현은 스르륵 눈꺼풀을 올렸다가 이내 내리쬐는 빛에 움찔하며 바로 눈을 감았다. 이불을 방패 삼아 머리끝까지 뒤집어쓰는 것도 잠시, 숨이 막혀 다시 이불을 걷어차버리고 몸을 옆으로 돌렸다.

툭. 휘현의 이마 위에 놓인 물수건이 바닥으로 떨어졌다. 아지랑이가 된 것만 같은 나른함과 몽롱함이 휘현의 몸을 회오리쳤다. 휘현은 다시 살짝 눈을 뜨고 팔을 휘휘 저어 휴대폰을 찾았다. 톡톡 건드리니 켜지는 환한 화면에 순간 눈이 저릿했다.

"하암." 하품을 늘어지게 하고 기지개를 켠 휘현은 몸을 일으켰다. 화장실로 들어가 몰골을 보니 작게 한숨부터 나왔다. 머리는 기름이 껴서 산발이 되어 있었다. 하루 아팠다고 이렇게 초췌할 수 있는 건가 싶을 정도로 양볼이 쏙 들어가 있었다.

대충 샤워를 마치고 나오자 다시 스멀스멀 한기가 돌기 시작했다. 휘현은 방문을 열고 나와 나선형 계단을 내려갔다. 다리에 힘이 없어서인지 휘현은 몇 번이고 무릎이 꺾여서 엎어질 뻔한 걸 겨우 힘을 줘가며 1층으로 향했다.

"일어났어?"

부엌에 들어가니 국자를 쥔 채 이든이 인사를 건넸다.

"으응."

"채소죽 끓이고 있어. 잠깐 앉아 있어."

휘현은 열심히 국자를 젓고 있는 이든 옆에 다가갔다. 고개를 빼꼼 내밀고 보자 고소한 냄새를 풍기는 죽이 보였다.

"나 때문에?"

가라앉은 휘현의 목소리에 이든이 피식하고 웃었다.

"어제 밤새……"

식탁 의자에 털썩하고 힘없이 앉은 휘현이 조심스럽게 말머리를 꺼냈다.

"응."

정성스럽게 만든 죽을 휘현 앞에 놓으며 이든이 대꾸했다.

"혹시 나 간호해 줬어? 물수건이 이마에 올려져 있어서……"

이마를 긁적이며 휘현이 물었다.

"응."

이든이 의자에 앉으며 말했다.

"응?"

"새벽 내내 간호했지. 감기약도 먹이고 열 떨어지게 물수건도 갈아가면서 얹어주고."

덤덤하게 말하는 이든의 말을 듣고 있자니 휘현의 관자놀이가 갑자기 쿡쿡 쑤시는 것만 같았다.

"내가…… 신경 쓰지 말고 그냥……"

"들었지, 밤새 수도 없이."

이든이 씁쓸하게 말했다.

어금니를 꽉 문 탓에 이든의 턱 근육이 질근거렸다.

'서운한 건가, 화가 난 건가?' 이리저리 이든의 얼굴을 살피는 휘현이었다.

"미안해."

들고 있던 숟가락을 내려놓으며 휘현이 말했다.

"뭐가?"

"아파서…… 네 시간 뺏어서. 자꾸만 일이……"

"하아……" 한숨을 쉬며 수저를 내려놓은 이든이 빤히 휘현을 바라보았다.

"아픈 건 미안해할 거 없어, 다른 거라면 몰라도."

"다른 거? 혹시 내가 뭐 실수했어?"

"밤새 아파서 앓는데도…… 신경 쓰지 말고 나가라는 말만

하더라고, 네가."

"……"

흔들리는 눈동자로 터진 입술을 물어뜯으며 휘현이 이든을 물끄러미 바라보았다. 여전히 뭐가 이든을 서운하게 만든 건지 모르겠다는 눈치였다. 이든은 그런 휘현을 보며 한참을 아무 말도 하지 않다가 이내 입술을 뗐다.

"아무래도 네 옆에 계속 있어야겠다, 이제는."

잘 들으라는 듯 또렷한 목소리로 말하는 이든이었다.

이든은 임상시험에서 요구하는 18시간을 채우는 것이 생각보다 어렵지 않았다. 휘현은 어떨지 모르겠지만 적어도 이든에게는 그랬다. 처음에는 어떻게 그 시간을 채워나가야 할까 고민했다. 이든을 알레르겐으로 생각하고 있는 휘현인데 언제 어떻게 알레르기 반응이 튀어나올지 알 수 없어서 더욱 걱정이 된 것이 사실이다. 그래서 맨 처음 만나는 장소는 개방적이고 넓은 전시관으로 정했다. 최대한 그녀의 감각이 날 서지 않도록 거리를 유지하며 함께 아트센터를 구경했다.

조금이라도 알레르기가 올라올까 봐 노심초사한 건 휘현뿐만이 아니었다. 그녀가 걷는 걸음에 맞추고, 시선이 향한 곳을 보면서 어디라도 불편할까 계속 바라본 이든이었다. 다행히 좋아하는 샤갈 작품에 방긋 웃는 그녀를 보면서 이든도 덩달아

마음속으로 안심했다. 이리저리 작품을 훑어보던 그녀가 하는 말들이 이든 마음에 잔잔히 전해졌다. 휘현의 말을 들으면서 늘 사람과 거리를 두는 그녀지만 그 누구보다도 신뢰할 수 있는 안정적인 연애를 갈망하는 것을 알게 됐다. 어디로든 날아갈 것 같이 공중을 부유하는 여자를 땅에서 붙들어주고 있는 믿음직한 남자. 자기에 대해 입 밖으로 표현하지 않는 그녀가 작품을 통해서 이든 자신에게 외치고 있다는 생각이 든 건 이든의 착각이었을까.

그런 휘현에게 자신의 마음이 톡 터지듯 나와 버린 것이 친엄마에 대한 얘기였다. 자기도 모르게 말이 튀어나왔음에도 이든은 괜히 말했나 싶어 그녀의 눈치를 먼저 살폈다. 분명 휘현이의 성격이라면 부담스러웠을 것이다. 자기의 감정도 말하지 않는 그녀인데 이든의 깊은 속마음을 던져버렸으니 우왕좌왕했을 것이 분명하다. 그러나 휘현은 생각지도 못한 말을 꺼냈다. 아이스크림을 먹으러 가자고. 불쑥 꺼낸 그녀의 말에 아이스크림 가게로 걸어가면서도 이든은 내내 자신 때문에 불편해서 장소를 옮긴 것이라고 생각했다. 하지만 공원을 걸으며 그녀가 이든을 위로해 주기 위한 방법이 아이스크림이었다는 것을 알게 된 순간 이든은 웃음이 나왔다. 어떤 위로의 말을 건네야 할지 몰라 아이스크림을 먹여서 달래려고 한 휘현이 귀엽게 느껴졌다. 아이스크림은 그녀가 스스로를 달래기 위한 방법이었고 그걸 자신에게 적용한 것이었다.

어린 나이에 응석을 받아줄 사람이 없어 혼자서 스스로를 달랬을 그녀가 안쓰러웠다. 그걸 또 잔잔하게 웃으면서 말하는 그녀가 이든의 마음을 더 무겁게 짓눌렀다. 그리고 알게 됐다. 왜 그녀가 자기의 속마음을 말하지 않고, 감정 표현에 어색해하고, 진절머리를 치는 건지. 감정을 누르고 삭이는 것이 그녀가 살기 위한 몸부림이었다는 걸. 그렇게 켜켜이 쌓인 시간은 결국 그녀가 감정 표현을 안 하는 것이 아닌 못하는 사람으로 만들었다는 것을 말이다.

두 번째로 시간을 보낸 곳은 라호야 비치였다. 겁을 먹은 휘현은 얕은 바다에만 몸을 적시고 이내 아예 밖으로 나와 해변에 앉아 있었다. 바닷속에서 스노클링을 즐기던 중 멀리서 그런 휘현을 물끄러미 바라보았다. 그녀는 바다에 들어오고 싶은 걸까 아니면 저렇게 떨어져 앉아 있는 것이 좋은 걸까. 결론을 내리기까지는 그리 오랜 시간이 걸리지 않았다. 해변에 홀로 덩그러니 앉아 무감하게 바다를 바라보는 휘현의 얼굴은 적어도 행복해 보이지는 않았다. 그래서 그녀에게 다가가 손을 내밀었다. 그렇게 맞잡은 손을 놓을 생각도 없이 서로 뒤엉키기도 하고 방향을 맞춰가며 바다 깊이 파고 들어갔다. 말갛게 웃으며 행복해하는 그녀의 표정이 낯설면서도 아름다웠다. 수영을 못하는 휘현은 살기 위해 이든의 손을 꼭 잡았을 테지만 불현듯 이든은 휘현이 전시회 때 했던 말이 떠올랐다.

"놓으면 하늘로 날아갈 것 같은 여자를 남자가 땅에 굳게 서서 잡아주고 있잖아. 손 잡힌 여자는 그 안에서 자유로워 보이고."

작품 속에서 공중에 떠 있던 여자의 자유롭고 행복해 보이는 미소가 휘현에게서 보였다. 이든의 손을 맞잡고 바닷속을 헤엄치는 그녀가 꽤 안정되어 보였다. 그 순간만큼은 휘현이 자신을 편하게 생각한다는 느낌이 들었던 것도 사실이다. 물론 그 믿음은 감기에 걸린 휘현을 밤새 간호해 주면서 와장창 깨졌지만.

그날 휘현은 고열에 식은땀까지 줄줄 흘리며 숨을 토해내듯 뱉어냈다. 휘현에게 집에 있던 감기약을 먹이고, 물수건을 계속 갈아주면서 열을 식히려 분투했던 이든에게 돌아온 말은 한결같았다.

"신경 쓰지 말고 나가줘."

정신도 못 차린 채 바르작거리면서도 겨우 입술을 달싹거리며 하는 말은 고작 그게 다였다.

새벽 내내 자신을 밀어내는 말에 이든의 마음은 착잡했다. 그러나 이든은 궁금했다. 그녀는 진심일까. 정말 자신을 밀어내고 싶은 걸까. 아니면 같이 있어주길 원하는 걸까.

하지만 이내 판단할 수 있었다. 침대 위 이든의 팔을 그러쥔 가느다란 휘현의 손가락이 더 깊숙이 이든의 살갗을 파고들었으니까.

## ‹ 19 ›

교회는 캠퍼스에서 차로 1시간 거리에 있었다.

휘현은 따뜻하게 온몸을 감싸는 햇살에 노곤해지는 것을 느꼈다. 스르륵 눈이 감길 때쯤 이든이 차의 속도를 줄이며 방향을 틀자 휘현은 의자를 짚고 몸을 일으켜 세웠다.

"다 왔다."

주차를 마친 이든이 고개를 반쯤 돌려 휘현을 보며 말했다.

휘현은 안전벨트를 풀며 주변을 둘러보았다.

오늘은 이든이 다니는 교회에서 센터 봉사활동을 하기로 한 날이다. '일요일마다 이든이 나가는 교회가 여기였구나.' 휘현은 처음 방문하는 장소의 여기저기를 관찰하느라 눈이 바빴다. 짹짹거리는 새소리를 듣자 휘현은 한적한 전원주택에 초대된 것만 같았다.

"컨디션은 어때?"

"괜찮아, 감기 거의 다 나았어."

"다행이다. 들어갈까?"

잔잔히 휘현을 바라보는 이든의 시선이 햇살처럼 따뜻했다.

"이든, 어서 와."

검정 머리에 군데군데 연보라색으로 염색한 숏커트 머리의 여자가 교회로 들어서는 입구 앞에서 주보를 나눠주며 인사를 건넸다.

"누나, 여기는 내가 말했던 휘현이고 오늘 나 대신 센터 봉사해 줄 친구."

"와, 환영해요. 저는 수키라고 해요."

반갑게 웃으며 악수를 건네는 그녀의 손을 맞잡은 휘현이 어색하게 따라 웃었다.

교회 본당은 불필요한 장식 없이 단순하지만 실용적으로 구성되어 있었다. 낮은 천정은 편안하고 친근감이 느껴지는 분위기를 자아냈고, 회중석과 가까운 강단 옆에는 전자 기타와 피아노, 드럼이 단조롭게 구성되어 있었다. 또 중앙 통로를 사이로 양옆으로는 장의자가 길게 줄지어 있었다. 이내 청년들이 한 명, 한 명 예배당 안으로 들어와 앞자리를 메웠다.

휘현은 이상하게도 이 낯선 공간과 사람들 속에서도 편안함을 느꼈다. 지난번에 이든 집을 방문한 크리스 목사와 구면이어서 그랬는지도 모르겠다.

눈이 휘어지게 자비로운 웃음을 짓고 반겨준 크리스 목사는 축도를 끝으로 예배를 마쳤다. 벽에 있는 전자시계는 정확히 12시 10분을 가리키고 있었다. 점심시간에 맞춰 뒤편에서는 뷔페식처럼 보기 좋게 한국 음식이 차려져 있었다. 몇몇 사람이 은색 트레이에 담긴 음식 위에 씌워둔 랩을 거둬내는 모습이 보였다.

이든과 휘현이 간단하게 점심 식사를 마친 뒤 교회를 나오자 저만치서 크리스 목사가 손짓으로 부르는 모습이 보였다.

"어서 와, 센터 봉사하러 방문했다고?"

크리스가 이든을 힐끗 본 뒤 휘현에게 물었다.

"네, 이든에게 소개받아서 오게 됐어요."

휘현이 말했다.

사실 감기에 걸렸을 때 새벽 내내 자신을 간호해 준 이든에게 미안함이 있었는데 그런 마음을 안 건지 이든이 센터 봉사를 같이 가줄 수 있겠냐며 부탁을 했다. 이든 말로는 교회에서 예배를 드린 후 소그룹 모임을 하는 부모님들을 위해 2시간 정도 아이들을 돌봐주는 봉사인데, 이번에는 크리스 목사와 상담할 일이 있어서 그 공석을 대신 맡아줄 수 있겠냐고 한 것이다. 이든에게 불편한 마음이 들었던 휘현은 냉큼 잘할 수 있다며 수락했다. 그리고 이 시간도 임상시험에서 요구한 18시간 안에 포함시키면 되니 휘현에게는 거절할 이유가 없었다.

"수키 누나!"

저 멀리 문 앞에서 초등학생 아이들을 안내해 주고 있는 수키에게 이든이 손을 흔들어 보였다.

"저분하고 같이 가면 되는 거야?"

휘현이 수키에게 눈을 고정한 채 이든에게 물었다.

"응, 누나가 잘 설명해 줄 거야."

이든이 한 손으로 휘현의 등허리에 손을 대며 말했다.

이든의 손은 늘 따뜻하다. 간호해 줄 때 느꼈던 포근함이 익숙함으로 휘현에게 다가왔다.

"그럼, 나는 가볼게. 상담 잘하고!"

휘현이 몸을 반쯤 돌려 이든에게 말했다.

그 말에 이든이 휘현에게서 손을 떼며 빙긋 웃었다. 휘현은 이상하게도 이든의 손이 떨어진 등이 허전하다고 느껴졌다. 고작 몇 초 머무른 것뿐인데도 말이다. 머리카락을 쓸어 넘긴 휘현이 입술을 앙다물고 수키에게 향했다.

그런 휘현의 뒷모습을 한참이나 빤히 쳐다보는 이든이었다.

"이든?"

휘현에게서 눈을 못 떼는 이든을 흘긋 본 크리스가 이든의 팔을 툭 치며 앞서 걸어갔다.

"그래서 임상시험은 잘 진행되고 있나?"

"의사 처방에 따른 건 잘 지키고 있어요."

이든이 어깨를 한번 으쓱 올리며 말했다.

"허허." 크리스가 이든의 말에 너털웃음을 터트렸다.

"뭔가 일이 잘 안 풀리나 보구만."

크리스가 덧붙여 말했다.

어렸을 때부터 이든을 보아온 터라 이제는 목소리 톤만 들어도 이든이 어떤지 알 수 있는 크리스였다.

이든은 크리스 목사와 걸으며 그동안 휘현과 있었던 일을 간략하게 얘기했다.

"아직 초반이니까요. 마음 열기가 쉽지는 않겠죠."

덤덤한 말과 다르게 이든은 속상한지 눈썹을 구겼다.

"사람이 마음을 연다는 게 어려운 일이지. 그래서 이든, 자네는 마음을 열었나."

걸음을 멈춘 크리스가 이든을 바라보며 물었다.

"제가 휘현한테요?"

잠시 두 사람의 눈이 마주쳤다.

"…… 아니, 한국에 계신 친어머니에게."

고개를 돌린 크리스가 설핏 웃으며 뒷짐을 지고 걷기 시작했다.

"아…… 사실 오늘 그 일 때문에 뵙자고 한 거예요."

이든이 크리스를 따라 걸으며 말했다.

"홈코리아 기관에 의뢰하고 싶은 거지?"

"흐음…… 네."

짧게 숨을 토해낸 이든이 낮은 목소리로 대답했다.

"다시 용기를 낸다는 게 어려웠을 텐데 큰 결심을 했군."

"고민 많이 했어요. 저를 키워준 어머니에게 상처가 될 수도 있으니까요."

"사라는 항상 네 편이야. 네 의견을 존중하고 지지해 줄 거야."

"네, 사라는 늘 제 편이시죠. 문제는……"

이든은 무언가를 말하려 하다가 이내 입을 다물었다. 어금니를 꾹 다문 채 잠시 감정을 정돈하려는 듯 호흡을 가다듬은 이든이 이내 다시 입술을 뗐다.

"친엄마가 저를 찾고 싶긴 한 건지…… 제가 이기적으로 구는 건가 싶어서요."

고개 숙인 이든의 등을 크리스가 말없이 토닥거렸다.

"이든, 자네는 이기적인 사람이 아니야. 내가 보장하지."

"……"

"이기적인 사람은 사랑을 할 수가 없어. 그런데 자네는 지금 사랑을 하고 있지 않나. 누군가의 뒷모습이 보이기 시작하면 사랑이 시작된 거지."

크리스의 말에 이든의 눈이 크게 떠졌다.

"센터 봉사 시간이 거의 끝나가네. 자네가 마음을 연 사람에게 슬슬 돌아가 볼까?"

크리스가 손목시계를 흘깃 보며 알 수 없는 미소를 짓고는 발걸음을 돌렸다.

지금 휘현은 패닉 상태였다. 양갈래 머리를 한 8살 소녀 지민이 휘현을 한 번 흘깃 보더니 이내 다시 스케치북으로 눈길을 돌렸다. 작은 손에 쥔 검정 크레파스가 스케치북 위를 거칠게 왔다 갔다 했다. 어두운색의 무게가 주변 공기까지 집어삼켜 버리는 듯했다.

"선생님은 세상에서 제일 사랑하는 사람이 누구예요?"

뜬금없이 지민이 물었다.

"…… 글쎄."

초등학생 아이의 간단한 물음에도 휘현은 목이 콱 막혀버렸다. 아니, 도통 답을 끄집어 낼 수가 없었다. '보통 사람들은 이 물음에 뭐라고 답을 할까. 가족? 연인?' 뭐가 됐든 휘현도 그런 부류 안에서 누구 한 사람이라도 머릿속에서 끄집어내면 되는 걸 텐데 휘현은 알 수가 없었다.

아무 대답 없는 휘현의 침묵에도 지민은 여전히 스케치북 위에 눈을 고정한 채 그림을 그리고 있었다.

이든과 헤어진 뒤 수키로부터 오늘 해야 할 봉사활동에 대한 설명을 들었을 때 휘현은 어려울 것이 없다고 생각했다. 지민이라는 아이를 맡기 전까지는 말이다. 그저 스케치북 위에 원하는 채색 도구를 활용해서 가족을 그리면 되는 단순한 활동이었는데, 생각보다 지민 옆에 앉아 있는 시간이 좌불안석인 휘현이었다.

"제가 세상에서 제일 싫어하는 사람은 엄마예요."

여전히 검정 크레파스만 손에 쥔 채 지민이 웅얼거리듯 말했다. 지민에게 다른 색깔은 불필요해 보였다. 그저 어둠으로 모든 슬픔을 잠재우고 싶은 아이처럼.

아이가 그리는 모습은 표정이 없는 엄마와 아빠 그리고 지민이었다. 그 모습을 물끄러미 바라보던 휘현은 생각하기 싫은 어렸을 때 모습이 떠올랐다. 늘 큰 소리가 났던 거실 그리고 방 안에 홀로 틀어박혀 고성이 끝나기 전까지 그림을 그리면서 시간을 보냈던 자신이 선연하게 눈에 그려졌다. 마치 그림일기를 보듯 나 자신을 내가 먼발치서 바라보고 있는 이상한 기분이 밀려왔다.

"다른 엄마를 만나고 싶어요."

고개를 들고 휘현을 바라보는 지민의 눈동자가 휘현과 얽혔다. 지민이의 눈빛은 말 그대로 공허했다. 손에 쥔 검정 크레파스처럼 짙고 어두운 눈동자 색깔이 배어 있었다. '저 나이에도 우울을 겪을 수 있는 걸까?' 그 모습이 마치 자신을 보는 것만 같아 가슴이 조여 왔다. 하나 다른 것이 있다면 지민은 자신이 상처받고 있다는 걸 분명히 알고 있고, 그걸 말로 표현하며 도움을 요청할 줄 안다는 것이다. 반대로 어린 시절 휘현은 상황이든 감정이든 피하기만 바빴다. 어쩌면 지금까지 피해 다니고 있는 건지도 모르겠다는 생각에 휘현이 작게 숨을 토해냈다.

"지민아! 엄마 오셨다. 이제 정리할까?"

저 멀리서 수키가 해맑게 말하며 걸어 들어왔다. 그때 지민이 휘현에게 가까이 다가오며 몸을 숨겼다.

휘현은 자기에게 붙은 지민에게서 몸을 떼며 벌떡 자리에서 일어났다. 온통 검은색으로 먹칠 된 지민의 그림이 찌를 듯 날 선 모양으로 휘현의 귀에 윙윙거렸다.

"그만 도망가, 이제. 네가 제일 잘하는 거잖아."

마치 그림이 휘현에게 그렇게 말하는 것 같았다.

돌아오는 차 안은 고요했다. 휘현은 진이 빠진 듯 영혼 없이 흘러가는 창밖을 바라보고 있었다.

"봉사활동은 어땠어?"

적막을 깨고 이든이 물었다.

불쑥 나온 이든의 목소리에 휘현이 움찔 놀라며 눈을 껌뻑였다. 무거운 공기 속에 침잠해 있는 휘현의 뒷덜미를 이든이 현실로 다시 끄집어낸 것만 같았다.

"뭐, 그냥……. 아, 크리스 목사님과 상담은 잘했어?"

말을 돌리며 휘현이 되물었다.

"응, 잘했어."

"다행이다."

무감한 어투로 말하고는 다시 창밖으로 시선을 돌리는 휘현이었다.

"무슨 상담 했는지 궁금하지 않아?"

이든이 서운한 어투로 아랫입술을 잘근 물었다.

"물어봐도 돼?"

"난 네가 물어봐 줬으면 좋겠어."

"개인적인 일인 것 같아서……"

"나에 대해 궁금해했으면 좋겠고."

"네가 불편할 수도 있고, 서로 거리를 두는 게……"

"안 불편해 하나도. 거리감 좁히려는 게 우리 임상시험 목표 아니야?"

"…… 그렇지."

"흠…… 저번에 크리스 목사님이 홈코리아라고 해외 입양인들이 부모나 친척 찾을 수 있도록 돕는 기관을 소개해 주셨는데 의뢰해보려고."

"음…… 그렇구나."

휘현이 작게 고개를 끄덕거렸다.

"고민 진짜 많이 했거든."

이든이 아랫입술을 사리물며 말했다.

"알지……."

"알아?"

이든이 픽 웃으며 휘현을 힐끔 쳐다보았다.

"그럼, 알지. 처음 어머님하고 같이 식사하면서 보육원 얘기도 했고, 매칭된 DNA 없다고 우편물 온 것도 같이 봤고, 전시 보면서 같이 친엄마 얘기했잖아."

나지막이 말하는 휘현의 말에 이든의 입꼬리가 점점 위로 올라갔다.

이든이 별말 없이 운전을 하자 휘현은 고개를 돌려 그를 쳐다보았다.

"크큭. 아니……"

"…… 왜 웃는 거야."

휘현이 눈살을 구기며 물었다.

"이상하게 들릴 수도 있는데 나와 있었던 일을 꽤 세세하게 기억해 주고 있다는 게 의외이기도 하고 또……"

"또?"

이제는 몸까지 이든을 향해 틀며 휘현이 물었다.

"지금 네가 '같이'라는 단어를 3번이나 쓴 거 알아?"

"내가?"

"응."

"그랬나? 근데 그게 뭐."

"그게 기분이 좋네."

왼팔을 유리창에 얹은 이든이 손가락을 입술에 가져다 대며 기분 좋은 목소리로 말했다.

## ‹ 20 ›

세진은 자리에서 일어나 햇살이 부서지는 창문으로 걸어갔다. 만개한 벚꽃이 캠퍼스에 가득했다. 온통 핑크로 도배된 교정이 마음에 안 드는지 세진은 미간을 구겼다.

벌컥! 그때 문을 열고 빠른 걸음으로 재천이 들어왔다.

"어이쿠, 먼저 와 있었군. 미안, 미안. 중간고사 기간이라서 정신이 없네."

재천은 팔 안쪽에 수북이 쌓인 종이를 책상 위에 내려놓으며 말했다.

"아냐, 나도 지금 들어왔어."

고개를 반쯤 돌린 세진은 재천을 보지도 않은 채 소파로 걸어갔다.

"휴, 요즘 왜 이렇게 정신이 없는지 원……."

재천은 도리질을 하며 숨을 돌렸다.

"그래도 도하는 신경 써야지."

낮고 둔탁하게 내려앉은 목소리로 세진이 말했다.

그의 소리에 재천은 움찔하더니 이내 세진이 앉은 소파 맞은 편에 엉덩이를 붙였다.

"도하 작업실 갔다 왔나?"

재천이 세진의 안색을 살피며 물었다.

도하의 모든 스케줄을 관리하는 세진이라는 걸 재천도 알고 있었지만 이번 전시만큼은 도하의 뜻대로 비밀리에 진행할 수 있도록 입을 닫았던 그였다. 비록 그 비밀이 어이없게 이사장의 입에서 흘러나오기는 했지만 말이다.

CSUSP 아트센터 도예 전시에 도하 작품이 출품될 예정이라는 보고를 받은 이사장이 바로 세진에게 연락을 준 것이 화근이었다. 자신을 속이며 제멋대로 작업하고 있던 도하와 그걸 옆에서 묵인하고 있었던 재천에 대한 배신감에 세진은 배가 뒤틀리는 거북스러움을 느꼈다.

"CSUSP 아트센터…… 하!"

다시 생각해도 기가 찬다는 듯 헛웃음을 터트리는 세진이었다. 밀려 있는 해외 기획전시 출품작을 기계처럼 빚어내도 모자랄 시간에 도하는 가당치도 않은 대학교 전시 작품이나 만들고 있었다는 사실에 부아가 치밀었다.

"흐음. 도하가 나름의 사정이 있었겠지. 여태껏 자네 뜻에……"

"거스른 적이 없었지."

세진은 허공에 눈을 고정한 채 상념에 잠겼다. 그의 눈가의 잔주름이 더 깊게 파여 들어갔다.

"도하도 도예가야. 예술가로 존중받아야지."

재천이 말했다. 도하의 생각과 의견은 묻지도 않은 채 돈 되는 해외 전시만 줄지어 기획하는 세진을 나무라는 말이었다. 작가의 기획 의도조차 세진이 만들어낸 스크립트로 대체해 버리는 일이 비일비재했다. 이미 아는 사람은 다 알고 있는 터라 도하가 세진의 꼭두각시라며 놀리는 사람이 많았다. 세진이 모르는 바가 아닐 텐데 저렇게 욕심을 부리는 것을 보면 돈에 눈이 멀었다고밖에 생각되지 않는 재천이었다.

"그렇지. 그래서 이번에 제대로 서프라이즈를 해주려고."

듣기 싫은 쉿소리로 세진이 말했다.

"이사장한테 보고한 아트센터 전시기획서 나한테 좀 보내줘."

세진이 소파에서 일어났다. 창밖에서 쏟아져 내리는 햇빛이 눈에 반사되자 세진은 보기 싫은 듯 눈살을 찌푸렸다.

"빌어먹을 빛이……"

낮게 읊조리며 욕설을 토해내는 세진의 등이 재천의 눈에서 멀어져 갔다.

## ‹ 21 ›

똑똑. 한 손에 노트북을 쥔 이든이 휘현의 방문을 두드렸다.

"이든?"

휘현의 목소리가 들리자 이든이 입꼬리를 올렸다.

"응, 나야."

"엇, 잠깐만!"

안에서 뭘 하는지 탁탁 부스럭거리는 소리가 이든의 귀에 들려왔다. 이내 문고리가 돌아가는 소리와 함께 휘현이 고개를 불쑥 내밀었다.

"문자 보냈는데 답이 없길래."

이든이 휴대폰을 흔들며 눈썹을 추켜올렸다.

"과제 하느라 못 봤어, 미안."

휘현이 마저 문을 확 열고 말했다. 순간 포근한 비누향이 이든의 코끝에 닿았다.

"음…… 저번에 내가 말했던 홈코리아에 메일 보내려고 하는데 보다시피 한글이어서."

이든이 노트북 화면에 띄워둔 웹페이지를 보여주며 말했다. 한국말을 못하는 건 아니지만 한글로 쓰는 게 서툰 이든이었다.

"아, 도와줄게. 들어와."

방으로 돌아서며 휘현이 말했다.

그녀를 따라 방 안으로 들어오자 더 짙은 비누향이 이든이 코를 자극했다. 휘휘 둘러보던 이든의 시선이 따뜻하게 방을 비추는 장스탠드에 잠시 멈췄다가 이내 화이트 선반 위에 줄지어 얹어져 있는 휘현의 물건들로 향했다. 향초, 바디로션, 핸드로션, 향수, 오브제 위에 얹어진 목걸이와 귀걸이, 작은 갓등, 카메라.

"여기 앉을래?"

휘현이 책상 밑의 의자를 길게 빼내주며 이든에게 말했다.

리모컨으로 따뜻했던 스탠드의 색온도를 높인 휘현이 의자를 끌고 와 이든 옆에 앉았다.

"개인정보는 입력했고, 내가 일단 써봤는데 맞춤법이나 어색한 문장이 있는지 한번 봐줘."

이든이 검지로 화면을 가리켰다.

안녕하세요, 내 이름은 정이서라고 합니다. 2살 때 서울 보육원 앞에 버려졌고 견과류 알레르기가 있어요. 현재 전 캘리포니아에 있고 저를 낳아준 친엄마를 찾고 싶습니다. 혹시라도 이 글을 읽거나 홈코리아를 통해서 알게 됐다면 연락 부탁드립니다.

— 정이서

이든이 쓴 글을 읽어 나가던 휘현의 얼굴이 굳었다. 버려졌다는 표현이 휘현의 마음을 짓누르는 것처럼 아프게 했다.

"좀 어설프지?"

이든이 휘현의 눈치를 살폈다.

"……잘 썼는데 조금만 다듬으면 될 것 같아."

키보드 위에 손가락을 올리며 휘현이 말했다.

"네가 쓴 거야?"

책상 위에 펼쳐진 노트를 본 이든이 물었다.

"아, 그거. DVD 영화 보고 대사 적는 게 취미라."

"와! 글씨 뭐야? 왜 이렇게 잘 써?"

"잘 쓰기는."

"엇, 잠깐만. 몇 권을 쓴 거야?"

이든이 넘버링 되어 쌓인 노트들을 흘긋 보며 물었다.

"으음, 미국 와서 40편 정도 영화 봤으니까……"

"엥?"

"최근에 세어보니까 DVD를 40편 정도 봤더라고."

휘현의 말에 이든의 입이 반쯤 벌어졌다.

순간 맞닥뜨린 이든의 짙은 눈동자가 휘현에게 파고들었다.

"별거 아니야."

휘현은 얼버무리며 말했다.

"와, 이걸……"

이든이 말을 잇지 못하며 다시 빼곡히 적힌 글씨에 손가락을 가져다 댔다.

휘현은 얼굴에 살며시 더운 공기가 느껴졌다. 그제야 이든의 얼굴이 자신과 불과 몇 센티미터밖에 안 된다는 것을 깨달은 휘현은 홱 몸을 옆으로 뗐다. 그 누가 봐도 어색한 움직임에 이든이 작게 피식 웃었다.

"심지어 글도 잘 쓰나 봐."

이든이 고갯짓으로 A+라고 적힌 에세이를 가리키며 말했다.

"아, 사랑의 기술 과제. 나에 대해 에세이 쓴 거."

"읽어봐도 돼?"

"어?"

"궁금해서. 어떻게 썼길래 A+를 받았나."

이든은 휘현을 보고 한번 빙긋 웃더니 조심스럽게 에세이를 가져갔다. 그 모습이 하도 느릿하게 이어져서 휘현은 에세이를 낚아챈다는 게 그만 타이밍을 놓치고 말았다.

이든은 꽤 장난스러운 웃음기를 머금고 읽어나가더니 중간쯤부터는 눈을 찡그리기도 했고, 눈썹을 구기기도 했으며, 다 읽었을 때는 사뭇 진지해진 얼굴이었다.

휘현은 어딘가 이 상황이 데자뷔처럼 느껴졌다. 비슷한 표정을 본 것도 같았다. 그러고 보니 라이팅센터에서 만난 튜터도 딱 저런 표정이었다. 괜히 눈치가 보인 휘현이 곁눈질로 이든을 살폈다. 분명 다 읽은 것 같은데 여전히 맨 마지막 페이지에서 눈을 떼지 않고 아랫입술을 깨물고 있는 이든이었다. 침묵이 목에 걸려 사레가 들 것만 같아 휘현은 애써 너털웃음을 지어 보였다.

"하하, 그냥 그렇지? 운이 좋아서 A+ 받았는데 다음 과제로 '타인이 보는 나'에 대해서 발표해야 해서 걱정이야."

괜히 묻지도 않은 걸 중얼거리며 주섬주섬 에세이를 정리하는 휘현이었다.

"음……"

여전히 고개를 끄덕거릴 뿐 별다른 말을 하지 않는 이든이 이내 고개를 비스듬히 돌려 휘현을 물끄러미 바라보았다.

"왜?"

이든을 바라보던 휘현이 눈을 크게 뜨며 작게 물었다.

"내가 도와줄게, 타인이 보는 너."

"응?"

"발표가 언제야?"

"음…… 다음 주 수요일."

"이번 주 일요일까지 알려줄게. 타인인 내가 보는 너에 대해서."

"나야 고마운데 굳이……"

"너도 내가 쓴 글 봐줬으니까 서로 도와준 걸로 하자."

단정하게 웃는 이든의 미소에 휘현은 저도 모르게 배시시 웃음이 비어져 나왔다.

노트북을 쥔 채 계단을 내려온 이든은 거실로 향했다. 짧게 한숨을 내쉬며 이든이 소파에 등을 기댄 채 다리를 꼬고 노트북 화면을 응시했다. '이렇게 해서 정말 친엄마를 찾을 수 있을까?' 궁금한 것이 많았다. 자기가 어디에서 태어났고 자라왔는지 근원에 대한 의문은 좀처럼 가시지를 않았다. '왜 엄마는 나를 포기했던 걸까? 남편과 이혼을 한 걸까? 아니면 가정 형편이 좋지 않았던 것일까?' 생각할 수 있는 모든 이유를 추측하는 것이 이든이 할 수 있는 전부였다. 그러한 가운데 자기를 버려야만 했던 것이 쉬운 선택이었는지 이든은 묻고 싶었다. 이든은 꿈틀꿈틀 날뛰는 관자놀이를 손으로 지그시 짓눌렀다.

지잉. 그때 소파 속에 파묻혀 있던 휴대폰이 울렸다. 한국에서 온 낯선 전화에 이든의 손끝이 멈칫했다.

"여보세요."

"안녕하세요, 이든 씨."

쉰 듯한 남자 목소리였다.

"네, 누구시죠?"

"강도하 아비 되는 강세진이라고 합니다. 서라대 도예과 최재천 교수 통해서 연락드립니다."

"아, 네. 안녕하세요."

"통화가 가능하신지요?"

묵직하게 짓누르는 세진의 목소리였다.

"네, 가능합니다. 그런데 무슨 일로……?"

"흐음…… 이번에 CSUSP에서 열리는 아트센터 도예 전시에 우리 도하 작품이 전시될 예정이라고 들었습니다. 도하가 출품하는 모든 전시는 제가 총괄로 매니징하고 있어서요. 그런데 이번 전시는……"

여기까지 말한 세진은 뭐가 불편한 건지 그르렁거리며 숨을 골랐다.

"아들 녀석이 저랑 상의도 없이 지원해 버렸더군요. 당황스럽기는 하지만 도예가로서의 아들 의사를 존중해 주려 합니다. 다만, 도하가 전시 관련 계약서를 제대로 작성하지 않았더라고요. 제가 직접 바바라 교수와 논의해서 재작성했으니 관련 주의사항을 들으시면 됩니다."

"계약서 재작성이요?"

"현장 경매 진행 예정이고, 제가 추가로 요청할 몇몇 조건이 있습니다."

"아…… 네, 알겠습니다."

"향후 진행 상황은 따로 제게 메일로 공유해 주시면 될 것 같네요."

"네, 그렇게 하겠습니다."

"바바라 교수님 말로는 이든 씨가 맡은 첫 전시라고 들었습니다만……"

이든은 왠지 그 목소리에서 섬뜩함이 느껴졌다.

"잘 부탁드립니다."

"네, 저도 첫 전시여서 성공적으로 마치고 싶습니다."

"차질 없이 진행되도록 최선을 다해주시길 바랍니다. 그럼."

통화를 마친 이든은 잠시 멍해졌다. 세상에 별별 부모와 자식 관계가 다 있구나 싶은 이든이었다.

## ‹ 22 ›

병원 갈 준비를 마친 휘현이 집 문을 나와 휴대폰을 확인해 보니 부재중 통화가 23통이나 와 있었다. 어젯밤부터 새벽까지 걸려 온 엄마 전화였다. 휴대폰 옆을 보니 무음 모드로 전환되어 있었던 걸 확인한 휘현은 작게 한숨을 내쉬었다.

빵-. 그때 집 앞 도로에서 작게 클랙슨이 울렸다. 고개를 든 휘현은 이든의 차를 확인하고 휴대폰을 손에 쥔 채 서둘러 조수석에 앉았다.

[엄마, 미안. 휴대폰이 무음으로 되어 있어서 전화를 못 받았어.]

서둘러 안전벨트를 하고 휘현은 빠른 속도로 엄마에게 메시지를 보냈다. 전송하고 나서도 없어지지 않는 1이라는 숫자를 응시한 채 손가락으로 아랫입술을 누르던 휘현은 이내 걸려온 전화에 몸을 움찔했다.

운전하던 이든은 불안해 보이는 휘현을 힐끗 바라보았다.

"어, 엄마. 미안, 내가……"

"너, 엄마 죽는 꼴 보고 싶어?"

미주의 목소리가 휴대폰을 뚫고 이든의 귀에까지 가 닿았다.

"……"

"네 아빠는 첫사랑 찾아가겠다고 짐까지 싸서 나갔다."

그 말을 듣는 휘현의 눈꺼풀이 무겁게 밑으로 내리깔렸다.

"그놈의 첫사랑 타령 지겹지도 않은지……"

술을 마신 건지 혀 꼬부라지는 소리로 한탄하는 미주였다.

"엄마 술 마셨어?"

"술 안 마시고 어떻게 버텨. 지겨워, 지겨워!"

화를 이기지 못하고 토해내듯 울어내는 미주였다.

"엄마, 지금 내가 밖이어서 통화를 못 해. 내가 나중에……"

"절대 이혼 안 해줘. 누구 좋으라고……. 내가 죽고 말지."

"나중에 다시 전화할게."

미주가 말을 마치기도 전에 휘현은 통화 종료를 눌렀다. 잠시 차 안에 정적이 흘렀다.

"……미안."

휘현이 고개를 떨군 채 이든에게 말했다.

"아니야, 괜찮은 거야?"

순간 휘현은 수치심이 배부터 목 끝까지 올라오는 기분이 들었다. '이든은 누구에게 괜찮으냐고 물은 걸까? 바람피우는 남편을 놓아주지도 못한 채 술에 취해 사는 엄마를 보고 한 말일까? 아님 그런 엄마에 상처받은 나에게 묻는 것일까?' 겨우 얼굴을 든 휘현이 고개를 돌려 이든을 바라보았다.

휘현의 눈동자가 일렁이는 것을 본 이든은 심장이 쿵 하고 떨어지는 것만 같은 기분이 들었다.

"저번에 같이 교회 봉사하러 갔을 때……"

갈라진 목소리로 휘현이 목구멍에서 말을 꺼냈다.

"……응."

"지민이라는 여자애를 만났거든. 스케치북에 가족을 그리는데 얼굴에 표정이 없는 거야. 엄마 아빠는 싸우고, 지민이는 그 사이에서 웅크리고 있고."

"……"

"지민이가 나한테 세상에서 제일 사랑하는 사람이 누구냐고 묻는데 대답을 할 수 없었어. 엄마라고 해도 되고 아빠라고 해도 상관없는 건데……"

여기까지 말한 휘현의 눈에서 툭툭 눈물이 떨어졌다. 코를 훌쩍이며 창문 밖을 한 번 바라보던 휘현이 다시 고개를 푹 숙인 채 말을 이어갔다.

"지민이는 엄마를 바꾸고 싶대. 어려도 자신이 상처받고 있단 걸 안 거지."

감정을 꾹꾹 눌러가며 최대한 덤덤하게 말하는 휘현의 목소리에 이든의 머릿속이 하얘졌다.

"근데 나는…… 22살이 되어도 벗어나는 방법을 모르겠어."

마른 휘현의 몸이 떨리고 있었다.

20분째 휘현은 병원 근처 야외 벤치에 혼자 앉아 감정을 추스르고 있었다.

함께 옆에 있어 주고 싶은 이든이었지만 잠시만 혼자 있게 해달라는 휘현의 말에 이든은 멀찌감치 떨어져 앉아 휘현을 바라보고 있었다. 작은 몸을 웅크린 채 바닥만 주시하고 있는 휘현을 보고 있자니 이든은 어렸을 때의 휘현을 보는 것만 같은 묘한 감정을 느꼈다. 부모님이 싸우실 때마다 휘현은 혼자서 그 모든 감정을 삼켜내려 했을 것이다. 응석을 받아줄 이가 없어 혼자서 차가운 아이스크림으로 감정을 마비시키고자 애썼을 어린 여자아이가 눈에 그려졌다. 그때나 지금이나 상처받고 고통받으며 혼자 버텨내는 모습이 안쓰럽게 느껴진 이든이 무릎 위에 팔꿈치를 얹은 채 걱정스럽게 휘현을 바라보았다.

이윽고 고개를 든 휘현이 몸을 일으켜 느릿느릿 이든에게 다가왔다.

"이제 갈까? 예약 시간 다 됐어."

휘현이 말했다.

"힘들면 미뤄도 돼."

잠긴 목소리로 다정하게 이든이 말했다.

"아냐, 여기까지 왔는데."

휘현이 앉은 이든을 일으켰다.

임상시험센터로 이어지는 길은 미로 같았다. 이리저리 화살표를 따라 돌고 돌다 보니 데릭이라고 쓰인 방 앞이었다.

"휘현님, 환자복으로 갈아입어 주세요."

오랜만에 본 조시는 여전히 지친 표정으로 휘현을 보지도 않은 채 차트에 눈을 고정하고 말했다.

"보호자분은 잠시 방에서 기다려주시면 됩니다."

그때 연구 보조원으로 보이는 갈색 머리의 여자가 이든에게 말했다.

탈의실에서 옷을 갈아입은 뒤 거울 앞에 선 휘현은 잠시 멍하니 자신을 바라보았다. 건강했던 자신이 어쩌다 먼 타지에서 임상시험까지 하게 됐는지 생각할수록 기가 찼다. 한 차례 운 얼굴은 번진 화장으로 엉망이었다. 티슈를 뽑아 든 휘현은 눈가부터 닦아내며 조금 전 차에서 있었던 상황을 떠올렸다. 자꾸만 이든한테 엄마를 들키게 된다. 휘현은 그럴 때마다 너무 창피해서 숨어버리고 싶은 심정이었다. 그런데 오늘은 이든에게 엄마에 대해 처음으로 말을 꺼냈다. 자신의 깊은 속마음까지도. 무시당하고 외면받을 수 있다고 각오했다. 그런 건 휘현에게 익숙한 일이었으니까. 자기가 사랑했던 도하도 숱하게 이런 자신의 감정을 기피하기 일쑤였다. 아마 이든도 듣기 거북했을 터였다.

똑똑. 그때 거칠게 문을 두들기는 소리에 휘현이 움찔했다.

"다 갈아입었으면 나와주세요."

기계처럼 딱딱한 조시의 목소리였다.

안내된 방에 들어선 휘현은 낯선 풍경에 고개를 이리저리 돌리며 물건들을 바라보았다. 대부분이 알 수 없는 용도의 기계였지만 분명 저 도구들로 곧 자신을 측정해댈 생각을 하자 작게 몸이 움츠러들었다.

데릭 교수가 문을 힘차게 열고 들어왔다.

"오랜만이네요. 오늘 컨디션은 어떤가요?"

형식상 안부 같은 인사치레에 휘현은 괜찮다며 건조한 웃음으로 대꾸했다. 그러고는 데릭 옆에 보이는 지그재그의 빨간 실선들에 시선을 고정했다. '어떤 걸 측정하고 있는 걸까?' 화면 위의 선은 작게 지글지글 움직이고 있었다.

"채혈, 바이탈 체크 완료했고. 자, 보호자분 안내해 주세요."

데릭의 말에 조시는 차트를 탁자 위에 내려놓고 빠른 걸음으로 나갔고, 연구보조원은 휘현의 몸을 일으켜 세우고는 의자에 앉혔다. 여전히 팔에는 길게 늘어진 줄이 기계에 연결되어 있었다. 잠시 후 문이 다시 열리더니 이든과 조시가 들어오는 것이 보였다.

"보호자분은 여기 환자분 옆에 앉으면 됩니다."

특유의 잔잔한 의사 목소리로 말하는 데릭이었지만 차트 위에 올려진 손은 무언가를 적느라 바빴다.

"환자분께서 이든과 함께 시간을 보내며 적어주신 기록일지 확인했습니다. 요청 드린 조건들을 잘 수행해 주셨더라고요."

데릭의 말에 휘현이 작게 한숨을 내쉬었다.

"아마 환자분도 일지를 적으면서 아셨을 테지만 알레르기 반응이 오는 대부분의 상황이 알레르겐인 이든 씨와 감정적인 교류 즉, 환자분이 느끼기에 불편한 감정적 단어들을 직접적으로 들었을 때 반응이 오는 것으로 보입니다."

"불편한 감정적 단어요?"

이든이 되물었다.

"네, 휘현 씨의 경우에 인간의 정서적 단어 그러니까 사람의 감정을 불러일으키는 신뢰, 가족, 믿음, 사랑 같은 단어에 방어기제를 갖고 있습니다. 대부분의 사람은 본인이 느끼는 불편한 감정들을 해결하는 방식으로 타인에게 퍼붓거나, 아니면 속으로 삭이게 되는데 휘현 씨의 경우는 후자입니다. 이럴 경우에 몸에서 비명을 지르는 수준에 다다르게 되고 이것이 최근 쇼크로 온 것 같습니다."

"제가 감정 표현을 못하는 게 감정을 못 느껴서는 아니었네요."

휘현이 나지막이 말했다.

"흐음, 휘현 씨는 감정 표현을 하지 않지만 이건 휘현 씨가 편도체 등의 문제로 감정을 못 느껴서가 아닙니다. 오히려 휘현 씨는 남들보다 더 월등하게 높은 감수성을 갖고 있습니다. 다만, 무슨 이유인지는 모르겠지만 억눌러오는 것을 방어기제로 사용해왔고 그것이 한계에 다다른 거죠."

무심한 어조였지만 차트를 보는 데릭의 눈은 꽤 흥미로워하는 듯 보였다.

"그럼, 이제 어떻게 해야 하나요."

휘현이 힘없이 물었다.

"다행히도 알레르기 반응이 발생할 때 임상시험약이 효능이 있었던 것으로 보입니다. 환자분의 일지에도 그렇게 적으셨고요. 다만……"

휘현이 마른침을 꼴깍 삼키며 데릭의 입을 주시했다.

"약은 표면적 치료이고, 감정 회피의 근저에 있는 원인을 치료해야 합니다. 그래서 저번에 드린 설문조사지를 분석해 보았고, 결과가 나와서 오늘은 그걸 토대로 상담을 진행하고자 합니다."

"네."

이든이 집중하며 허리를 꼿꼿이 세워 앉았다.

"보통 사람들이 가장 애정을 느끼게 되는 곳은 가족입니다만 휘현 씨는 가족에게서 안정감을 느끼지 못하는 것으로 나타났습니다. 오히려 그들에게서 공포감을 느끼기도 합니다."

"어…… 교수님, 저는 엄마와 아빠한테 공포를 느끼지는 않는데요. 뭔가 검사가……"

"버림받을지도 모른다는 공포감입니다."

그 말에 휘현의 입술이 반쯤 벌어졌다.

"치료를 위해 현실을 객관적으로 인식하고 직시하는 것이 첫 단추입니다. 휘현 씨는 어렸을 때부터 가족으로부터 정서적 보호를 받지 못했고, 방어기제로 후천적 회피성을 키워가게 된 것으로 보입니다. 분명히 인지해야 할 것은 부모님이 휘현 씨에게 상처를 주었다는 사실이고, 성인이 된 휘현 씨가 아무리 미화시키려 해도 사실은 받아들여야 합니다."

휘현은 충격에 휩싸였다. 자신을 낳아주고 키워준 부모님에게 늘 감사하는 마음만 가져야 한다고 되뇌던 휘현이었다.

그런 휘현에게서 시선을 뗀 뒤 데릭은 결과분석지에 눈을 두고는 들고 있던 펜을 가져와 밑줄을 그어가며 말을 이었다.

"인간 알레르기의 이유가 애착 성향과 밀접한 관계가 있는 것으로 분석되어 있습니다. 무의식적으로는 본능을 따라 사랑받고자 했지만, 그것이 번번이 좌절되면서 아예 그런 종류의 정서적 감정을 일으키는 것을 막아버리는 방어기제가 생성된 거죠. 굳이 알레르겐에 이름을 붙인다면 '러브 알레르기'라고 병명을 붙일 수 있겠네요. 의학적인 용어는 알레르기지만, '러브 알러지'가 이해하기 편하시겠죠? 사실, 이런 경우는 연인과의 관계에서도 영향을 미쳤을 것으로 보입니다만……"

"연인 관계요?"

휘현이 눈을 들어 다소 날카롭게 되물었다.

"가족 다음으로 가장 긴밀한 관계를 형성하게 되는 것이 연인인데 안타깝게도 회피적 성향과 사랑은 서로 반대 방향이니까요. 사랑할수록 멀어지게 되었을 가능성이 높죠."

"……"

휘현이 입술을 사리물었다. 사랑이라고 믿었던 도하와의 관계를 이제는 뭐라고 이름 붙일 수 있는 걸까.

"그래서 이런 환자들의 경우에 자신처럼 불안정하고 회피적 성향인 이성에게 끌리는 경우도 많습니다. 자신이 상처받을 걸 알면서도 끌리는 거죠."

"이해가 잘되지 않네요. 왜 상처받을 걸 알면서도 좋아하게 되는 건지."

이든이 물었다.

"자라면서 보고 배운 게 불안정한 상처를 가진 관계니까요. 그걸 사랑이라고 생각하는 거죠. 사람은 익숙한 걸 좇아갑니다."

여기까지 들은 휘현은 거의 넋이 나가 있었다.

"자, 이제 원인을 알았으니 치료받으시면 됩니다. 너무 낙심

할 필요는 없어요. 회피형 인간이더라도 안전기지 역할을 하는 사람과의 밀접한 관계를 통해 충분히 안정형으로 바뀔 수 있습니다. 그런 면에서 이든 씨의 역할이 매우 중요합니다. 따뜻한 애정을 가진 이든 씨에게 환자가 거부감을 느꼈지만, 지금부터 애착을 가진 말과 행동을 휘현 씨가 안전하게 받아들임으로써 신경과 뇌를 정상적으로 작동할 수 있도록 해주면 됩니다. 그런 의미에서 치료자와 친밀하고 돈독한 관계를 만들기 위해 이번에 저는 좀 특별한 처방을 드리려고 합니다."

데릭의 말에 이든과 휘현의 눈동자가 그에게 다시 고정되었다.

"이 시점에서 스킨십 처방을 해보려 합니다."

"스킨십이요?"

휘현이 인상을 쓰며 물었다.

"두 분이 연인 관계는 아니신 거죠?"

데릭 교수가 나긋나긋한 목소리로 물었다.

"아니요, 친구 사이예요."

질문이 떨어지기 무섭게 휘현이 대답했다.

"다행이네요. 휘현 씨의 임상시험이 끝날 때까지 친구 관계가 유지됐으면 합니다. 아무래도 연인 관계는 변수가 많이 작용하니까요. 학회의 수많은 연구 논문을 보아도 스킨십은 이루 다 말할 수 없을 정도로 애착 형성에 중요합니다. 보통 인간은 태어나서 2살 때까지 애착이 성립되는 중요한 시기로 봅니다. 이

때 양육자의 충분한 애정과 스킨십이 없을 경우 성인이 되어서 애착 결핍을 가질 확률이 높습니다. 한번 굳어져 버린 성향을 바꾸기가 쉽지는 않지만 불가능한 것은 아닙니다. 성인이 되었어도 가까이 있는 사람이 애정을 갖고 대화와 스킨십에 적극적으로 반응해 줄 경우 결핍된 애착을 치유할 수 있습니다. 그래서 이든 씨의 단순한 보살핌 차원을 넘어서는 스킨십이 필요합니다. 그저 만져주고……"

"큼." 이든이 불편한 듯 움켜쥔 손을 입에 가져 댄 채 헛기침을 했다.

그 모습을 본 휘현이 눈을 꾹 감았다가 다시 뜨며 데릭을 보았다.

"교수님, 이든이 불편할 듯해요. 그것까지 제가 요구하는 건 무리……"

거의 애원하다시피 말하는 휘현이었다.

"……할게요."

이든의 말에 데릭과 휘현의 눈이 동그랗게 떠졌다.

"좋습니다. 굳이 연인 관계 같은 스킨십을 요구하는 것이 아니니까 너무 부담 가질 필요는 없어요. 휘현 씨가 안정감을 느낄 정도의 스킨십이면 됩니다. 언제든지 관계에서 불안할 때 이든 씨에게 스킨십을 요구하면 됩니다."

휘현은 뭔가 더 할 말이 있는 듯 입을 벙긋거렸지만 뒤에 환자가 밀렸다며 간호사가 휘현의 몸을 일으켰다.

“자세한 설명은 조시에게 들으시면 되고, 다음에 뵙겠습니다.”

데릭은 휘현의 차트를 정리하며 방긋 웃어 보였다.

## ‹ 23 ›

"엇, 여기로 연결해 주세요!"

기존에 전시된 벽면을 뜯는 시공업자에게 이든이 소리쳤다.

작가와의 기나긴 협의 끝에 도출한 기획과 콘텐츠가 이든의 손에 쥐여 있었다. 처음 경험하는 시공 현장에서 이든은 정신이 하나도 없었다. 손을 들어 시계를 체크한 이든이 부산스럽게 소리를 내며 사람들을 이끌고 들어오는 바바라를 쳐다보았다.

바쁘게 돌아가는 현장 속에서 유달리 바바라만 여유 있는 듯했다. 지저분한 시공 현장에서도 밑창이 붉은 하이힐을 신고 이리저리 빈틈을 찾아 걸어오는 바바라가 까딱거리며 손짓했다.

"이든, 잠깐 얘기 좀 할까."

이든이 손에 쥔 도면을 팔 사이에 끼우며 다가갔다.

"계약서 확인했지? 경매 공간도 별도로 빼놔야 해. 이번 판매 수익금에서 우리한테 떨어지는 비율이 꽤 커."

새초롬한 얼굴을 한 바바라의 모습에서 이든은 이상하리만큼 서늘함이 느껴졌다. 바바라는 눈을 아래로 내리깔며 천천히 걸음을 옮겼다. 최대한 현장의 먼지를 묻히지 않겠다는 그녀의 의지가 걸음걸이에서도 느껴졌다.

"강세진 씨가 아들 작품으로 흥정 잘하기로 소문이 자자하더라고."

"작품 판매라면 작가님도 알고 있는 거죠?"

이든이 눈에 힘을 주며 물었다.

"작가가 백자에 LED 빛이 투과할 수 있게 해달라고 했다던데 그게 얼마만큼의 비용이 드는지 그 학생이 알까?"

"사전에 전시 기획 예산을 서로 확인했고, 학교에서도 확인이 떨어져서 진행이……"

"그니까…… 학교 비용 안 들게 강세진 씨가 판매 수익금을 주겠다잖아, 지금. 강세진이 아들한테 말을 했든 안 했든 그게 우리랑 뭔 상관이야. 우린 계약서대로 움직이면 되지."

바바라가 목소리를 줄이며 빨간 매니큐어를 바른 손톱으로 이든의 어깨를 지그시 파고들었다.

이든은 이 제스처가 더 이상 왈가왈부하지 말라는 무언의 압력처럼 느껴졌다.

❖❖❖

이든은 백미러에 비친 자기 얼굴을 여기저기 살폈다. 전시 준비로 눈코 뜰 새 없이 바쁜 나날을 보낸 탓에 피부는 거슬거슬해지고 입술도 보기 싫게 터져 있었다. 처음으로 준비하는 전시장이 캠퍼스 안 작은 규모의 아트센터인데도 바바라와 강세진 사이에서 참 많은 것을 보고 듣는 이든이었다. 작품을 전시하는 전시장도 또 하나의 예술 작품이라고 생각해왔던 이든은 자신의 시야가 얼마나 좁았던 것인지 이번에 제대로 배우고 있는 듯했다. '어디까지가 순수한 예술이고 어디부터가 변질된 탐욕인 걸까?' 문득 지금까지 사랑하는 여자를 위해 순수한 마음으로 도자기를 빚어왔을 강도하 작가가 떠오르자 이든은 터진 아랫입술을 다시 사리물었다.

그때 저만치서 휘현과 사라가 집에서 나오는 것이 보였다. 이든은 서둘러 상념을 밀어내고 내비게이션 최근 목록에 있는 한인 마트를 찾아 길 안내를 눌렀다. 그와 동시에 조수석 문을 열고 휘현이 차에 올라탔다.

"드디어 휘현이 데리고 한인 마트에 가네. 진작 좀 다녀오지. 휘현이는 여태까지 뭘 먹은 거니?"

사라가 이든을 밉지 않게 흘겨보며 나무랐다.

"아니에요, 그동안에도 잘 먹고 다녔어요."

휘현이 이든 눈치를 보며 사라에게 말을 건넸다.

"에구, 냉장고가 텅텅 비어 있던걸?"

사라가 걱정된다는 듯 휘현이를 건너다보았다.

"갔다 올게요."

"그래, 안전 운전하고!"

사라가 발걸음을 뒤로 떼며 말했다.

"무슨 노래 좋아해?"

이든이 옆에 앉은 휘현을 보며 물었다.

"음…… 두아 리파, 할시 좋아해."

휘현은 가벼운 목소리로 말하며 창밖을 바라보았다.

"보이시한 가수 좋아하나 보네. 할시 노래 틀어 줄게."

잠시 후 차 안에 'Bad at Love' 노래가 흘러나왔다. 좋아하는 노래가 나오자 휘현은 고개까지 까닥거리며 흥얼흥얼 노래를 따라 불렀다.

"큭. 근데 그거 알아? 너 혼자서 잘 흥얼거리는 거."

이든의 옆모습이 재미있다는 얼굴이었다.

"그런가? 내가 좀 혼잣말을 많이 하긴 해. 아, 그리고 Bad at Love 가사도 너무 와닿아. 사랑에 서툴다고 소리 질러버리는 게 나만 그런 게 아니구나 싶기도 하고."

오늘따라 재잘재잘 말을 길게 하는 휘현이 생경하게 느껴지는 이든이었다.

"다들 사랑하면 서툴러지지."

이든이 읊조리듯 말했다.

"사실 저번에 데릭 교수님이 내가 회피성이어서 사랑하는 데 어려울 거라고 했잖아. 그 말 듣고 놀랐어."

"왜?"

"진짜 나랑 비슷한 회피적 성향의 남자를 만났었거든. 익숙한 상처에 끌렸나 봐."

휘현이 손가락으로 아랫입술을 꾹 누르며 말했다.

"아! 말 나온 김에 생각난 건데……"

손에 쥔 휴대폰을 올리며 불쑥 휘현이 말했다.

"응."

"스킨십 리스트를 적어봤어."

그 말에 이든이 휘현을 흘긋 바라보았다.

"1번 머리 쓰다듬어 주기, 2번 어깨 감싸기, 3번 손잡기, 4번 머리까지 전부 감싸주는 포옹. 여기까지 생각해 봤어. 네가 하기 싫은 건 뺄게."

덤덤하게 말하는 휘현과 달리 이든은 점점 귀가 달아오르는 듯 뜨거워지는 게 느껴졌다. 혹시나 휘현이 이런 자신을 알아차릴까 봐 이든은 쓰고 있던 모자를 더 깊게 눌러썼다.

다행히 휘현은 휴대폰 화면에 눈을 고정한 채 무언가를 골똘히 생각하는 듯했다.

"빼고 싶은 거 있어?"

대답이 돌아오지 않자 휘현이 이든을 보며 물었다.

"아니, 난 괜찮은 것 같아."

작은 목소리로 이든이 말했다.

"오케이, 그러면 이렇게 진행한다고 조시한테 전달해야겠다."

과제 하듯 건조하게 휴대폰으로 문자를 보내는 휘현을 보자 이든은 피식 웃음이 나왔다.

"다 왔다."

이든의 차가 속도를 줄이며 왼쪽으로 꺾어 들어갔다. 어귀로 들어가니 일반 미국 마트와 비슷한 1층으로 된 외관의 한인 마트가 보였다.

"장을 따로 보고 만날까?"

들어서자마자 주변을 한번 휘휘 둘러본 휘현은 카트를 빼내며 물었다.

"또 거리 두네, 같이 보자."

휘현의 손에 쥐어진 카트를 자기 쪽으로 이끌며 이든이 말했다.

"잠깐만."

쌓아둔 쌀 포대를 보며 카트를 멈춘 이든이 고개를 돌려 이리저리 살폈다.

"쌀 사려고?"

"응, 쌀이 다 떨어졌거든. 너도 사서 이제 밥 좀 해 먹어."

이든의 말에 픽 웃음을 터트리는 휘현이었다.

그러고 보니 정말 미국에 온 지 넉 달이 다 되어 가도록 쌀을 산 적이 없었다. 얼마나 대충 사는 사람처럼 비칠까 싶어 휘현은 큼큼 헛기침을 하며 카트 방향을 틀었다. 그때 옆에서 카트를 밀고 들어오는 중년의 여자와 휘현의 엉덩이가 부딪혔다.

"어머! 아이고, 학생을 못 봤네. 예쁜 여자 친구 밀쳐서 미안!"

아주머니는 손을 들어 올려 이든의 어깨를 짧게 툭툭 치더니 빙긋 웃고 서둘러 지나쳐갔다.

"네, 괜찮아요."

배시시 미소를 짓고 대답하는 이든이었다.

"저기요, 내가 부딪혔거든요?"

휘현이 이든을 흘기듯 보며 말했다.

이든은 새초롬한 얼굴로 모자를 뒤로 다시 돌려쓰더니 카트를 밀고 앞으로 나갔다.

카트는 금세 이든이 고른 물품으로 차곡차곡 쌓였다. 쌈 채소 코너에 이르자 이든은 여기가 제일 종류도 다양하고 신선하다며 적상추, 청상추, 깻잎, 케일, 미나리 그 밖에도 이름 모를 갖가지를 한 움큼씩 담았다. 그다음으로 향한 정육 코너에서 이든은 스테이크, 삼겹살, 대패삼겹살, 다짐육 등 눈대중으로 봐도

20kg은 될 듯한 양을 집어 카트에 내려놓았다.

"뭘 이렇게 많이 사?"

휘현이 물었다.

"너한테 맛있는 거 해주고 싶어서."

덤덤하게 말하는 이든이었다.

"너는 뭐 안 사?"

대충 한 바퀴를 같이 둘러본 터라 카트를 힐끔 보며 이든이 물었다.

"나는, 저기! 저기로 가자."

휘현은 카트 머리를 돌려 방향을 틀며 앞장서서 끌었다. 휘현이 향한 곳은 인스턴트 코너였다. 일단 묶음으로 된 비빔면, 라면, 고추참치를 고민 없이 주워 담았다. 매일 먹는 베이글이 아직까지 지겹지는 않지만 그래도 언젠가는 밥을 먹고 싶은 날이 올까 해서 즉석밥 코너에서 36개입으로 묶여 있는 걸로 골라 담았다. 아마 한국에 돌아갈 때까지 다 못 먹을지도 모르겠다고 생각하면서 또 뭘 사야 하나 검지를 윗입술에 톡톡 두드리는데, 옆에서 이든이 픽 웃었다.

"뭐야?"

휘현이 왜 웃느냐는 듯 슬쩍 이든을 보았다.

"다 묶음으로 된 인스턴트만 사길래."

"난 요리를 잘 안 해서. 너는 무슨 음식 좋아해?"

"해주려고?"

"응, 너 요즘 피곤해 보여서……"

휘현의 눈이 터져버린 이든의 입술 위에 닿았다.

"와, 감동! 음…… 나는 제육볶음?"

카트에 몸을 기댄 이든이 휘현을 보며 말했다.

"해줄게, 어렵지 않으니."

늘 마음 한편에 고마움으로 자리 잡고 있었던 터라 이든에게 한국 음식을 대접해 주고 싶다는 결심만 수십 번째인 휘현이었다.

"……좋다."

이든이 작게 말했다.

계산을 마치고 카트 안에 담긴 물건을 차 트렁크에 넣기 시작했다. 대충 정리를 마치고 차에 탄 휘현이 휴대폰을 보니 어느덧 6시 반이었다.

"배고프지?"

이든이 안전벨트를 매며 묻는다.

"음, 지금은 괜찮은데 가면서 고플 듯."

"내가 식당 예약해 놨어."

"진짜?"

휘현이 놀란 눈으로 보자 이든이 휘현을 따라 하며 눈을 한 번 크게 뜨더니 이내 찡긋하고 웃어 보였다.

차로 이동한 지 30분 정도가 지나서 도착한 레스토랑에는 이미 입구부터 사람들로 북적거렸다. 인파를 뚫고 웨이터를 따라 안으로 들어가면서 휘현은 주변을 이리저리 둘러보았다. 이태리 느낌이 나는 벽화를 비롯해서 클래식한 흑백 분위기의 액자와 식기가 장식으로 진열되어 있었다. 원목의 동그란 테이블이 2m 정도 간격을 띄어 놓고 배치되어 있었고, 이미 모든 자리가 만석이었다.

그렇게 한참을 따라서 들어가자 웨이터는 창가 쪽 테이블 위에 놓인 RSVD 종이를 치우고 앉으라고 손짓했다. 자리에 앉아 흰 종이로 된 메뉴판을 보니 Established 1988이라는 붉은 글씨가 선명하게 자리 잡고 있었다. 종류가 너무 다양해서 뭘 시켜야 할지 몰라 휘현의 눈이 바쁘게 돌아갔다.

"여기 음식 다 맛있는데, 특히 깔조네랑 아란치니가 맛있고, 파스타는 로즈마리 치킨 파스타랑 볼로네제가 괜찮아."

"네가 추천해 주는 걸로 먹을게."

"해산물 괜찮아?"

"응."

"음, 그러면! 아란치니랑 링귀니 페스카토레 이렇게 주문할게."

식전에 나온 브리오슈 번이 먹음직스럽게 우드 플레이트 위에 올려졌다. 한입 베어 물자 고소한 버터향이 입안을 가득 맴돌았다.

"빵이 쫀쫀하니 결대로 잘 찢어져."

괜찮냐는 이든의 물음에 휘현은 만족스러운 웃음으로 대답했다.

다음으로 아란치니가 팟 안에 담겨 나왔다. 이든은 먼저 집게로 1개를 집어 올려 반으로 잘라 휘현에게 건네주며, 아래 카레 소스를 찍어 먹으라고 자상하게 일러주었다.

"맛있다. 너도 먹어."

자기를 챙기느라 막상 제대로 먹지도 못하는 이든을 보며 휘현은 괜히 투박하게 말했다. 누군가가 이렇게 자상하게 대해주는 것이 여전히 부담스러운 휘현이었다.

건조하게 내뱉은 휘현의 말에 그제야 이든도 튀긴 주먹밥처럼 생긴 아란치니를 가져가 맛을 보았다.

"무슨 음식 좋아해?"

이든의 질문에 휘현은 썰던 나이프를 멈추었다.

"그냥, 음식에 별 관심이 없어서. 아, 근데 네가 해준 음식들은 다 맛있었어. 소고기 뭇국하고 밑반찬도 맛있었고, 사라 아주머니가 차려주신 음식도 맛있었고. 양념떡볶이도 진짜 맛있었는데……"

그때의 기억에 행복한지 휘현이 말간 얼굴로 눈을 휘며 웃었다.

그 모습을 보는 이든의 얼굴이 붉어졌다.

"그……"

휘현이 목뒤로 머리카락을 넘기며 말을 꺼내자 이든의 시선이 유독 하얀 휘현의 목덜미로 향했다.

"응?"

자신이 향한 눈길에 부끄러운 듯 이든이 황급히 고개를 돌려 물을 한 모금 마시며 말했다.

"고마워."

생각지도 못한 그녀의 말에 이든이 휘현을 보자 둘의 시선이 맞물렸다.

휘현이 다시 입술을 달싹이며 고민하다 말을 꺼냈다.

"인간 알레르기 고치는 거 도와줘서 고맙다고. 네가 기분 나빠하지 않았으면 좋겠어. 너한테 문제가 있는 게 아니라 내가……"

여기까지 말한 휘현이 이내 입을 다물었다.

"기분 안 나빠. 걱정하지 마."

좀 더 가벼운 톤으로 말하며 분위기를 전환해 보려는 이든의 노력이 느껴지자 휘현의 입술 끝이 말려 올라갔다. 그러다 살짝 고개를 드니 휘현을 보고 따라 웃는 이든이 보였다. 이상하게 이든이 웃는 미소가 지금 자신의 미소와 닮아있다는 생각이 드는 휘현이었다.

"정들겠다."

휘현이 눈꺼풀을 아래로 내리며 스파게티에 포크를 꽂아 돌돌 말며 말했다.

"응?"

못 들은 듯 이든이 휘현에게 얼굴을 가까이하고 웃으며 되물었다.

그때 레스토랑 안의 조명이 반짝거리며 이든의 얼굴 위로 조각조각 반사되어 떨어지자 휘현은 자기도 모르게 입을 작게 벌렸다. 만날 때마다 잘생겼다고 생각했지만 정말 지금 모습에는 이 남자가 아름답다는 감정이 물밀듯 밀려왔다.

"아니, 그러니까…… 우리 둘이 너무 시간을 같이 보내니까 뭔가 데이트하는 것 같고…… 네가 또……"

눈을 크게 뜨고 집중해서 듣는 해맑은 이든을 보자 휘현은 잠시 옆을 보며 호흡을 들이키고 다시 덧붙여 말했다.

"네가 너무 웃어주니까 정들 것 같다고. 근데 왜 이렇게 덥지?"

말을 마친 휘현은 주변 공기가 더운 듯 차가운 손등을 볼 위에 가져다 댔다.

"……좋다."

이든이 덤덤하게 말했다.

"뭐가?"

"알레르겐인 나를 편하게 느낀다는 거니까."

"……아."

작게 숨을 토해내며 휘현이 고개를 끄덕거리자 이든이 피식 웃으며 말했다.

"아, 물론. 너도 좋고."

저녁 식사를 마친 뒤 돌아오는 차 안에서 휘현은 좀 전에 레스토랑에서 이든이 했던 말을 몇 번이나 곱씹어보는 중이었다. '그러니까 알레르겐인 자기한테 거부감을 느끼지 않는 것도 좋고 나도 좋다는 의미인 건가? 그럼, 고백인 건가? 아니지, 무슨 고백을 그렇게 하겠어. 나는 환자고 이든은 내 잘생긴 알레르겐…… 아니, 거기서 왜 잘생긴 게 튀어나오지?' 머릿속이 복잡한 휘현이 도리질을 하며 창밖을 보고 길게 한숨을 내쉬었다.

"컨디션 괜찮아?"

걱정되는 얼굴로 이든이 물었다.

"응? 어, 괜찮지."

머쓱한 듯 휘현이 움찔하며 손가락으로 귀 뒤를 긁적였다.

이윽고 차의 속도가 줄어들고 모퉁이를 돌자 불 켜진 집이 보였다. 차고에 차를 주차한 뒤 이든이 집 안으로 연결되는 뒷문을 키로 열자 웬 여자의 환호성이 들려왔다.

"꺄악! 이든 오빠!"

이든 뒤를 따라 들어온 휘현의 눈이 이든과 포옹하고 있는 여자와 마주쳤다. 어깨까지 오는 갈색 머리에 금색 비즈로 장식된 머리띠를 한 여자가 휘현을 째려보며 이든의 목을 감고 안겨 있었다.

"저 여자는 누구야?"

이든의 방으로 따라 들어온 베카가 날 선 목소리로 물었다.

"다른 사람 방에 들어올 때는 노크하고 들어오는 거야."

피곤한 목소리로 이든이 말했다.

"치, 오랜만인데 전혀 반가워 보이지가 않네."

침대 위에 다리를 꼬고 걸터앉은 베카가 서운한 목소리로 말했다.

이든은 고개를 절레절레 저으며 의자를 길게 빼고 앉아 시계를 풀어 올려놓았다.

"공간의 커뮤니케이션, 전시디자인과 환경, 조명과 음향 디자인…… 휴, 여전하네."

이든의 책상 위에 꽂힌 책들을 눈으로 훑던 베카가 빙긋 웃으며 말했다.

"언제까지 머물 거야?"

무감한 어조로 이든이 물었다.

"글쎄, 알다시피 이번 파리 여행이 생각보다 길어져서 좀 쉬고 싶기도 하고. 잘생긴 오빠 얼굴 질릴 때까지 있어볼까?"

큭큭 웃으며 말하는 베카였다.

이든은 책상 위에 팔꿈치를 대고 손으로 턱을 받친 채 그런 베카를 물끄러미 바라보았다.

베카를 처음 만난 건 이든이 6살 때쯤이었다. 처음으로 동양인을 입양한 사라는 자신처럼 동양인 아이를 입양한 이웃을 알아보던 중 샤롯과 친구가 되었다. 베카는 몇 번의 파양 끝에 샤롯에게 입양되었고 당시 그녀의 나이는 4살이었다. 샤롯과 사라는 바쁜 일이 있을 때면 아이를 서로 맡아주기도 할 만큼 가까운 사이였는데, 이든과 베카가 친해지게 된 건 그쯤이었다. 이든에게는 친동생 같은 베카였지만 워낙 돌발적이고 즉흥적인 그녀의 성격 탓에 샤롯도 두 손 두 발 다 든 상황이었다. 성인이 된 이후 대학교를 휴학하고 여기저기 여행을 다니던 그녀가 잠시 머무르는 곳은 샤롯의 집도 아닌 이든의 집이었다.

"오빠가 그렇게 쳐다보니까 눈으로 혼나는 기분이야."

시무룩한 표정으로 이든에게 다가온 베카가 책상 위에 놓인 종이에 시선을 돌렸다.

"이게 뭐야?"

병원 내역서를 손에 쥔 베카가 놀란 눈으로 물었다.

별거 아니라며 베카의 손에서 종이를 뺏으려던 이든에게 등을 돌린 채 베카가 빠르게 내용물을 훑어보기 시작했다.

"와! 이거 뭐야? 아까 만난 그 언니 알레르겐이 이든 오빠야? 재밌네, 이거."

지잉-. 그때 이든의 휴대폰이 울렸다.

[저기, 잠깐 부엌에서 볼 수 있을까?]

휘현에게서 온 메시지였다.

낯선 여자에게 안겨 있는 이든을 본 휘현은 머리에서 쉽사리 잔상이 지워지지 않았다. 짧게 인사를 나눈 뒤 방으로 들어온 휘현이었지만 온통 신경은 1층에 머물러 있었다. '아무리 어렸을 때부터 봐왔던 동생이라고 하더라도 다 큰 성인 여자가 남자한테 저렇게 쉽게 안길 수 있는 건가?' 100번 다시 생각해서 포옹할 수 있다고 하더라도 이든을 보는 그녀의 눈빛이 마치 연인을 보는 것처럼 애틋했다. 2시간 전만 해도 이든은 분명 휘현에게 "너도 좋고."라고 했다. 워낙 다정한 이든이니까 그런 말쯤이야 아무에게나 쉽게 할 수 있는 사람일지도 모르겠다. 그러다 문득 휘현은 자기가 왜 이렇게 이든을 신경 쓰고 있는 것인지 의아했다. 당연히 이든이 다른 여자와 데이트도 할 수 있고 사귀고 있을 수도 있는 건데 말이다.

휘현은 검지와 중지로 관자놀이를 질끈 누르며 눈을 감았다. 심장은 걷잡을 수 없이 쿵쾅거리며 휘현의 머리를 울려 댔다.

"차라리 잘됐어."

휘현은 혼잣말로 중얼거렸다.

점점 이든에게로 마음이 기울지 않도록 저 여자가 나타난 지금부터라도 정신 차리고 마음의 거리를 두어야겠다고 되뇌는 휘현이었다.

"하…… 그래도 신경 쓰이네."

책상 위에 놓인 탁상시계를 흘끔 바라보며 휘현이 중얼거렸다. '밤늦은 시간에 밑에서 둘은 뭘 하고 있을까?'라는 생각이 든 휘현은 고개를 저었다. '뭘 하든 내가 무슨 상관이야?' 하고는 하루 종일 돌아다니느라 피곤해진 몸을 일으킨 휘현은 화장실로 걸어갔다. 그러다 휘현은 이내 무언가에 감전된 것처럼 멈춰 섰다. '아, 그러고 보니 아까 차 안에서 조시한테 보내준 스킨십 리스트를 이든에게도 공유해 줘야 하지 않을까? 스킨십을 나 혼자 하는 것도 아니고……. 이든은 내 알레르겐이니까.'

이렇게 공식적인 변명거리로 자신감을 얻은 휘현은 급히 휴대폰을 집어 들어 이든에게 메시지를 보냈다. 심장이 목구멍부터 배꼽까지 롤러코스터를 타는 것 같았다.

휘현이 메시지를 보내자마자 이든에게서 바로 답장이 왔다.

[좋아.]

바로 온 그의 문자를 보자 휘현의 입가에 미소가 배시시 비어져 나왔다. 이제 휘현은 이든이 하는 모든 '좋다.'라는 말에 웃음이 일어날 것 같은 기분이 들었다.

나선형으로 이어진 나무 계단을 따라 가벼운 걸음으로 내려가던 휘현은 거실에서 들려오는 이든과 베카의 목소리에 슬그머니 걷는 속도를 늦췄다.

"엄마 통해서 들었어. 친엄마 찾고 있다고. 참 대단해, 지금 와서 찾겠다는 게. 오빠 버린 여자를."

"말조심해."

"그러고 보니까 웃기긴 하네. 친엄마한테 유기당하고, 위층 언니는 오빠한테 알레르기 반응 일으키고. 한국 여자들이 오빠랑 안 맞나?"

냉담하게 비웃는 베카였지만 그녀의 목소리가 어렴풋하게 떨리고 있었다.

"베카."

낮게 가라앉은 이든의 목소리에 뾰족함이 배어 있었다.

베카가 이렇게까지 이든에게 예민하게 구는 이유는 하나였다. 이든이 용기를 내어 친엄마를 찾고 있다는 것. 그것이 베카의 심기를 거슬리게 했다. 파리에서 여행하던 중 급작스럽게 이든 집에 쳐들어온 것도 그 이유였다. 같은 상처를 안고 있는 친오빠 같은 이든이 친엄마를 찾는다는 사실에 뱃속에서 불이라도 나듯 화가 치밀어 올랐다.

"저 여자랑은 왜 붙어 다니는 거야? 어차피 떠날 여잔데."

"휘현이야, 저 여자가 아니라."

이든의 말에 휘현의 심장이 쿵 내려앉는 것만 같았다. 왠지 모르게 몰래 엿듣는 것만 같아 휘현은 다시 한 발 한 발 계단을 내려갔다.

"저 나이쯤이었으려나? 오빠 친엄마도 저 언니 나이였을 때 오빠를 버렸을까? 같은 부류의 여자네. 불편하면 책임감 없이 사람 버리고 도망가고. 완전히 망가진 사람. 내 말이 틀려?"

"……"

이든은 대답이 없었다.

처음 보는 베카의 말보다 침묵으로 대답을 대신하는 이든의 모습에 휘현은 두 다리가 굳어버린 듯했다.

"인간 알레르기는 무슨. 그냥 엉망인 회피적 성격 장애 아냐? 뭐 때문에 같이 돌아다니는지 몰라도……"

"그만해. 네 말대로 그녀는 망가졌고 지금 치료가 필요한 사람이니까."

"그래서 그게 다야? 둘이 그저 환자와 보호자 관계라는 거야, 지금?"

끼익-. 휘현이 돌아서면서 나무 계단에서 삐걱대는 소리가 났다. 이든과 베카의 눈이 계단 위에 등 돌린 채 서 있는 휘현에게로 향했다.

"휘현아."

이든이 소파에서 일어나 계단 위로 뛰어 올라갔다.

자기를 부르는 소리에도 아랑곳하지 않고 휘현은 걸음에 속도를 내며 방으로 향했다. 쾅 하고 휘현이 방문을 닫자마자 밖에서 노크하며 부르는 이든의 목소리가 들렸다. 귀를 막은 휘현이 침대 발치에 쓰러지듯 미끄러져 앉아 소리가 멈출 때까지 몸을 웅크리고 있었다. 마치 어린 시절 부모님의 싸움을 피해 상처받기 싫어 도망갔던 아이처럼. 그렇게 휘현은 혼자 어두운 방 안에서 한동안 숨죽이며 더 작게 공처럼 몸을 말았다.

## ‹ 24 ›

동그랗게 모여 앉은 팀원들 사이에 잠시 짙은 침묵이 내려앉았다. 옆에서 열띠게 토론하는 것을 흐뭇하게 서서 바라보던 루크 교수는 제발 도와달라는 듯한 주디의 애처로운 눈빛을 발견하고는 발걸음을 옮겨 걸어왔다.

"자, 여기 조는 주제가……"

두 손을 비비며 루크가 물었다.

"사랑이요."

적막을 찢어내며 주디가 대답했다.

"사랑이라…… 토론이 어디까지 진행된 건지 들어보고 싶은데?"

루크의 시선이 휘현에게로 향하자 휘현은 입술을 한 번 사리물더니 이내 말을 꺼냈다.

"스토리를 담은 쇼츠 영상으로 제작하고 싶어요. 감각적이고 모던한 분위기를 자아내서 타깃 고객들에게 향수를 통해 성적 텐션을 일으켜주고 그로 인해 자존감을 높여준다는 메시지를 주는 거죠."

막힘없이 이든을 바라보며 말하는 휘현이었다.

"그런 광고들이 즐비해서 저는 역발상으로 온전치 못한 사랑으로 인한 상처에는 악취가 난다는 것으로 제안했어요."

이든이 이어 말했다.

"오호, 심리적 치유라면 공익광고에도 잘 맞겠는데?"

루크가 흥미로운 듯 덧붙였다.

휘현이 짧게 한숨을 토해내며 목을 쓸어내렸다. 또다시 알레르기가 올라오고 있다는 걸 직감적으로 느낀 휘현이 빠르게 의견을 덧붙였다.

"패션 뷰티 기업이 공익광고를 널리 하지 않은 데에 그만한 이유가 있겠죠. 기업들은 고객에게 브랜드 이미지를 주입하고 싶어 하니까요."

"흐음, 그렇지 아무래도. 그러면 사랑에 대한 이미지에 대해 먼저 말해볼까?"

루크가 휘현과 이든을 번갈아보며 물었다.

"사랑은 순간적이고 즉각적인 희열로 시작하지만 독립적인 둘이 만나는 것이니 끊임없이 적정 거리를 두는 게 중요해요. 남녀가 향에 즉각적으로 반응하게 되고 끌림을 줄 수 있다는 점이 향수 브랜드가 가져갈 수 있는 이미지라고 생각해요."

"독립성을 유지하기 위해 거리를 둬야 한다?"

휘현의 의견이 재미있다는 듯 루크는 책상에 엉덩이를 올리며 말했다.

"마음을 줄수록 남는 건 상처뿐이에요. 그걸 피하는 게 자신을 지키는 방법이고요."

휘현이 이든을 빤히 보며 말했다.

"제 생각은 달라요. 사랑은 가까운 친밀함을 기반으로 한 안정된 마음에서 커지죠. 순간적인 감정적 흥분은 향수처럼 곧 휘발되니까요."

"아하, 사랑을 바라보는 이미지가 서로 다르네요. 그것부터 대화로……"

"교수님, 혹시 지금이라도 토픽을 바꿀 수 있을까요?"

휘현이 뒤에 앉은 루크를 돌아보며 물었다.

"팀을 바꾸고 싶다는 뜻인가?"

"네, 교수님 말씀대로 바라보는 방향성이 달라 진척이 없어서요."

"대화로 조율하면서 풀어갈 수 있어. 피하지만 않는다면."

이든이 휘현을 보며 대꾸했다.

"어후, 성적 텐션이고 뭐고 둘의 텐션이 장난 아닌데?"

잭슨이 눈썹을 손가락으로 문지르며 끼어들었다.

"그러게…… 토론이 점점 사나워지네."

주디가 바쁘게 눈알을 양옆으로 굴리면서 기어들어 가는 목소리로 덧붙였다.

"안타깝게도 팀을 바꿀 수는 없고, 팀원과 협의해서 합의된 방향성을 빨리 잡는 게 중요할 것 같네요. 남은 시간이 얼마 없으니까. 다만 내가 조금 조언해 준다면……"

여기까지 말한 루크는 턱을 문지르며 잠시 생각에 잠겼다.

"두 사람의 서로 다른 관점이 새로운 의미로 확장될 수 있고 그에 기반한 영감을 떠올려 보는 것도 좋을 듯합니다. 감각적 끌림과 용기까지도 포함한 사랑의 이미지를 시각화하여 표현하면 좋겠네요. 물론 그 시작은 자기 자신에 대한 사랑부터 출발하겠지만."

말을 마친 루크는 손을 들어 올려 흘끗 시계를 확인한 뒤 맨 앞으로 걸어 나갔다.

"자자! 오늘 토론은 여기까지 하고, 다음 시간에는 완성된 기획안과 제작 스케줄 정리해서 오도록!"

"어떻게 조합해 볼지 생각해서 주중에 한번 보든지 하자."

주디가 책을 집어 올리며 말했다.

"그래, 나는 둘의 의견 다 좋아. 주중에 보자고."

여느 때와 같이 호쾌하게 웃으며 잭슨이 주섬주섬 가방을 챙겼다.

한숨을 쉬며 일어난 휘현은 순간 핑하니 머리가 어지러워 휘청거렸다. 그동안 잠잠하다 했는데 컨디션이 최악을 달리는 것 같았다. 일자로 길게 뻗은 복도를 따라 휘현은 빠른 걸음으로 걸어갔다. 뒤에서 이든이 부르는 소리가 들렸지만 이든을 마주치고 싶지 않아 못 들은 체했다.

"잠깐 얘기 좀 해."

이든이 겨우 휘현의 팔을 잡고 돌리며 말했다.

"할 얘기 없어."

잡힌 팔을 뿌리치며 휘현이 말했다.

"왜 이렇게 화가 난 거야?"

"내가?"

"……"

째려보는 휘현의 눈을 피하지 않은 채 이든이 침묵했다.

"오, 휘현! 잘 만났다! 잠깐 도와줄래?"

그때 복도 끝에서 금발 머리를 늘어뜨린 블레이크 교수가 양손에 종이 뭉텅이를 걸친 채 휘현을 불렀다. 얼마나 큰 소리로 불렀던지 주변에 있던 학생들이 휘현을 쳐다볼 정도였다. 휘현은 이든을 한번 힐끔 쳐다보고 블레이크에게 향했다.

"여기 소파 위에 내려놓으면 돼."

서둘러 연구실 교수실 문을 열고 들어온 블레이크가 뒤따라 오는 휘현에게 빙긋 웃으며 말했다.

턱까지 쌓아 올린 종이를 든 휘현이 엉거주춤 소파 쪽으로 방향을 틀었다.

"남자 친구랑 살벌하게 싸우던데?"

옷걸이에 트위드 블레이드 재킷을 걸치며 블레이크가 말했다.

"네? 아…… 그냥 친구예요."

흐트러질까 조심스럽게 종이 더미를 소파 위에 올려놓으며 휘현이 말했다.

"꼭 그러더라. 당사자들만 몰라, 사랑하는걸. 뭐, 곧 알게 되겠지만."

"흐음…… 교수님, 또 필요하신 일 있을까요."

휘현이 피곤하고 지친 눈으로 블레이크에게 물었다.

"근데 말이야…… 왠지 낯이 익단 말이야. 저 남학생……"

"아, 이든도 교수님 수업 들었다고 하더라고요."

"맞지? 잘생긴 애들 얼굴은 안 잊어버린다니까, 내가."

그녀의 말에 휘현이 희끄무레하게 웃었다.

책상 위에 놓인 거울을 보며 산발이 된 머리를 매만지던 블레이크는 이내 진지한 눈으로 휘현에게 말했다.

"잘생긴 애들한테 상처 주는 거 아니야."

"제가요? 제가 이든한테 상처를 준 걸로 보이세요?"

휘현은 검지를 자기 쪽으로 향하고 재차 되물었다.

"얘기 좀 하자고 하는데 안 듣고 도망가고, 못됐네."

"하…… 상처받은 건 저예요, 교수님."

"누가 봐도 화났는데 화 안 났다고 거짓말이나 하고 말이야."

콧잔등까지 찡그린 채 약 올리는 블레이크의 말에 이제 휘현은 어깨까지 으쓱하며 항복하듯 두 손을 위로 들어 올렸다. 정말 괴짜가 따로 없다고 생각하는 휘현이었다.

"연애 상담 좀 해줄까?"

"연애하는 거 아니에요."

"관계는 쌍방향인 거야. 너만 상처받았다고 생각하진 마. 그리고 네가 왜 이렇게까지 화난 건지 스스로 생각해 보고 이든한테 가서 솔직하게 말해."

"너무 가까워진 게 문제인 것 같아요."

"와, 듣던 중 반가운 소린데? 회피성이 하늘을 찌르는 휘현이 누군가를 마음에 들였다는 거니까."

"교수님……"

휘현은 답답한 듯 말을 눈꺼풀을 내리깐 채 얼버무렸다.

"아! 그러고 보니까 타인이 보는 나에 대해 과제 발표할 때 이든한테서 들으면 되겠다."

"그건 이든이 해주기로 했어요."

자기도 모르게 나온 말에 휘현이 퍼뜩 고개를 위로 들어 올려 교수와 눈을 마주쳤다.

"적임자를 잘 찾았네, 너를 사랑해 주는 사람으로 말이야."

"그게……"

"오늘 상담은 여기서 그만하고. 보다시피 채점할 과제들이 쌓여서."

블레이크가 소파 위에 쌓인 종이 뭉치를 흘깃 보며 말했다.

짧게 한숨을 쉰 휘현이 고개를 한 번 끄덕이고는 이내 돌아섰다.

"잘생긴 애 놓치는 거 아니다."

블레이크의 말이 돌아선 휘현의 귀에 잠잠히 감겼다.

답답한 마음으로 캠퍼스 잔디밭을 걷는 휘현의 걸음 속도가 점점 느려졌다. 자신이 왜 이렇게까지 화가 난 건지 휘현도 의아했다. 비록 베카가 뼈아픈 말들을 내뱉기는 했지만 이든이 별다른 말을 한 건 아니었다. 지금까지 이든이 자신에게 보여준 모든 말과 행동은 친절과 배려로 가득했다. 그런 이든이 보인 고작 한 번의 침묵이 자신에게 이렇게 큰 파장을 일으킬 정도로 힘이 있다는 게 믿어지지 않았다. 혼자서 북 치고 장구 치듯 감정의 물살을 타고 있는 자신을 보자 휘현은 한숨이 나왔다. 경험상 이렇게 누군가가 가까워지는 것은 불편한 일이었다. 소중한 사람이 생긴다는 건 위험한 일이다. 휘현은 입안이 씁쓸해졌다.

집으로 걸어가던 걸음이 우두커니 멈춰 섰다. 불편하고 위험한 일이라는 걸 알지만, 그럼에도 불구하고 이든에게 솔직하게 감정을 말하고 싶어진 휘현이다. '그런데 어떻게 말하지?' 고개를 푹 숙이고 있던 휘현이 순간 턱을 들어 올렸다. 퍼뜩 이든과 장 봐 온 삼겹살이 떠오른 휘현이 서둘러 발을 떼며 속도를 높였다.

달그락달그락.

부산스러운 소리에 베카는 감겨 있는 무거운 눈꺼풀을 위로 밀어 올리다 이내 다시 감았다. 쨍! 그때 큰 파열음 소리가 들리자 베카는 그제야 감고 있던 눈을 확 떴다. 시차 적응이 되지 않아 계속 침대에 누워 잠자던 베카는 연신 시끄러운 소리에 잠을 잘 수가 없었다. 몸을 일으켜 부엌에서 들려오는 소리를 따라 문을 빼꼼 열어 살펴보니 휘현이 깨진 접시를 치우는 게 보였다.

문고리가 돌아가는 소리에 고개를 돌린 휘현은 치우던 접시를 손에 든 채 베카와 눈이 마주쳤다.

"괜찮아요?"

베카가 문을 마저 열고 나오며 물었다.

"네."

깨진 접시 파편들을 쓰레받기로 주워 담으며 휘현이 대답했다. 무겁고 적막한 공기가 둘을 에워쌌다. 그런 분위기가 갑갑했는지 베카는 입고 있던 민소매 끈을 위로 올리며 슬쩍 식탁에 앉았다.

휘현은 베카에게 아랑곳하지 않고 도마 위에 양파를 올려놓고 썰기 시작했다. 물 묻은 손으로 잡은 양파가 어설프게 썰려 나가기 시작했다. 누가 들어도 요리 못하는 사람의 칼질이었다.

"저……"

머리를 긁적이며 베카가 말을 꺼냈다.

말을 들은 건지 못 들은 척을 하는 건지 휘현은 여전히 베카로부터 등을 돌린 채 양파 썰기에 여념이 없었다.

"크흠, 저 휘현 언니."

조금 더 큰 소리로 베카가 휘현을 부르자 휘현이 동작을 멈췄다. 이내 칼을 쥔 채 돌아선 휘현이 식탁에 앉아 있는 베카를 내려다보았다.

"저번에는 미안했어요."

식탁 위에 팔꿈치를 올리고 양손을 그러쥔 채 베카가 말했다.

그런 베카를 보는 휘현의 머릿속에는 온통 이든 생각뿐이었다. 베카가 내뱉는 백 마디 말보다 이든의 한마디가 휘현에게는 중요했다.

여전히 말없이 베카를 응시하기만 하는 휘현을 보자 베카는 어깨를 움츠리며 입을 뗐다.

"내가 나한테 화가 나서 한 말이에요. 파리에서 양엄마인 샤롯과 통화를 하다가 이든 오빠가 한국에 있는 친엄마를 찾고 있다는 소식을 듣게 됐어요. 근데 그게 너무 화가 나더라고요. 언니는 버림받는다는 게 어떤 기분인지 모르겠지만 그게 정말 더럽게 기분 나쁜 일이거든요."

여기까지 말한 베카는 숨을 들이쉬며 호흡을 고른 뒤 다시 입을 뗐다.

"궁금하긴 했어요, 나도. 친엄마를 찾아볼까 수백 번을 고민해도 용기가 안 나더라고요. 그래서 그냥 스스로 속이면서 타협했죠. 찾더라도 상처받을 거라고 갖가지 이유를 대면서요. 근데 이든 오빠가 그런 친엄마를 찾는다고 하니까 제 속에서 뭐가 폭발했던 것 같아요."

베카의 목소리가 심하게 떨리고 있었다.

"제 말은…… 그러니까…… 그렇다고 해서 저번에 제가 한 말들이 잘했다는 건 아니에요. 진심으로 미안해요. 제가 너무 감정적이었어요. 언니한테 그렇게 못되게 할 의도는 없었어요, 정말."

한숨을 길게 내쉰 휘현이 도마 위에 칼을 올려놓은 뒤 냉장고에서 물을 꺼내 베카에게 건넸다.

베카가 힘겹게 싱긋 웃더니 물을 한 모금 들이켰다.

"근데 무슨 요리하는 거예요?"

"제육볶음이요."

"이든 오빠가 좋아하는 음식인데! 저도 좀 도와줄까요?"

베카가 의자에서 몸을 일으키며 말했다.

"이든이 오면 같이 먹으려고요. 계속 얘기 좀 하자고 했는데 내가 피하기만 했거든요."

"왜요?"

어느새 휘현 옆에 선 베카가 음식 재료들을 눈으로 훑으며 물었다.

"음…… 상처 받을까 봐?"

휘현이 다시 칼을 들어 마저 양파를 썰며 말했다.

"오, 휘현 언니. 저 좀 봐요."

불쑥 베카가 휘현 쪽으로 몸을 틀며 말했다.

"제가 이든 오빠랑 같이 지낸 지 오래돼서 아는데 이든 오빠는 휘현 언니한테 진심이에요. 상처 줄 사람도 아니고요."

베카의 눈빛이 진지하게 빛나고 있었다.

이윽고 베카는 자기 때문에 이 사달이 벌어졌으니 요리를 도와주겠다며 앞치마를 둘러맸다. 다행히 휘현보다 요리를 잘하는 터라 생각보다 일찍 제육볶음이 완성됐다. 깨끗하게 음식물 뒷정리까지 마친 베카는 눈치껏 빠져주겠다며 나갈 채비를 했다.

"같이 먹고 나가요."

휘현이 붙잡아도 휴대폰으로 문자를 하며 쏜살같이 나가는 베카였다.

그때 문을 열고 들어오는 이든이 베카와 마주쳤다.

"안에 휘현 언니 있어, 사과했고. 둘이 잘 풀어."

이든에게만 들리게 작게 소곤거리며 말한 베카는 문을 열고 나가려다 이내 다시 뒤돌아 이든의 목을 감싼 채 포옹했다.

"오빠한테 제일 미안해."

짧게 포옹을 마친 베카가 이내 다시 고개를 들어 이든을 한 번 본 뒤 등을 돌려 나갔다. 이든은 제육볶음 냄새가 진동하는 부엌으로 발걸음을 옮겼다.

"왔어? 저번에 해주기로 했던 제육볶음 해봤는데……"

휘현이 눈도 제대로 마주치지 못한 채 말을 꺼냈다.

그때 휘현의 앞에서 부스럭부스럭 소리가 들렸다.

"아이스크림 사 왔어."

봉투에서 아이스크림을 꺼내어 흔드는 이든을 보자 휘현의 얼굴에 그제야 웃음이 일었다.

"어제 베카가 한 말에 상처받지 않았으면 좋겠어. 너한테 악의가 있어서 그렇게 말한 건 아니야, 베카도……"

어렵게 입을 떼며 이든이 말했다.

"알아, 아까 베카랑 얘기했어."

젓가락으로 제육볶음을 집어 올리며 휘현이 말했다.

"베카도 나도 한국에서 미국으로 입양 오게 돼서 엄마에 대한 상처가 있어. 내가 친엄마를 찾는다고 하니까 그 상처가 건드려진 것 같아.”

이든의 말에 휘현이 뭔가를 말하려는 듯 입술을 반쯤 벌리다 이내 다시 다물었다. 눈을 이리저리 돌리며 생각을 정리하던 휘현은 젓가락을 내려놓고 이내 입을 뗐다.

“내가 화가 난 건 베카 때문이 아니야. 물론 베카가 한 말이 듣기 좋은 말은 아니었지만 나는……”

여기까지 말한 휘현은 다시 입을 닫았다.

순간적으로 몇 시간 전 블레이크 교수가 했던 말이 스치듯 지나갔다. 왜 그렇게 화가 난 건지 나 자신에게 물어보고 솔직하게 이든에게 고백해야 한다는 것이 왜 이렇게 두려운 일인지 모를 휘현이었다.

“……너는?”

“이든 네가 나를 망가진 사람으로 취급하고 있다는 게……”

“망가진…… 아, 그때 그 말은……”

이든이 답답한지 불쑥 중간에 말을 끊고 들어왔다.

“물론 맞지. 내가 지금 엉망진창에 망가진 사람은 맞는데……”

휘현이 자신의 목소리를 이어갔다. 서로의 목소리가 공연하게 겹치며 공기를 데우고 의미 없이 흩뿌려졌다.

“근데 네가 나를 그렇게 보는 건 싫어.”

순간 똑 부러지게 말하는 휘현의 말소리가 이든의 귀에 들어왔다.

"나는 네가 알아줬으면 좋겠어. 나는 지금 용기를 내서 지금까지 살아보지 못했던 모습을 너한테 보여주고 있어. 엄마에 대한 상처도 꺼내서 말했고, 내 감정을 말하면서 응석이라는 것도 부려보고. 이렇게 갈등이 생겼을 때 마주보고 풀려고 노력도 하고 있고……"

눈도 마주치지 못한 채 고백하듯 말하는 휘현이었다.

"나 좀 봐봐."

이든이 휘현과 눈을 마주치려 비스듬히 고개를 숙였다. 그러자 휘현이 눈꺼풀을 위로 밀어 올리며 이든과 눈동자를 맞췄다.

"충분히 알고 있어, 네가 노력하는 거. 그리고 내가 너를 보는 모습은…… 아, 잠시만."

이든은 식탁 아래 놓인 가방에서 파일을 꺼내 휘현에게 건넸다.

"네가 본 나? 저번에 부탁한 에세이네?"

투명 파일 위에 적인 글자를 읽으며 휘현이 말했다.

"응, 다 적었어."

휘현은 파일에서 종이를 꺼낸 뒤 힐끗 이든을 한 번 보고 다시 종이 위에 적힌 글자를 읽어 내려갔다.

내 눈에 보이는 휘현은

가끔은 너무 핏기가 없어 창백한 얼굴이 걱정돼.

그래서 내가 해준 음식이라도 다 먹었으면 좋겠어.
새침하고 도도하고 차가운 첫인상인데 상당히 엉뚱해.
키도 크고 팔다리가 길어 시원시원해 보여.
좋아하는 걸 말할 때 눈이 빛나.
매번 나는 비누향이 좋아.
분명 감정들에 예민하지만 그걸 입 밖으로 표현하지는 않아.
스스로를 절제하지만 늘 자유롭고 싶어 하는 것 같아.
누군가와 같이 있을 때도 혼자서 노래를 작게 흥얼거리고는 하는데, 그 모습이 마치 외로움 속에서도 혼자 꿋꿋하게 버텨내려는 것처럼 보여. 꽤 독립적이고 의존하려 하지 않지.
가끔 해맑게 웃는 너를 볼 때는 시간이 멎는 것 같아.
간호할 때 발견했는데, 잘 때 베갯잇을 만지작거리는 게 귀여워.
자주 멍하니 있는데 얼음 땡 하듯 풀려서 돌아다니는 게 귀여워.
힘든 상황에서도 꿋꿋하고 성실하게 자기 삶을 살아내는 모습이 강하고 아름다워 보여.

P.S. 네 에세이를 읽었을 때 마음이 아팠어. 글 쓰는 걸 좋

아하는 네가 네 자신에 대해서 쓴 글은 너무나도 가혹했거든. 스스로 너무 매몰차게 굴지 않았으면 좋겠어. 지금까지 내가 본 너는 위에 적은 것처럼 충분히 매력적인 사람이거든. 너를 사랑하는 사람이 있다는 걸 기억해 줘. 그리고 사랑받는 사람같이 자신을 대해 주길 바라.

분명 글을 다 읽었음에도 휘현은 종이에서 눈을 떼기가 힘들었다. 한 자 한 자 써 내려간 이든의 손 글씨가 휘현의 마음에도 꾹꾹 새겨지는 것만 같았다. 따뜻함, 친절함, 신뢰감, 진실함. 준비도 되지 않은 휘현의 마음에 이런 평화로운 종류의 것이 차올랐다. 그리고 마침내 행복이라는 감정까지 마음을 비집고 나오자 휘현은 반사적으로 불안함이 밀려들었다.

"고마워. 이렇게 정성 들여서 써줄지 몰랐네. 아, 제육볶음 더 먹을래?"

휘현이 퉁명스럽게 말하며 서둘러 일어나 몸을 돌렸다.

뜨거워진 뺨을 어루만지며 국자를 찾으려는데 뒤에서 두 팔이 휘현의 허리를 감싸 안았다. 순간 당황한 휘현이 움직이지도 못하고 멈춰 눈을 크게 떴다.

"내가 더 고마워. 오늘 네 감정 솔직하게 말해줘서……"

이든의 목소리가 휘현의 귀 바로 옆에서 들려왔다.

휘현은 머리가 어질어질했다. 이든이 뒤에서 붙잡고 있지 않았다면 아마 주저앉았을지도 모르겠다고 생각하는 휘현이었다.

"어…… 우리 스킨십 리스트에 백허그는 없었는데……"

들릴락 말락 한 목소리로 휘현이 말했다.

그 말에 이든이 피식 웃으며 말했다.

"그럼 추가해 줘. 백허그는 내가 좋아하는 거거든."

여전히 차분하고 다정한 이든의 목소리에 그제야 휘현의 입술 사이에서 옅게 웃음이 비어져 나왔다.

## ‹ 25 ›

창문을 열자 습기를 머금은 안개가 자욱하게 깔려 있었다. 간밤에 내린 비가 잔디 위에 맺혀 투명 구슬처럼 반짝였다. 잠시 창밖을 바라보던 휘현은 손에 쥔 평가기준표를 차분하게 읽어 내려갔다.

〈'사랑의 기술' 에세이 발표 평가기준표〉

◦ Structure: 주어진 주제와의 적합성과 피상적이지 않은 깊이감

◦ Argument: 논리적, 창조적, 독창성, 간결함

◦ Presentation: 발표시 소통 능력, 제스처, 정확한 시간

휴대폰에 타이머를 맞춘 휘현은 전신거울을 바라보며 발표

할 내용을 읽어보았다. 자꾸만 영어 발음이 뭉개져서 도중에 몇 번이고 타이머를 재설정하는 시간이 이어졌다.

"휴." 처음으로 멀쩡하게 발표를 마쳤다는 생각이 든 휘현이 타이머를 보니 2분 57초였다. '굿!' 그 이후로도 몇 번이나 연습을 마친 휘현은 늦지 않게 잭브라운홀로 향했다.

여느 때와 다름없이 미소를 띤 블레이크 교수가 성큼성큼 강의실로 걸어 들어왔다.

"자, 지난주에 이어서 오늘 수업도 타인이 보는 나에 대한 에세이 발표로 바로 시작할게요. 발표가 끝나면 수업도 마치도록 하고. 그럼, 첫 번째 순서로 휘현?"

"네!"

휘현이 반사적으로 손을 들어 올리며 블레이크를 쳐다보았다.

"오케이, 앞으로 나오세요."

심장이 이렇게 빨리 뛸 수도 있는 걸까. 200g밖에 안 나가는 주먹 크기의 작은 심장에서 분출되는 박동에 휘현의 온몸이 웅웅거렸다. 앞으로 걸어 나가면서 지나치는 외국인 친구들의 시선이 고스란히 느껴지자 그때부터 휘현의 손바닥에서 땀이 삐질삐질 났다. '하, 지나간다. 3분 뒤에는 별거 아닌 일이 돼.' 휘현은 마음속으로 연신 중얼거리며 강단에 섰다.

블레이크는 맨 뒤 책상 위에 엉덩이를 대고 앉아 흘깃 휘현을 쳐다보더니 오른손을 들어 휴대폰 타이머를 보여주고 "시작!"이라고 외쳤다. 휘현은 긴장해서 바싹 마른 입술에 침을 묻히고는 입술을 뗐다.

안녕하세요, 저는 한국에서 교환 학생으로 유학 온 한휘현이라고 합니다. 제가 처음 '자신이 보는 나'에 대해서 에세이를 썼을 때 총 세 명의 사람이 매우 놀라며 안타까워했고 진심으로 슬퍼했습니다. 세 명 중 한 명은 라이팅센터에서 첨삭해 주신 선생님이셨고, 다른 한 명은 피드백을 해준 블레이크 교수님이셨습니다. 그리고 마지막 한 명은 여기 유학을 와서 만난 제 친구입니다.

어렸을 때부터 저는 늘 엄마와 아빠의 다툼 소리 속에서 자랐습니다. 대부분의 시간을 우울함 속에서 보냈던 엄마가 유일하게 웃는 순간은 제가 잘 나온 성적표를 보여드렸을 때였습니다. 찰나의 순간이더라도 그 웃음을 보고 싶어 날마다 15시간 동안 의자에 엉덩이를 붙이고 공부했습니다.
가끔 부모님의 다툼이 심할 때는 그 욕설이 저한테 향하는 날도 많았습니다. 이유 없이 쏟아지는 아픈 말들은 제가 사랑받고자 노력했던 사람한테 받는 가장 아픈 상처였습니다.
그런 제가 '자신이 보는 나'에 대해 쓴 글은 꽤 자기비하적이었습니다. 부모님이 서로를 겨누며 하는 욕을 듣고 자라서인지 그들 사이에 태어난 저를 스스로 사랑해 주기란 어려웠습니다. 사랑하고 사랑받고 싶었지만 변질되고 불안정한 사랑에 익숙해진 저는 온전한 사랑이 뭔지도 모른 채 늘 위태롭고 건조한 차가운 것을 사랑이라고 오해하며 살아왔습니다.

지금까지 저는 저 스스로를 속였습니다. '너는 부모님으로부터 존재를 부정당했어, 사랑은 언제나 버려지기 마련이야, 이 세상에 날 이해해 주는 사람은 없어, 감정을 속이고 살아가, 솔직하지 마.' 라며 저를 억누르며 살았습니다. 그러던 중 저는 저를 사랑해 주는 친구로부터 편지를 받게 되었습니다. 편지를 읽는 동안 제 마음은 멍든 것처럼 아팠고, 다 읽고 난 뒤에는 풍선처럼 부풀어 오르는 듯한 감동이 일었습니다. 그 친구가 본 저는 순수하고, 열정적이고, 자유로워지고자 하는 매력적인 사람이었습니다. 그의 편지를 읽으면서 숫자로 매겨지는 실체 없는 세상의 조건들이 아닌, 실제 존재하고 살아가는 나, 한휘현에 대해 있는 그대로의 사랑을 느낄 수 있었습니다.

진실은 저에게 상처 줬던 사람들의 말과 행동들이 저를 정의해 줄 수 없다는 것입니다. 어쩌면 스스로를 가장 가혹하게 검열하고 비아냥댔던 건 저 자신인지도 모르겠습니다. 이번 과제를 통해 알게 된 진실을 통해, 저를 사랑해주는 사람들이 보는 만큼이라도 저 자신을 사랑해야 한다는 걸 깨달았습니다.

이상, 발표를 마치겠습니다. 들어주셔서 감사합니다.

'시간은 잘 맞췄겠지? 너무 빠르지는 않았던 것 같은데.'

이런저런 생각도 잠시 휘현은 고요한 분위기에 순간 몸이 움츠러들었다. '보통 발표가 끝나면 박수라도……'라고 생각하던 찰나 천천히 한 사람 두 사람으로부터 시작된 박수가 연이어 터져 나오더니 저 멀리서 휘파람 소리까지 들렸다.

"휴." 휘현은 그제야 작게 한숨을 내쉬었다.

"Beautiful!"

블레이크의 나지막한 소리가 휘현의 귀에 흘러들었다.

뒤이은 학생들의 발표가 끝난 뒤 강의실을 빠져나온 휘현의 두 다리가 긴장감이 풀려서인지 휘청했다.

띵-. 그때 진동과 함께 울린 문자 소리에 휘현은 주머니에서 휴대폰을 끄집어냈다.

[에세이 발표 잘 끝났어? :)]

이든이었다. 오늘 발표라는 걸 알고 이렇게 문자까지 보내준 이든을 생각하자 휘현의 입꼬리가 위로 올라갔다. 얼마 전 화해하면서 백허그를 한 뒤로 서로 문자 보내는 횟수가 3배로 늘어났다. 그때 이든이 허리를 감았던 생각을 하자 갑자기 휘현은 다시 볼이 뜨거워지는 기분이 들었다. 이런 생각이나 하는 자신이 낯부끄러웠는지 피식 웃은 휘현은 서둘러 답변을 보냈다.

[고마워, 덕분에.]

띵-. 그때 익숙한 번호로 문자 창이 떴다. 그걸 확인한 휘현의 동공이 크게 흔들렸다.

[오랜만이야, 한휘현. 잘 지내고 있지? 조만간 보자, 미국 가서 다시 연락할게.]

전 남자친구 도하였다.

## ‹ 26 ›

도하는 숨을 크게 들이쉬었다. 공항 밖에 나와 올려다본 하늘에는 먹구름이 잔뜩 끼어 있었다. 마치 금방이라도 비가 쏟아져 내릴 것만 같은 날씨에 도하는 미간을 찡그렸다. 공항에서 CSUSP 학교까지는 차로 2시간 거리였다. 피곤한 몸을 이끌고 운전석에 앉은 도하는 핸들 위에 팔을 얹은 뒤 잠시 생각에 잠겼다. '결국 여기까지 오고 말았네.'

갖고 있던 걸 잃어버리고 나서야, 옆에 있던 존재가 없어지고 나서야 알게 되는 것들이 있다. 자신에게 얼마만큼의 가치와 무게를 갖고 있었던 것인지는 그제야 깨닫게 된다. 온통 휘현을 생각하며 작품을 빚어낼 때마다 마음이 저릿해져 오고는 했다. 너무 늦지는 않았기를. 다시 원래의 내 것이었던 그녀를 끌어와

안게 되기를. 도하의 긴 속눈썹이 미세하게 떨려왔다.

"가보자."

도하가 작게 읊조리며 시동을 켰다.

캠퍼스는 마치 국립공원처럼 웅장한 산 아래 둘러싸여 있었다. 차가 아트센터 앞까지 도착했을 때, 이미 해는 뉘엿뉘엿 넘어가고 있었다. 차에서 내린 도하는 성큼성큼 아트센터로 걸어 들어갔다. 센터 앞면이 전부 유리로 되어 있어 내부의 구조물이 도하의 눈에 선명하게 들어왔다. 예상했던 것보다 아름답고 모던한 외양을 한 아트센터에 경직되어 있던 도하의 입가에도 희미하게 미소가 그려졌다.

"강도하 씨?"

자기 이름을 부르는 소리를 따라 도하가 고개를 돌리자 저 멀리서 비니를 쓴 훤칠한 동양인 남자가 걸어오고 있었다.

"드디어 뵙네요, 이든입니다."

"네, 처음 뵙네요. 강도하입니다."

이든의 안내로 전시관에 들어선 도하는 작게 입술을 벌렸다. 자기가 상상하며 기획했던 전시관의 모습을 눈에 담으면서 도하는 휘현을 생각했다. 흡입되듯 빨려들어 가는 통로를 지나자 암흑으로 점철된 첫 번째 구역이 나타났다. 소개글을 시작으로 동선에 따라 그녀가 다다를 끝에는 도하의 마음을 담은 백자가 있었다. 그 영롱한 빛에 도하는 그만 그 자리에 멈춰 섰다. 한휘현. 이름의 뜻도 빛날 휘, 빛날 현이었다. 빛나는 휘현은 자기가 만든 백자를 보면 어떤 생각을 할까.

잠시 상념에 잠긴 도하는 우측에 열린 문틈을 발견했다.

"저건 뭐죠?"

도하의 시선 끝을 확인한 이든이 잘근 입술을 깨물었다.

"강도하 씨 아버님이 부탁하신 공간입니다."

"제 아버지요?"

생각지도 못한 대답에 도하가 눈썹을 추켜올리며 이든을 바라보았다.

"강세진 씨도 전시에 참석할 예정이라고 전달받았어요. 따로 뺀 저 공간은……"

"하…… 그건 제가 아버지와 얘기해 볼게요. 전시관은 다 둘러본 거죠?"

도하가 딱 잘라 말했다.

아버지 성격에 호락호락 넘어가지 않을 거라는 건 알고 있었지만 이런 식으로 뒤통수 맞을지는 예상치 못했던 도하였다. 지금껏 겉으로는 자기의 의견을 존중해 주는 척하면서 말도 없이 전시장에 오려 했다는 게 짜증스러웠다.

그때 이든의 휴대폰이 조용한 전시관 안에 울렸다.

"응, 도착했어? 나도 지금 다 끝났어. 나갈게."

다정하게 이어지는 통화 소리를 들은 도하는 아마도 이든의 여자 친구이겠거니 짐작했다. 그러고는 무의식적으로 손이 휴대폰으로 향했다. 지금 가장 보고 싶은 사람, 휘현에게 문자를 보내기 위해 썼다 지우기를 반복했다.

도하는 옆에서 걸어가던 이든이 팔을 휘휘 젓는 모습을 따라가다 이내 걸음을 우뚝 멈추었다.

"한휘현?"

"휘현아!"

겹쳐진 도하와 이든의 목소리에 두 남자의 시선이 얽혔다.

이든과 저녁을 같이 먹기로 하여 들른 아트센터에서 도하를 만난 휘현은 머릿속이 하얘졌다. 전 남자친구였던 도하가 이든 옆에 서 있다니. 게다가 지금 두 남자는 이 상황을 설명해달라는 듯 휘현을 바라보고 있었다.

"어…… 도하 오빠가 여기에 어떻게……"

핏기 하나 없이 창백해진 얼굴로 휘현이 물었다.

"아트센터에서 특별전시를 하게 됐어."

덤덤하게 말하는 도하였지만 지금 도하가 궁금한 건 이든과 휘현의 관계였다. 설명을 좀 해달라는 듯 도하가 휘현을 보며 이든 쪽으로 한쪽 눈썹을 추켜올렸다.

"아…… 여기는 내 룸메이트 친구 이든이고 여기는……"

"남자친구예요."

도하가 이든 쪽으로 몸을 돌리며 말했다.

"전 남자친구!"

휘현이 불쑥 이든에게 한발 다가가며 정정했다.

그녀의 말에 도하는 입술이 바싹 마르는 것만 같았다.

"괜찮으면 저녁 식사 같이할까요? 같이 식사하고 싶었던 사람이 눈앞에 있어서요."

도하가 휘현에게서 눈을 떼지 않고 이든에게 물었다.

휘현은 그런 도하의 눈을 피한 채 이든에게 머리를 절레절레 저으며 말했다.

"아니야, 도하 오빠랑 나는 나중에 따로……"

가방을 쥔 손에 더 힘이 들어간 휘현이 떨리는 목소리로 말했다. 셋이 둘러앉아 식사하는 것만큼은 피하고 싶은 휘현이었다.

"같이하시죠."

도하와 휘현이 따로 둘만 보게 하는 일은 만들고 싶지 않은 듯 이든이 딱 잘라 말했다.

"안녕하세요, 오랜만에 오셨네요!"

야무지게 올림머리를 한 일식 전문점 웨이트리스가 이든을 보며 빙긋 웃었다. 일식당답게 테이블 위에 놓은 등불이 주변의 어두움을 밀어내고 있었다.

적막한 공기에 휘현은 목이 타는 듯 앞에 놓인 물을 꿀꺽 삼켰다.

"제가 자주 오는 스시집이에요. 휘현이랑은 처음 오네요."

이든이 도하에게 메뉴판을 건네며 말했다.

"저번에 캘리포니아롤 먹고 싶다고 했지? 그걸로 주문할까?"

자상한 목소리로 이든이 휘현에게 물었다.

"응."

희끄무레하게 웃으며 휘현이 고개를 끄덕였다.

그 모습을 본 도하가 피식 웃었다.

익숙한 웃음소리에 휘현은 무의식적으로 고개를 들어 도하를 바라보았다.

"얼굴 보니까 좋다."

휘현의 시선이 자신에게 향하자 도하가 입꼬리를 올리며 말했다.

"갑자기 어떻게 여기서 전시하게 된 거야?"

최대한 감정 한 올 싣지 않으려고 덤덤하게 말해 보는 휘현이었지만 목소리가 미세하게 떨리고 있었다.

"내가 지원했어. 다음 주에 전시 오픈이야, 꼭 보러 와."

말을 하면서도 휘현의 얼굴 곳곳을 살피느라 도하의 눈이 분주했다.

"살이 더 빠진 것 같다. 아픈 덴 없지?"

대답 없는 휘현을 보면서도 이것저것 묻느라 여념이 없는 도하였다. 그렇지 않아도 마른 몸이 어째 더 앙상해진 것만 같아 계속 신경이 쓰였다.

"응, 나야 뭐……"

대답하면서도 휘현의 시선이 장국을 떠주는 이든의 손으로 향했다.

이든의 머릿속도 어지러웠다. 몇 달 동안 전시 준비를 해오면서 강도하 작가가 어떤 마음으로 이번 전시를 기획하고 작품을 만들어냈는지 누구보다 잘 아는 이든이었다. 그 여자가 한휘현일 줄이야. 강도하는 휘현이를 사랑하고 있다. 서로 연인이었을 때보다 헤어진 지금 더 그 마음이 크다는 것을 이든은 알고 있다. '그런데 휘현이는……'

"광고제 준비는 잘돼가?"

도하의 입에서 나온 소리에 휘현은 눈꺼풀을 밀어 올리며 도하를 쳐다보았다.

국제 광고제를 위해 교환 학생을 가겠다며 헤어지자고 말을 꺼낸 건 휘현이었다. 그런 휘현에게 좋을 대로 하라며 등을 먼저 돌린 건 도하였다. 아무리 쿨한 관계였다고 하더라도 그렇게 쉽게 도하가 이별 통보를 받아들일 줄은 몰랐다. 그저 괜찮다고, 기다릴 테니 다녀오라고 말해주기를 내심 바랐던 휘현이었다. 지쳤던 관계에 확인받고 싶어 건넸던 휘현의 말은 그대로 둘에게 이별이 되고 말았다.

길게 숨을 내쉰 휘현은 다시 목이 간질간질하는 것이 느껴졌다. 최근에 이든을 만나면서도 임상시험약을 투약한 적이 없어 많이 호전된 줄 알았는데, 갑자기 왜 이렇게 두드러기가 올라오는지 모를 일이었다. 간지러운 목을 손톱으로 벅벅 긁으면서도 도하에게 그 모습이 보일까 봐 손등으로 서둘러 가리며 휘현이 입술을 뗐다.

"덕분에 잘 준비하고 있어."

"덕분?"

도하가 되물었다. 자신이 쉽게 이별을 받아들이고 보내준 덕분이라는 뜻인 건가.

몇 개월 만에 보는 휘현인데도 어딘가 모르게 낯설게 느껴지는 도하였다.

"이든이랑 같이 수업 듣고 있거든. 같은 조여서 준비도 같이 하고 있어."

"아…… 수업도 같이 듣구나."

심기가 거슬리는 듯 도하의 날 선 시선이 이든에게 향했다.

"인연이죠. 룸메이트에 수업도 같은 팀이어서 광고제 영상 준비 중이거든요."

이든이 말했다.

그때 웨이트리스가 다가오며 주문한 캘리포니아롤을 다소곳이 놓고는 돌아섰다.

"여기 캘리포니아롤 맛있어."

이든이 다정하게 휘현을 보며 말했다.

"맛있겠다."

얼굴을 붉힌 채 이든을 향해 미소 짓는 휘현을 보자 도하는 머릿속이 차가워졌다.

"그래, 인연인 건 알겠고. 그래서…… 연인도 버리고 준비하고 있는 광고제는 어떤 내용이야?"

날카로운 말투에 이든과 휘현의 눈이 도하에게 꽂혔다.

"사랑."

휘현이 대답했다.

휘현은 자신의 입으로 사랑이라는 말이 나오자 또다시 목이 따끔거리며 불편한 이물감이 느껴졌다. 식은땀까지 나는 듯했다. 휘현의 손이 옆에 놓인 가방으로 향했다. 아무래도 화장실에 가서 약을 투여해야 할 것만 같은 위기 상황이었다.

순간 앞에 앉은 도하의 손가락이 휘현의 볼을 감쌌다. 열감을 느낀 도하가 흘러내린 휘현의 머리카락을 뒤로 넘기자 빨갛게 부어오른 휘현의 목이 보였다.

"너 괜찮아?"

도하가 걱정스럽게 물었다.

"나 잠깐만 화장실 좀."

휘현이 가방을 쥐며 서둘러 일어섰다.

도망치듯 달려 나온 휘현은 화장실 입구에 들어서자마자 임상시험약을 팔에 대고 눌렀다. 딸깍 소리와 함께 기진맥진한 휘현이 벽에 몸을 기댄 채 주저앉았다. 이렇게 아픈 와중에도 자기 볼에 닿았던 도하의 단단한 손길에 더 신경이 쓰이는 휘현이었다.

볼 위로 갑자기 뜨거운 눈물이 흘러내리자 휘현은 서둘러 눈물을 털어냈다.

"하, 진짜. 무슨 말도 안 되게 눈물이……"

몇 번을 떨어내도 떨어지는 눈물에 휘현은 정신을 잃을 것만 같은 기분이 들었다. 이게 다 알레르기 때문이라며 어금니를 꽉 깨물고 읊조려 보아도 또다시 마음이 저릿해져 왔다.

얼마나 울었을까. 조금 진정이 되자 휘현은 몸을 일으켜 세수를 했다. 앞에 비친 거울을 보자 꼴이 말이 아니었다.

"하필 이런 모습으로……"

입술을 깨물며 얼굴에 묻은 물기를 털어낸 뒤 화장실을 나온 휘현이 벽에 비스듬히 기대 서 있는 도하와 마주쳤다.

"괜찮아?"

도하의 목소리가 서늘했다.

휘현에게는 익숙한 말이었다. 도하가 저렇게 물을 때면 마치 괜찮지 않아도 괜찮다고 말해야만 할 것만 같다. 걱정 어린 말이 아니라 거슬리게 아프지 말라는 명령처럼 들려 휘현은 늘 입버릇처럼 신경 쓰지 않아도 된다고 말하고는 했다.

지난날의 자기 모습이 떠오르자 휘현은 화가 났다.

"안 괜찮아. 보면 몰라?"

날카롭게 나가는 말에 휘현의 몸이 떨려왔다.

"어디가 아픈 거야?"

도하의 손이 휘현의 손목을 그러쥐었다.

"이거 놔, 기운 없어."

"한휘현."

"오빠가 대학교 아트센터에서 전시할 이유는 없고 여기까지 온 진짜 이유가 뭐야!"

"너 보려고."

도하의 말에 휘현의 말문이 턱 하고 막혔다.

"헤어지고 나니까 알겠더라고. 내가 얼마나……"

도하도 목이 메는지 말을 잇지 못하고 잠시 숨을 골랐다.

"이번 전시 너 보여주려고 만든 거야. 하고 싶었던 말들을 전시 안에 담았어. 너한테 보여주고 싶어."

도하의 말에 휘현의 마음이 무너져 내리는 것만 같았다. 벽에 겨우 손을 기댄 채 휘현은 부예진 눈으로 흐릿해져 가는 도하를 잠잠히 바라보았다.

"하아……"

방으로 들어온 도하는 소파에 몸을 묻고 길게 숨을 내쉬었다. 긴 하루였다.

눈을 지그시 감자 좀 전에 본 휘현의 얼굴이 그려졌다. 보조개가 들어가는 웃는 모습을 보고 싶었는데 그만 울려버리고 말았다.

그때 유리 탁자 위에 올려놓은 휴대폰이 요란하게 울렸다. 휴대폰 화면 위에 뜬 아버지 이름에 도하의 미간이 구겨졌다.

"여보세요."

감정을 억누르며 도하가 말을 뗐다.

"잘 도착했냐?"

세진의 목소리를 듣자 도하는 배 깊은 곳에서부터 스멀스멀 분노가 차올랐다.

"전시장 오신다고 들었어요. 이번 전시는 저한테 맡기신 줄 알았는데요."

"안 가기에는 네가 만든 작품들이 흥미롭더구나. 특히 달항아리가."

세진의 말에 도하의 눈꺼풀이 위로 올라갔다.

"역시 예술가한테 사랑만큼 영감을 주는 것도 없지."

"무슨 일을 벌이시는 건지 몰라도 아무것도 하지 마세요."

"허어…… 협박처럼 들리는구나. 부탁해도 들어주지 않을 생각인데 말이야. 전시회장에서 보자꾸나."

통화가 종료됐다.

세진은 늘 이런 식이었다. 늘 독선적이고 위선적이고 폭력적이고 강압적인 사람. 그 순간 세진으로부터 폭행당했던 어머니의 모습이 떠오른 도하는 손에 들린 휴대폰을 집어 던져버렸다. 자리에서 일어난 도하는 좀처럼 화가 가라앉지 않자 화장실로 들어가 찬물로 얼굴을 씻어냈다. 이내 천천히 등을 편 그는 거칠게 머리칼을 쓸어 올리며 거울을 노려보았다. 자신이 사랑했던 여자가 아픈 걸 지켜보는 건 엄마 한 명으로 충분했다. 어리고 힘없던 시절은 지나갔다. 그때는 엄마를 구해낼 수 없었지만 지금은 달랐다. 저릿하게 어금니를 꽉 문 도하의 눈이 분노로 번뜩였다.

## ‹ 27 ›

휘현의 눈이 도하가 보낸 전시 초청장 문자에 머물러 있었다. 막상 전시를 보러 가겠다고 약속은 했지만 당일인 지금 이 순간에도 휘현의 마음은 복잡하기만 했다.

데릭 교수가 했던 말처럼 도하와의 연애가 쉽지는 않았다. 두 사람이 만난다는 것은 두 사람의 상처가 만나는 것을 의미함에도 휘현과 도하는 숨기기에 바빴다. 서로의 감정을 숨기고, 아픈 상처를 숨기고, 갈등을 숨긴 채 그렇게 인공 호흡하듯 이어진 두 사람의 사랑이었다.

휘현은 지끈거리는 관자놀이를 손가락으로 지그시 누르다 자기를 보고 있는 이든과 눈이 마주쳤다. 광고 실습수업 마지막 날이 오고야 말았다. 이든과 마주 보고 있으니 그동안 이든과 함께했던 모든 순간이 하나하나 떠올랐다. 사랑에 서툴고 불안정한 자기 옆에서 온전한 사랑이 무엇인지 깨닫게 해준 사람. 망가진 자신의 알레르겐이자 치료자.

"자, 이 조는 의견 조율이 됐나요?"

루크 교수가 이든의 어깨를 감싸 쥐며 물었다.

"네, 기획 마쳤어요."

이든이 휘현을 보고 빙긋 웃으며 대답했다.

"궁금하네요. 짧게 기획안 공유해 줄 수 있을까요?"

루크가 하얀 이를 드러내고 웃으며 휘현에게 물었다.

"기존 미디어는 즉각적인 희열을 주는 강렬하고 감각적인 사랑을 강조해 표현해 왔습니다. 그래서 친밀함보다는 쌀쌀맞음으로, 가까움보다는 독립성으로, 온전함보다는 불완전한 익숙함으로, 우리보다는 나 개인에 초점을 맞춰서 환상 속의 광고로 우리의 눈을 사로잡았습니다. 그런 점에서 저희 조가 끄집어낸 기획안 인사이트는 잘못된 사랑으로 죄짓듯 사랑하는 자신의 악취 나는 모습을 깨닫고, 진실하고 신실한 사랑을 회복하는 것입니다."

여기까지 말한 휘현은 잠시 숨을 들이쉬었다.

휘현의 양옆에 앉은 주디와 잭슨은 입을 벌리고 그런 휘현을 멍하니 쳐다보았다. 주디는 거의 사랑에 빠진 듯 사랑스러운 눈으로 턱을 괸 채 휘현의 다음 말을 기다리며 침을 꿀꺽 삼켰다.

"무슨 UN 연설처럼 비장하네."

잭슨이 특유의 비아냥거리는 어투로 말했지만 여전히 휘현에게서 눈을 떼지 못하며 관심 있게 바라보고 있었다.

"인사이트가 꽤나 흥미로운데 혹시 시나리오나 콘티가 나왔을까요?"

루크가 손가락을 마주 잡으며 물었다. 왠지 잘만 만들면 수상 리스트에 올려볼 수 있는 기미가 보인다는 듯 꽤 열정적인 모습이었다.

휘현은 고개를 돌려 이든을 바라보았다. 그러자 이든이 준비한 콘티를 나누어 주었다.

"콘티도 이든과 함께 기획해 보았어요. 음…… 자기 자신의 비하로부터 벗어나질 못하는 한 소녀가 있어요. 그 소녀는 늘 혼자 웅크린 채 다른 친구와는 말도 하지 않고 자신을 숨겨요. 상처받지 않으려고 부단히도 애쓰고 인간관계를 피하느라 바빴죠. 그랬던 소녀에게도 한 친구가 있었어요. 아주 어렸을 때부터 함께 붙어있었던 친구는 소녀와 닮은 단짝이었죠. 그러던 어느 날 친구는 소녀한테서 악취가 난다며 피하고 밀치고 무시하기 시작했어요. 공격 받던 소녀는 날이 가면 갈수록 몸에 멍이 들었고, 나중에는 좀비처럼 온몸이 퍼런 멍으로 도배가 됐죠. 결국 소녀는 그 친구를 죽이기로 했고, 학교 화장실에서 마주치자 총을 쏘게 돼요. 그런데 눈앞에 있던 친구는 사라지고 소녀의 배에서 피가 흐르기 시작해요. 거울을 본 소녀는 알게 되죠. 그 친구가 바로 자기 자신이었다는 걸요."

"허억!"

주디는 전율하며 입을 틀어막았다.

"영상 끝부분에 짧게 향수가 안개처럼 흩뿌려지고 소녀의 목소리로 페이드아웃 돼요. 세상에서 가장 친한 당신의 친구, 자기 자신을 사랑해 주세요. 자기 자신은 사랑받을 자격이 충분한 당신의 친구입니다. 이런 식으로 마무리하려고 합니다."

이든이 덧붙였다.

"아름답네요. 영상 제작은……"

"이제부터 저와 잭슨이 진행할 거예요."

주디가 잭슨을 보고 눈을 찡긋하며 말했다.

"좋아요, 다 나온 것 같네요. 제작 과정 중간중간에 만들어진 거 메일로 보내줘요. 그림을 만들어봅시다."

루크가 눈을 반짝이며 콘티를 눈으로 훑었다.

수업을 무사히 마친 뒤 이든과 휘현이 나란히 캠퍼스를 걸었다.

"광고제 기획안 잘 나온 것 같아 다행이야. 루크 교수님도 좋다고 하시고……"

휘현이 말했다.

"그러게…… 결국 만들어냈네."

"고마워, 네 덕분에 좋은 기획안 나올 수 있었던 것 같아."

"고맙긴. 컨디션은 좀 어때?"

"괜찮아. 그러고 보니 진짜 괜찮네."

고개를 갸웃하며 휘현이 말했다.

늘 이든과 광고 실습수업을 하며 부딪칠 때마다 올라왔던 알레르기가 오늘은 잠잠했다. 이렇게 가까운 거리에서 이든과 함께 길을 걷고 있는데도 전혀 불편함이 없었다. 정확한 알레르기 결과는 다음 주에 병원을 내원해 보면 알게 되겠지만 처음보다 좋아진 것은 분명했다.

"네, 이제 출발하려고요."

그때 걸려 온 전화에 이든의 목소리가 낮게 잠겨 들어갔다.

휘현은 이제 이든의 목소리만 들어도 이든이 어떤 기분인지 대충 알 것만 같았다. 지금 목소리는 긴장되고 불안하지만 한편 초연하기도 한 목소리다.

"어디 가야 해?"

이든이 통화를 종료하자 휘현이 물었다.

"으응, 친엄마와 만나기로 했어."

"응? 여기 미국에서? 친어머니가 미국에 계셨던 거야? 어떻게……"

놀란 휘현이 눈을 크게 뜬 채 자리에 멈춰 서서 물었다.

"기관에서 찾은 것 같다고 연락받았어. DNA 검사까지 해봤고, 최종적으로 친모라는 결과가 나왔어."

휘현은 한 손으로 입을 막고 이든을 쳐다보았다. 그러고는 이내 이든을 안았다. 따뜻하고 부드러운 우디향이 휘현을 감싸 안은 듯했다.

한편 갑작스러운 포옹에 이든은 순간 멈칫했다.

"어…… 이거는 포옹하기 스킨십인가?"

이든이 장난스럽게 물었다.

"맞아, 나 지금 너무 놀랐어. 안정을 위해서야."

휘현의 말에 이든이 피식 웃었다.

"오늘…… 전시 마지막 날이야."

이든의 말에 품에 안긴 휘현이 짧게 한숨을 내쉰 뒤 미끄러지듯 몸을 빼냈다.

"응, 보러 가려고."

휘현의 목소리에 많은 감정이 담겨 있었다.

"오늘은 나 대신 바바라 교수님이 전시 현장 총괄해 주실 거야. 같이 가고 싶지만……"

말을 맺지 못한 이든이 지그시 휘현을 바라보았다.

"나 걱정하지 말고 어머니 잘 뵙고 와. 연락할게!"

이든을 안심시키려는 듯 휘현이 옅게 웃었다.

전시회장. 멀리서도 뒷모습이 도하라는 것을 알 수 있었다.

큰 키에 다부진 어깨, 흑발머리, 작은 얼굴 아래 굵은 뒷목. 여전히 강인하고 남자답고 아름답고 또 지독하게도 고독해 보이는 남자. 전시장 앞에서 기다리고 있는 익숙한 도하를 보자 휘현은 또다시 마음이 먹먹해져 왔다.

"왔네."

다가오는 구두 소리에 뒤돌아본 도하가 미소 지으며 부드럽게 웃었다.

오랜만에 휘현 옆에 서서 걷는 도하는 익숙하면서도 낯선 감각에 손끝이 떨려왔다. 마지막 날까지 전시회에 오지 않을까 마음 졸이며 기다린 도하였다. 주인공이 오지 않은 전시회가 무슨 의미가 있을까. 어색하게 전시회장으로 걸어가던 둘의 걸음이 첫 번째 입구에 적힌 소개글 앞에서 멈추었다.

Heart : Light

— Kang Do Ha

사랑이 끝나고 이별이 시작되었을 때
그제야 깨달았습니다.
이 그리움은 아직도 분명히 사랑이란 것을요.

휘현은 자신에게 보내진 연서에 작게 입술을 벌렸다. 편지를 보낸 남자가 바로 옆에 서 있는데도 차마 옆으로 고개를 돌려 보지도 못한 채 서둘러 안으로 걸음을 향했다. 또각또각. 도하와 휘현의 구두 소리가 조용한 전시회에 작게 울려 퍼졌다. 칠흑 같은 어둠 속으로 빨려 들어가듯 걸어가자 울퉁불퉁 기울어진 탁자 위에 위태롭게 백자가 놓여 있었다. 온통 암흑 속에 갇혀 덩그러니 홀로 놓여있는 백자가 이상하게 외로워 보였다.

암흑

— Kang Do Ha

쓰라리게 차가운 어둠이
온 마음에 퍼져 있다.
오늘도 어제도 내일도
여전히 안개처럼 쌓인 밤에 갇혀버렸다.
어디에 어떻게 놓여버렸는지 몰라
찾을 수도 없는 나였다.

글은 도하를 닮아 있었다. 도예 실습수업에서 처음 도하를 보았을 때와 같이 그의 분위기가 지금 휘현을 감싸고 도는 듯했다.

차갑고 건조하고 경직되어 있었지만 동시에 그는 고독하게도 아름다웠다. 우아하다는 형용사를 남자에게 쓸 수 있다는 걸 휘현은 그때 깨달았다. 만약 그때 가시 돋친 장미 같은 그를 감당해내는 것이 어려운 일인 줄 알았더라면 휘현은 도하를 만날 수 있었을까. 그를 만날 때마다 품에 갖고 돌아왔던 공허함이 휘현의 심장을 옥죄어오는 듯했다.

갑갑한 마음에 어깨까지 위로 들리게 숨을 크게 들이쉰 휘현이 이내 발을 뗐다. 옆에 선 도하는 그런 휘현을 묵묵하게 바라보며 그녀와 시선을, 걸음을 맞춰 걸었다.

빛

— Kang Do Ha

겹겹이 암흑으로 둘러싸인 내게
그녀는 기어이 내 심장까지 침투해
빛을 비추며 파고들고야 말았다.
그녀에게 빠져들 수밖에 없었던 건
그 빛이 온전한 사랑이었던 덕분이다.

간접적인 조명이 은은하게 전시장을 감싸는 2구역이었다. 온통 거친 질감에 암흑뿐이었던 1구역과는 확연히 다른 분위기로 빛이 작품들의 색을 비추고 있었다.

이어지는 3구역으로 들어서자 휘현은 탄식하고 말았다. 도하와 휘현을 제외한 모든 색이 온통 하얀색이었다. 흠도 없고 점도 없이 그저 온통 하얀 공간 속에 고고하게 달항아리가 자리 잡고 있었다. 백자 안에서부터 흘러나오는 빛을 보자 내면에서부터 견고한 힘이 뿜어 나오는 듯했다. 세상의 다른 모든 색을 지우고 오직 흰색의 맑고 청명함으로 자기 존재를 드러내 놓는 달항아리를 보자 휘현은 온몸에 전율이 흘렀다. 전시장 한 가운데 자리 잡은 백자를 보기 위해 천천히 동그랗게 원으로 돌며 감상을 이어가던 휘현의 눈이 작품 소개글에 멈췄다.

다시 너와

— Kang Do Ha

달항아리를 만드는 과정은 꽤 까다롭다.

한번에 빚어내는 것이 아닌 상부와 하부를 각각 따로 만든 뒤 접붙인다. 이 과정에서 모양이 틀어지기도 하지만 그 덕에 고유의 아름다움으로 연결된다.

나도 너와 그렇게 이어지고 싶다.

불완전한 서로가 만나 완전해지는 달항아리처럼.

도하는 지금 자신이 만든 작품으로 휘현에게 고백하고 있었다. 마지막 작품까지 본 휘현은 감정이 얽히고 있었다. 소용돌

이처럼 휘몰아치는 감정 중 어떤 것을 지금 붙들어야 할지 알 수 없는 휘현이었다. 여전히 자기 옆에서 느껴지는 강렬한 도하의 시선에 무슨 말이라도 꺼내야 할 것 같아 입술을 떼려는 순간이었다.

전시장 뒤편으로 이어지는 공간에 불이 켜지더니 이내 낮게 울리는 남자 목소리가 들려왔다.

"자, 자! 이쪽으로 오시면 됩니다."

세진의 목소리가 들려오는 곳으로 도하의 눈이 매섭게 향했다. 열린 문틈으로 세진이 걸어 나오면서 그 뒤를 이어 몇 명의 무리가 따라 들어왔다.

"편하게 작품 주변으로 둘러서시면 됩니다. 마침 여기 작가님도 있었네요."

세진이 눈을 번들거리며 휘현을 위아래로 훑었다.

"전시만 보면 꽤 로맨티스트인데 여자가 자주 바뀌는구나."

세진이 도하 앞을 스치며 흘리듯이 말했다.

한편 세진을 실물로 본 휘현은 두 다리가 땅에 붙은 듯 딱딱해졌다. 도하가 그토록 경멸해 마지않았던 그의 아버지는 시시각각으로 표정을 변화시키며 군중을 향해서 입꼬리를 틀어 올렸다.

"매혹적인 달항아리죠. 마치 백자가 살아 숨 쉬듯 말하고 있는 것 같지 않나요? '당신은 얼마에 저를 가져갈 건가요?' 하고 말이죠."

세진의 건들거리는 말투에 둘러싼 사람들이 가식적인 웃음 소리로 답을 대신했다.

"뭐 하시는 거예요?"

사람들 앞으로 나가 세진과 마주하며 도하가 물었다.

"쯧쯧, 제 어미처럼 여려 빠져서는. 네 작품에 관심 많은 VIP만 특별히 모셨으니까 조용히 있어."

세진은 도하를 옆으로 밀어버리고 혀로 입술을 축인 뒤 다시 말을 꺼냈다.

"자, 그럼 작품과 대화를 마쳤으면 이제 경매 들어가 볼까요?"

"작품 판매 안 합니다!"

도하가 세진을 직시하며 말했다.

경매에 참여하러 모여든 사람들이 이상한 분위기를 감지한 것인지 웅성거리기 시작했다.

그때 바바라가 급하게 뛰어 들어왔다.

"작가님? 아버님에게서 수정한 전시 내용 못 들으셨나요?"

하이힐을 신고 뛰어온지라 숨까지 헐떡이며 묻는 그녀는 도하 옆으로 다가가 몸을 틀며 조용히 읊조렸다.

"계약서 다시 수정하면서 달항아리 판매 수익금은 아트센터와 분배하기로 했는데 못 들으셨어요? 응찰자들 앞에서 이러시면 곤란해요."

"계약서 수정을 작가 본인이랑 하셨어야죠."

흐트러짐 없는 도하의 말에 바바라는 입이 떡하니 벌어졌다.

"16억까지 부르겠다는 사람이 있어. 방정 떨지 말고 잠자코 있다가 낙찰되면 사인이나 해주고 가."

세진의 말투가 위협적 어조로 바뀌었다.

"작품 주인 따로 있어요."

"한휘현이라고 했나? 저따위 수준 떨어지는 여자애하고 놀아나기나 하고."

"뒷조사까지……. 이제야 아버지 본모습답네요. 저질스럽고 속물적이고……"

"돈 안 되는 여자는 네 어미로 족해. 왜 너도 나처럼 끼고 살면서 장난감처럼 갖고 놀려고?"

도하는 눈에 핏발이 서는 기분이 들었다.

도하 옆에 선 휘현은 살기 어린 눈으로 서로 죽일 듯 작게 읊조리는 두 남자를 보자 심장이 얼어붙는 듯했다. 왜 지금까지 도하가 그렇게 아버지 얘기를 꺼렸는지 이제야 알 수 있을 듯했다.

"경매, 진행하는 건가요?"

그때 맨 앞줄의 검정 매니큐어를 칠한 여자가 안경을 밀어 올리며 날카롭게 쏘아붙였다.

"그럼요, 안쪽 공간으로 들어가시면 됩니다. 바바라 교수님,

달항아리도 함께 들여보내 주세요."

세진이 얼빠진 채 서 있는 바바라를 향해 말했다.

그러자 바바라가 뒤에 선 스태프를 향해 작품을 옮기라며 크게 손짓했다. 응모자들은 그제야 슬쩍 도하 눈치를 보며 안내에 따라 발걸음을 옮겼다.

그 틈에 세진은 도하 옆에서 돌처럼 굳어버린 휘현의 손을 홱 낚아채 잡아끌며 말했다.

"경매 방해하지 말고 조용히 따라 나와."

세진의 목소리에 휘현은 온몸에 소름이 끼쳤다. 잡아끄는 세진의 손아귀 힘에 휘현이 끌려 나갔다.

도하는 돌로 머리를 얻어맞은 것 같은 충격에 몸이 굳어졌다.

휘현이 끌려가는 모습이 마치 엄마가 힘없이 세진에게 잡혀 끌려갈 때와 닮아 있었다. 죽을 때까지 잊히지 않는 악몽 같은 잔상이 눈앞에서 자신이 사랑하는 여자에게 일어나고 있었다.

"아얏!"

도하가 휘현의 팔을 거칠게 잡아 빼자 중심을 잡지 못한 휘현이 그대로 바닥으로 주저앉았다. 구두를 신어 발목까지 시큰거리는 휘현이 일어서지 못한 채 마주 선 세진과 도하를 올려다보았다. 이렇게까지 화난 도하를 보는 건 휘현도 처음이었다.

망연하게 도하의 얼굴을 보던 휘현은 비틀어지는 그의 입매가 불현듯 세진을 닮아있다는 생각이 들었다.

"강도하."

세진의 목소리가 짓눌리듯 흘러나왔다.

그 목소리에 도하가 비웃듯이 눈을 치켜올리며 말했다.

"저라고 아버지 피가 어디 가겠어요? 잘 보세요."

무언가 결심한 듯 등을 돌린 도하가 향한 곳은 달항아리 앞이었다. 주저 없이 작품을 두 손으로 들어 올린 도하가 세진을 바라보고 섰다.

"아…… 아…… 안 돼!"

도하가 뭘 할지 눈에 보이듯 그려지는 휘현이 서둘러 일어섰다. 도하가 얼마나 작품에 정성을 들이는지 누구보다 잘 아는 휘현이었다. 제대로 먹지도 자지도 못한 채 몸이 상해가면서도 영혼을 갈아 넣듯 해 탄생하는 것이 그의 작품이었다.

달항아리를 높이 위로 들어 올리는 도하의 모습이 느릿하게 휘현의 눈에 비쳤다. 자기도 모르게 도하에게 달려가던 휘현이 순간 멈칫했다. 뭔가에 베인 듯한 따끔함이 팔 위로 전해졌고 이내 뜨거운 무언가가 솟구치는 듯했다.

"으아악!"

바바라의 비명이 전시장을 찢어내며 울려 퍼졌다.

상황 파악이 되지 않은 휘현이 이내 자기 몸에서 뿜어져 나오는 붉은 피를 바라보았다.

"하아……" 흐릿해져 가는 휘현의 시야에 달려오는 도하가 언뜻 담겼다 이내 흐려져 갔다.

❖❖❖

카페에 도착한 이든이 내부를 휘휘 둘러보았다. 지금 이 순간 이든이 알고 있는 건 친모 이름이 최시현이라는 것과 가장 최근에 찍은 사진 한 장이었다. 오는 내내 들여다본 사진 속 여자가 머릿속에 선연한데도 이든은 굳이 휴대폰을 꺼내 다시 한번 들여다보았다. 그때 옅은 그레이색 눈을 가진 여자 종업원이 생긋 웃으며 예약했느냐고 말을 걸어왔다.

"아뇨, 실은……"

이든이 말을 꺼내면서 창가 쪽으로 흘깃 눈을 돌리자 저 멀리서 자기를 바라보고 있는 여자가 보였다. 그 순간 이든은 알 수 있었다. 그녀가 친엄마라는 것을. 이든은 너무 긴장한 탓에 발바닥이 땅에 닿는 느낌도 느낄 수 없었다.

시현도 이든과 눈이 마주친 순간 직감적으로 아들이라는 것을 알아챘다. 자기도 모르게 "이서야."라고 나지막이 부르기도 했다. 이서가 가까워질수록 시현의 눈에는 눈물이 차올랐다.

"최시현…… 씨?"

약간 쉰 듯한 이서의 목소리를 듣자 시현은 그만 눈물을 툭 떨어뜨리고 말았다. 서둘러 손등으로 뺨에 맺힌 눈물을 털어내며 시현이 일어났다. 벌써 자기보다 키가 20cm나 커버린 자식의 손을 그러쥔 시현이 이내 힘없이 자리에 주저앉고 말았다.

이든은 그런 시현을 보며 마른침을 꿀꺽 삼켰다. 눈물범벅에 눈조차 제대로 뜨지 못하고 울어버리는 통에 제대로 그녀의 얼굴을 확인할 수 없었지만 한 가지는 확실했다. 자기와 닮았다는 것을.

마주 보고 앉은 이든과 고개를 들지 못하는 시현 사이에 잠시 정적이 흘렀다.

잠시 후 종업원이 메뉴판을 들고 테이블로 왔다.

"처음 오신 것 같네요? 저희 시그니처 음료로는 월넛 라테가 있고……"

"아니요, 우리 애가 견과류 알레르기가 있어서요."

시현이 종업원 얼굴을 보며 손을 저었다.

"나는 그냥 따뜻한 커피로 해주시고……"

시현이 덧붙여 말하며 메뉴판을 이든 쪽으로 돌렸다.

순간 이든의 시선이 시현의 눈동자를 파고들었다. 자기 알레르기를 친엄마가 기억하고 있다는 것에 갑자기 목이 메어왔다.

"같은 걸로 주세요."

겨우 목 밖으로 말을 뱉어낸 이든이 서둘러 메뉴판을 접어 직원에게 건넸다. 직원이 가고 난 뒤 둘 사이에는 다시 어색한 공기로 채워졌다.

어렵게 입술을 뗀 이든이 먼저 고개를 들고 말머리를 꺼냈다.

"막상 이렇게 뵙게 되니까 무슨 말부터 꺼내야 할지……. 한번은 찾아뵙고 싶었는데 용기 내기가 어려웠어요."

"미안해……."

시현은 쏟아져 흐르는 눈물에 눈앞이 가려져 제대로 이서를 쳐다볼 수 없었다.

"그리움이라는 게 시간이 흐를수록 커지기만 하더라고요. 그러다가 언제까지 이렇게 그리워만 해야 할까 싶어서 찾아보기로 결심했어요."

"나는 엄마 자격도 없어. 내가 무슨 자격으로 감히 너를…… 나는 그저 네가 행복한 가정에서……"

단발적으로 터져 나오는 눈물에 말을 하려니 목이 더 메어 말을 맺지 못하는 시현이었다.

"저는 보다시피 건강하게 양부모님 밑에서 잘 지냈어요. 지금은 대학교에서 전시디자인 공부를 하고 있고요."

"감사합니다, 감사합니다……. 고맙다, 잘 커줘서."

시현은 두 손을 그러모은 채 연신 고개를 숙였다.

마치 기도하듯 감사를 읊조리는 그녀의 모습을 보자 이든은 어쩌면 친엄마가 매일 이렇게 자기를 위해 기도해 왔을 것 같다는 생각이 들었다. 친엄마를 만나면 묻고 싶었던 질문이 참 많았다. 그러나 시간이 흐를수록 캐묻고 따지고 싶었던 물음과 감정이 이상하게 잠잠해지기 시작했다.

"앞으로도 제가 종종 연락드려도 괜찮을까요?"

"그럼, 그럼. 지금까지 평생을 죄책감으로 살아왔어. 내가 너를 절대로…… 단 한번도 잊어본 적이 없어."

"만나면 꼭 이 말을 전해드리고 싶었어요. 음…… 저를 존재하게 해주셔서 감사합니다. 입양이라는 용기 있는 선택을 해 주신 것도 감사해요. 그것도 저를 사랑했기에 내린 어려운 결정이라고 믿어요, 저는."

그 말에 시현은 다시 손을 내밀어 하염없이 이든의 손등을 어루만졌다. 이든의 손 위로 뜨거운 시현의 눈물이 떨어졌다.

# ‹ 28 ›

축축한 물안개가 휘현의 무릎 위까지 자욱하게 깔려 있었다. 옆을 둘러보니 높이를 알 수 없는 검은 물 위를 잿빛 하늘이 뒤덮고 있었다. 어디로 가는지도 모르는 채 휘현은 터벅터벅 물길 옆을 따라 걸어가다가 이내 다리에 힘이 풀려 그 자리에 털썩 주저앉았다. 무릎을 세우고 웅크리고 앉아있는데 갑자기 휘현의 눈앞에 불쑥 검은 형체가 나타났다.

"엄마야!"

놀란 휘현이 소리를 지르자 머리를 양옆으로 땋아 내린 여자 아이가 주근깨를 가진 볼을 쌜룩거리며 시끄럽다는 듯 귀를 막았다.

"누구야, 너?"

"……"

여자아이는 말없이 자기 손만 한 자갈로 탑을 쌓기 시작했다.

께름칙한 기분에 휘현이 무릎에 힘을 주고 다시 일어서려 하는데 얇고 소름 끼치는 목소리가 들려왔다.

"누가 더 아픈지 내기라도 하는 것 같지 않아? 예민하고, 망가지고, 의심하고, 거리 재고, 불안해하고, 도망가고, 또 그걸 계속 반복하는 꼴들이?"

"무슨 말이야?"

떨리는 목소리로 휘현이 일어서자 여자아이가 손을 뻗어 휘현의 팔을 거세게 잡아끌었다. 아이의 힘이라고 느껴지지 않을 만큼 강한 힘에 휘현의 몸이 아이 앞으로 휘청거리며 숙여졌다.

그러자 여자아이가 휘현의 귀에 대고 속삭였다.

"마치, 내가 더 아파. 아냐! 내가 더 아파하면서 발악하는 것 같지 않으냐고. 겉으론 태연한 척하면서 말이야, 크큭."

휘현은 입이 떡하니 벌어졌다. 온 힘을 다해 벗어나려 해도 좀처럼 잡힌 손목이 놓아지지 않았다.

"휘현아, 휘현아!"

그때 번뜩 휘현이 눈을 뜨자 강한 빛이 눈동자를 파고들었다. 흐릿했던 사물들이 점차 제자리를 찾아가고 옆을 돌아보니 휘현의 팔을 쥐고 있는 도하가 보였다.

"정신이 좀 들어?"

익숙한 목소리에 안심이 된 휘현이 작게 고개를 끄덕거렸다.

"하아……"

걱정 가득한 얼굴로 휘현을 내려다보던 도하의 경직된 얼굴이 그제야 조금 누그러졌다.

"미안해."

도하의 긴 눈꺼풀이 처연하게 내려앉은 모습에 휘현의 마음도 가라앉았다.

"아야!"

몸을 돌려 도하를 본다는 게 그만 주삿바늘이 들어간 곳을 찌르고 말자 휘현이 작게 신음했다.

"괜찮아?"

놀란 도하가 서둘러 링거 줄을 정리하며 아기 다루듯 휘현의 팔을 조심스럽게 어루만졌다. 평소와 다른 도하의 모습이었다. 휘현은 잠잠히 그런 도하를 바라보았다.

"……진짜 걱정되는 '괜찮아'네."

"이런 일 겪게 해서 미안해."

"미안하다는 말 그만 해도 돼, 이제."

"……"

"전시 잘 봤어. 멋지더라, 역시."

도하는 말없이 휘현의 손을 만지작거렸다.

휘현을 만나는 2년 동안 어떻게든 피하고 싶었던 아버지의 모습을 너무 적나라하게 밑바닥까지 보여주고 말았다. 고개를 들지도 못한 채 눈을 마주치지도 못하고 도하는 한동안 휘현의 손등을 엄지로 쓸어내렸다.

"너한테 보여주고 싶지 않았어, 아버지는."

"……"

"아버지는 닮지 않겠다고 그렇게 다짐했는데 보고 배운 게 그런 거라……"

도하가 아랫입술을 꾹 깨물었다.

"누군가한테 상처를 내보여 주는 게 쉽지 않지. 근데 그거 알아? 그런 사람은 있더라. 내 상처를 보여줘도 괜찮을 것 같은 사람."

도하가 고개를 들어 올려 휘현을 바라보았다. 누군가를 생각하는 듯 휘현이 허공에 초점을 둔 채 말하고 있었다.

"다른 사람한테는 내 약점이나 상처를 보이기 싫어서 아등바등하느라 바쁜데 왠지 그 사람한테는 그래도 될 것 같고."

"……휘현아."

"오빠, 우리는…… 서로 너무 닮아서 끌렸던 것 같아. 본능적으로 알았던 거지. 근데 본능이란 게 참 무서워. 아플 걸 알면서도 그 사람한테 끌린다는 게."

"한휘현."

어떻게든 휘현의 말을 막고 싶다는 듯 도하가 서늘하게 불렀다.

"솔직해질 수 있는 사람을 만나. 내가 솔직해도 도망가지 않을 거라는 확신이 드는 사람. 사귈수록 깊어지는 사람. 우리는…… 만날수록 서로 외로워졌잖아."

"하아…… 잠깐만, 좀 쉬고 있어. 의사 선생님 모셔 올게."

결국 도하가 허리를 세우고 일어섰다.

도하가 나가는 뒷모습을 바라보던 휘현이 손등을 이마 위로 올렸다. 형광등 빛에 머리가 어질어질했다.

그때 탁자 위에 올려둔 휴대폰이 울려 댔다. 손을 뻗어 휴대폰 화면을 바라보던 휘현의 눈이 크게 떠졌다.

"……아빠?"

"어…… 휘현아, 아빠야. 잘 지내지?"

너무 오랜만에 듣는 목소리에 휘현의 입이 벌어졌다.

"네. 전 잘 지내고 있어요. 학기도 끝나서 곧 한국에……"

"휘현아, 좀 더 빨리 귀국할 수 있을까?"

"빨리요? 무슨 일 있는 거예요?"

"으음…… 돌아오면 만나서 얘기하려고 했는데……"

말을 늘이는 아빠의 목소리에 휘현이 눈을 질끈 감았다. '제발 별일 아니기를…….'

"아빠랑 엄마랑 합의 이혼하게 됐어. 그런데…… 엄마가 상태가 좋지 않아서 네가 좀 빨리 들어와야 할 것 같아."

"상태가 좋지 않다는 게……"

"지금 병원에 있어."

최대한 덤덤하게 말하려는 듯한 노력에도 아빠 목소리가 떨리고 있었다.

드르륵. 그때 문이 열리고 도하와 간호사 한 명이 뒤따라 들어왔다. 움푹 들어간 눈에 피로감이 한가득한 간호사가 휘현을 내려다보며 영혼 없이 서 있었다.

"아빠, 다시 전화 드릴게요."

서둘러 휘현이 통화를 종료하자 기다렸다는 듯 간호사가 준비한 말을 꺼내 놓았다.

"이송 후에 박힌 도자기 파편은 최대한 제거했고, 찢어진 팔도 17바늘 정도 꿰맸어요. 응급조치는 모두 마쳤지만 미세한 조각들 때문에 나중에 이물감이 느껴지고 염증이 생길 수 있으니까 이점 주의해 주세요. 잠시 후에 담당 교수님께서 회진하실 거예요."

소독약 냄새처럼 건조한 목소리로 링거를 조절한 그녀는 말을 마치자 급하게 돌아서서 나갔다.

"집에 무슨 일 있어?"

창백하게 굳은 휘현의 얼굴을 살피며 도하가 물었다.

"아무래도…… 바로 귀국해야 할 것 같아."

어금니를 지그시 물며 휘현이 말했다.

## ‹ 29 ›

이든은 한 손으로 턱을 괸 채 휴대폰 화면을 뚫어져라 쳐다보았다. 어제 휘현이 집에 들어오지 않았다. 문자도 전화도 없었다. '강도하와 다시 만나기로 한 걸까.' 생각이 여기까지 미친 이든은 주먹을 세게 그러쥐었다. 손바닥 안으로 그의 손끝이 저릿하게 짓눌렸다.

"하암, 좋은 아침!"

입안이 다 보이게 하품을 내뱉으며 베카가 이든을 향해 손을 흔들었다.

"일어났어?"

무감한 이든 목소리에 그제야 베카가 슬쩍 눈치를 보며 냉장고를 열었다.

"무슨 일 있어?"

"아니."

"어제 친엄마 뵀다면서."

컵에 오렌지 주스를 따르며 베카가 물었다. '혹시 어제 둘이 무슨 일이 있었나?' 이든 앞의 식탁 의자를 길게 빼어 앉은 베카가 이런저런 생각으로 이든의 얼굴을 뜯어보며 물었다.

"응, 만나서 잘 얘기했어."

이든의 시선이 여전히 휴대폰에 꽂혀 있었다.

"누구 연락 기다려?"

베카가 고개를 비스듬히 숙이며 물었다.

"……"

여전히 표정이 굳은 이든이 미간을 구겼다.

"휘현 언니 일이야?"

그제야 이든이 고개를 살짝 올리며 베카를 쳐다보았다.

그 모습에 베카가 작게 웃으며 물었다.

"토요일인데 언니 어디 갔지? 그러고 보니 방에 없는 것…… 안 들어왔나?"

끼익-. 그때 현관문이 열리며 구두를 벗고 거실로 들어오는 발소리가 들렸다. 베카가 마주 앉은 이든의 종아리를 살짝 치며 휘현이 있는 거실 쪽으로 턱짓을 했다. 이든은 그런 베카의 눈빛을 무시한 채 잠잠히 고개를 숙였다.

부엌 쪽에 사람이 있는 걸 못 본 건지 휘현은 바로 2층으로 걸음을 옮겼다.

"휘현 언니 기다린 거 아냐? 올라가 봐."

베카의 말에 이든은 말이 없었다.

평상시와 다른 이든의 모습에 베카는 고개를 갸웃거렸다.

"내 말 듣고 있는 거야?"

"전 남자친구 만나고 온 것 같아. 이번 아트센터 전시 작가가 휘현이 전 남자친구였더라고."

"와! 어떻게 그런……"

베카가 곁눈질로 이든의 눈치를 살피며 이내 말을 굳혔다.

베카의 머리 굴리는 소리가 이든에게 들리는 듯했다.

"아니, 그래서 어쩌려고?"

머리를 이든 쪽으로 숙이며 베카가 물었다. 이든이 별말이 없자 베카가 답답한 듯 인상을 구기며 말했다.

"둘이 좋아하는 거 아니었어?"

베카의 말에 이든이 작게 어깨를 으쓱거리며 다시 속눈썹을 아래로 떨어뜨렸다.

"하…… 답답하네. 가서 물어봐."

베카의 채근에 이든이 느릿하게 입을 뗐다.

"휘현이 떠날까 봐."

이든의 말에 베카는 입이 떡하고 벌어졌다. 베카는 무슨 말이라도 해줘야 할 것 같아 서둘러 입술을 뗐지만 다시 입매를 굳혔다. 지난번 자신이 했던 말이 불현듯 떠올랐기 때문이다. '불편하면 사람 버리고 도망가고, 완전히 망가진 사람' 베카 자신이 뱉은 것이지만 참 모난 말이었다.

어쩌면 이든도 각오하고 있었는지 모르겠다. 유학 온 휘현이 언젠가는 자기 곁을 떠날 것이란 것을. 아직 서로의 마음에 확신이 없었던 것일까. 어찌 됐든 타이밍이 좋지 않았다. 이든이 자기를 유기한 엄마를 마주한 것이 불과 어제 일이었다. 게다가 전 남자친구를 만난다던 휘현은 어젯밤 연락도 없이 외박을 했다. 불안함과 초조함이 베카에게도 스며드는 듯했다.

방으로 들어온 휘현은 옷장 속에 넣어 둔 캐리어를 꺼내 짐을 챙기기 시작했다. 기계적으로 분주하게 손과 몸을 움직여 방은 정리가 되어갔지만 휘현의 머릿속은 점점 더 엉망진창이 되는 것만 같았다. 마치 몸과 머리가 따로 노는 듯했다.

결국 부모님이 이혼했다. 엄마와 아빠 사이에서 본 것은 늘 다투는 모습이었다. 지독하게도 긴 시간이었다. 휘현의 기억이 존재하는 어린 시절부터 지금까지 부모님은 한결같이 서로를 탓하고 미워하느라 바빴다. 아빠가 엄마에 대해 푸념하고, 엄마가 아빠에 대해 비난할 때 그 사이에 태어난 휘현은 자신의 존재가 부정당하는 것만 같았다. '서로가 최악이라고 말하는 부모

밑에서 태어난 자신은 어떤 사람인 걸까? 이렇게 형편없는 자신이 누군가를 만나 사랑하고 사랑받는 존재가 될 수 있는 것일까?' 그럴 자격이 있는 것인지조차 확신이 서지 않았다.

'난 이든과 어울리지 않아. 나한테 과분하지. 어차피 잠시 머물다가 떠날 유학생이었으니까. 열정은 다 사라지기 마련이고 모든 건 순간일 뿐이야. 더 마음이 깊어지기 전에 그만하고 없어져 버리자.' 그렇게 한동안 휘현은 이든을 쉽게 떠날 갖가지 이유를 마음속에 꾸역꾸역 눌러 담았다.

감정에 체할 것 같아 숨이 막힌 휘현은 고개를 위로 젖혀 천장을 바라보았다. 그러다 희끄무레한 미소를 지었다. 미국에 와서 처음 이든을 만나게 된 공원에서부터 지금까지의 일이 파노라마처럼 스쳤다.

"꿈만 같다."

자기도 모르게 나온 혼잣말에 휘현은 움찔했다. 이윽고 길게 한숨을 내쉰 휘현이 몸을 세우고 일어섰다. 이제 현실로 돌아갈 시간이다.

드르륵, 탁탁. 휘현이 캐리어를 끌고 내려오는 소리가 들리자 베카의 눈이 질끈 감겼다.

1층까지 질질 끌려오던 캐리어 소리가 거실에서 멈추고 터벅터벅 휘현이 부엌 쪽으로 걸어 들어갔다.

"이든, 잠깐 얘기 좀 할 수 있을까?"

휘현을 처음 만났을 때 느껴졌던 거리감 있는 차분한 목소리가 이든의 귀에 가 닿았다. 베카는 서둘러 자리를 피해주었다.

그렇게 식탁에 마주 앉은 휘현과 이든의 주위로 무거운 공기가 내려앉았다. 휘현이 숨을 크게 들이쉬고는 이내 침묵을 깨고 말을 꺼냈다.

"일이 좀 생겨서 일정보다 빨리 한국에 들어가 봐야 할 것 같아."

이미 상처받은 듯한 이든의 얼굴을 마주하는 것이 휘현에게도 어려운 일이었다. 병원에 있는 동안에도, 퇴원해서 집으로 오는 길에도 휘현의 머릿속에는 이든이 빙빙 돌아다녔다. '뭐라고 말을 해야 할까? 무슨 말부터 꺼내는 것이 좋을까? 그 무엇보다도 우리가 어떤 약속을 할 수 있는 관계이긴 한 걸까?'

"이건 월세고, 여기 집 열쇠. 사라 아주머니한테는 인사 못하고 가게 돼서 죄송하다고 대신 전해줘. 그동안 정말 감사했다고. 광고제는 주디하고 잭슨이 작업해서 제출할 거야. 병원은 데릭 교수님하고 통화했어. 그리고……"

"나는?"

이든이 고개를 들고 휘현을 바라보았다.

"나도 남겨졌는데……"

이든의 눈동자가 휘현을 아프게도 파고들었다. 순간 감정이 울컥해서 눈물이 차오르려 하자 휘현은 서둘러 고개를 옆으로 돌린 뒤 잠시 숨을 골랐다.

이 순간만큼은 눈에서 모든 감정을 다 지우고만 싶었다. 자신이 제일 잘 하는 일이기도 했다. 감정을 숨기는 것. 최대한 솔직함에서 도망가는 것.

이내 눈매를 곧게 굳힌 휘현이 이든을 쳐다보며 말했다.

"그동안 고마웠어."

그녀의 말에 이든이 헛숨 섞인 웃음을 터트렸다.

"……그게 다야?"

휘현의 마음을 알고 싶은 듯 이든이 흔들림 없는 눈동자로 물었다. 휘현은 어금니를 꽉 깨물었다. '이든한테 이런 표정도 있었구나…….'

일직선으로 곧게 뻗은 단정한 눈썹 밑에 자리한 눈에 서늘함이 가득했다. 늘 선한 눈으로 자기를 말갛게 바라봐 주었던 이든이었는데 오늘은 예리한 남자다운 선이 휘현을 떨리게 만들었다.

차마 마주보는 것이 힘든 휘현이 조금 아래로 시선을 내리자 도톰하게 자리 잡은 이든의 입술에 가 닿았다. 생기 돌았던 이든의 붉은 입술이 오늘은 건조하고 파릇했다. '정신 차리자!' 머리를 작게 저은 휘현이 다시 눈에 힘을 주어 이든을 바라보았다.

"아쉬워, 이렇게 헤어지게 돼서."

최대한 차분한 목소리로 휘현이 말했다.

말없이 뚫어지게 휘현을 쳐다보는 이든은 다른 대답을 기다리는 듯한 얼굴이었다. 그런 이든의 모습에 휘현은 눈동자를 이리저리 굴리며 입술을 동그랗게 말고 볼을 부풀렸다.

어색한 침묵에 다시 먼저 입술을 뗀 건 휘현이었다.

"이제 가봐야겠다."

"지금까지 우리가 같이 보낸 시간이 아쉽다는 한마디로 끝나는 거야?"

"……"

이든의 말에 휘현의 심장이 철렁하고 내려앉았다.

"날 버리고 떠나는 거냐고 묻는 거야, 지금."

이든의 손이 식탁 위에 움츠려 있는 휘현의 손가락 위로 포개어졌다.

이든의 온기가 휘현을 감쌌다. 여전히 이든은 따뜻하고 포근하고 친밀했다. 겹쳐진 손으로 시선을 멈춘 휘현은 잠시였지만 이대로 계속 이든과 함께 있고 싶다는 마음이 솟구쳤다.

그러나 그것도 잠시. 지난 상처들이 휘현의 속을 헤집었다. 도하와의 이별, 부모님의 이별. 자신은 깨어지는 관계가 더 익숙하고 잘 어울리는 사람이라고 속으로 되뇌며 포개진 손을 거칠게 빼냈다.

"미안해, 이렇게 떠나게 돼서."

어이없게도 차갑게 말을 뱉은 이 순간에도 휘현은 떨어진 이든의 손길이 벌써부터 허전했다. 더 이상 이든 앞에서 마음을 감추는 것이 어려웠다. 이든이 자신을 쳐다볼 때면 모든 것이 발가벗겨져 버리는 것만 같은 기분이 드는 휘현이었다. 그리고 그것은 경험상 위험했다.

서둘러 캐리어를 끌고 돌아서는 휘현의 등 뒤로 자기 이름을 낮게 부르며 붙잡는 이든의 목소리가 들려왔다. 모든 걸 내려놓고 달려가 안기고 싶은 마음을 꾹꾹 내리누른 채 휘현은 급하게 발을 뗐다.

"뭐야, 휘현 언니 떠난거야?"

잠시 뒤 방에서 나온 베카가 어이없는 표정으로 이든을 보며 물었다.

"……"

이든이 손가락으로 움푹 들어간 눈을 지그시 내리눌렀다.

"말도 안 돼, 진짜. 휘현 언니도 분명 오빠 좋아하는데!"

"알아, 나도. 근데 얘는 나를 속이는 게 어렵지 않다는 듯 떠나더라. 만난 지 5개월밖에 안 된 사람을 속이는 게 뭐 그리 어렵겠냐고 생각했을지도 모르지……"

"하…… 이든……"

"근데 휘현이 모르는 게 있어. 사랑하면 다 보인다는 거. 제대로 속이지도 못하고 떠나버렸어."

이든이 작게 읊조렸다.

## ‹ 30 ›

휘현은 코로 숨을 크게 한 번 들이쉬고 천천히 내쉬었다. 건조한 나뭇잎 냄새, 울긋불긋 수채화로 채색된 듯한 단풍이 교정을 물들여 놓고 있었다. 오랜만에 복학한 학교는 얄궂게도 예뻤다. 학교 정문부터 맨 위의 기숙사까지 일자로 자리 잡은 인공 개천 계단길을 오르며 휘현은 생각에 잠겼다.

벌써 한국에 들어온 지도 석 달이 지나가고 있었다. 올 한 해 겪은 일들이 휘현의 눈동자에 스치듯 지나갔다. 교수님 추천으로 급작스럽게 떠나게 된 교환 학생, 도하와의 이별, 미국 수업, 알레르기 임상시험, 부모님의 이혼, 그리고…… 이든.

이 모든 시간의 처음이자 끝이었던 이든이 휘현의 가슴에 묵직이 내려앉았다. 정리되지 못한 감정들이 여전히 체기가 되어 남아있는 듯했다.

추억을 되새기며 걷다 보니 어느새 도착한 교수님의 방 앞에서 휘현이 작게 노크를 했다.

"네."

오랜만에 듣는 목소리에 휘현의 입꼬리가 올라갔다.

"교수님, 오랜만에 뵙네요."

평소와 어울리지 않는 어투로 휘현이 제법 살갑게 인사를 건넸다.

"어이쿠! 앉아, 앉아."

먹구름 같은 머리칼을 위로 한번 쓸어 넘기며 교수가 소파 위로 고갯짓을 했다. 이어서 코 위에 얹힌 네모난 갈색 안경테를 쥐어 올린 교수는 대각선 소파 위에 엉덩이를 붙였다.

"야아…… 한국 돌아왔으면 바로 좀 찾아오지. 개강하니까 마지못해 오냐?"

능글맞게 짓궂은 표정으로 웃어 보이며 교수가 말을 건넸다.

"한국 돌아와서 이런저런 일이 많았어요. 그래도 학교 오자마자 교수님께 제일 먼저 온 거예요."

"참나, 그래 고맙다. 가만있어 봐, 오늘 광고제 발표날인가?"

교수는 흘러내린 안경 너머로 달력을 건너다보며 물었다.

"네, 맞아요. 오늘 수상작 발표 예정일이에요."

"좋은 소식 있으면 좋겠네, 고생 많았는데. 그래도 많은 도움

됐지?"

"흐음…… 네…… 정말 잊지 못할 시간이었죠. 평생 잊지 못할 것 같아요."

"오늘은 수업 있어서 학교 온 거야?"

"아뇨, 친구랑 약속이 있어서요."

휘현이 단정하게 웃으며 말했다.

❖❖❖

도하는 앞에 놓인 아메리카노의 얼음을 빨대로 톡톡 건드렸다. 가볍고 따뜻한 느낌의 플로랄 향이 카페 내에 가득했다. 익숙한 향에 늘 앉던 자리에 있는데도 도하의 얼굴은 긴장으로 굳어 있었다.

딸랑-. 그때 카페 문이 열리며 휘현이 들어왔다. 도하와 데이트할 때마다 자주 왔던 카페인지라 휘현은 들어오자마자 매번 함께 앉던 곳으로 고개를 돌려 도하와 눈을 맞췄다. 하얗고 말간 얼굴에 웃음을 머금은 휘현이 도하의 눈동자에 담겼다.

"왔어?"

"응."

"라테 마시지? 내가 주문하고 올게."

도하가 자리에서 일어서며 말했다.

도하가 주문대로 향하자 휘현은 도하가 앉아 있던 의자에 시선을 묶었다. 비어 있는 그의 자리에 레더리한 짙은 우디향이 도하를 대신해 주고 있었다.

"여전하네."

휘현이 작게 읊조렸다.

처음 도하를 만났을 때 그 짙은 눈동자에 담긴 차가운 고독함이 향수와 잘 어울린다고 생각했었다. 지금 제 곁에 남아 있는 잔향처럼 휘현의 기억 속에 도하도 언젠가는 옅어질 것이다. 그리고 또 언젠가는 잊는 날이 올 것이다.

그래도 한동안 참 아름다운 향을 곁에 두었다는 생각에 휘현이 빙긋 웃었다.

한편 주문을 마친 도하가 뒤를 돌아 휘현을 바라보았다. 늘 이렇게 도하가 뒤돌면 휘현은 항상 자기를 보고 맑게 웃어주고는 했다. '누군가의 뒷모습이 보이기 시작하면, 사랑이 시작된 거래.' 언젠가 휘현이 도하에게 해줬던 말이 떠오르자 도하의 눈썹이 힘없이 아래로 내려갔다. 그러나 지금 휘현은 도하를 보고 있지 않았다. 헤어짐은 늘 이렇게 잔인하게 다가오고는 한다. 부인할 수도, 외면할 수도 없게.

따뜻한 라테를 휘현 앞에 놓아주며 도하가 자리에 앉았다.

"시간 내줘서 고마워."

느릿하게 입술을 떼며 도하가 말했다.

"아니야."

휘현이 손목 위로 셔츠를 올리며 말했다.

걷어 올린 팔 위로 남아 있는 꿰맨 자국에 도하의 시선이 향했다. 자신이 던진 도자기 파편에 흉까지 진 모습을 보자 도하는 입안이 썼다. 결국 자신이 휘현에게 흉터가 되어버린 기분이다.

"집안일은 해결됐어?"

"으응…… 이혼하시고 엄마가 많이 힘들어하셨는데 다행히 심리 상담도 받으시고 하면서……"

잠시 머뭇하던 휘현이 눈꺼풀을 밀어 올려 도하를 한번 쳐다보고는 하던 말을 멈췄다. 그 모습에 도하가 한쪽 눈썹을 올리며 휘현의 다음 말을 기다렸다.

그제야 휘현은 다시 느릿하게 입술을 뗐다.

"오빠 가족 얘기하는 거 싫어하니까. 뭐, 잘 해결됐어."

라테 잔을 만지작거리며 휘현이 덤덤하게 말했다.

그녀의 말에 도하의 심장이 뭉근하게 아파왔다. 그러고 보니 휘현이 꺼낸 가족 얘기가 말다툼으로 번졌던 곳도 이 카페였다.

"무슨 일로 보자고 한 거야?"

말이 없는 도하를 보며 휘현이 물었다.

'그래, 이제는 별일이 있어도 볼 수 없는 사이가 됐지.' 도하는 속으로 생각하며 짧게 한숨으로 씁쓸한 마음을 털어냈다.

"이거 주려고."

도하가 종이백에서 연분홍색 얇은 반투명 보자기로 쌓인 상자를 건네주었다. 꽃 모양으로 주름 잡힌 보자기 위에는 하얀색 튤립 한 송이가 꽂혀 있었다.

얼결에 선물 상자를 손에 쥔 휘현이 눈을 동그랗게 뜨고 도하를 바라보았다.

"이별 선물. 풀어봐."

도하의 말에 휘현의 입이 작게 벌어졌다. 휘현은 정성스럽게 손주름이 잡힌 보자기를 멍하니 내려다보았다. 어서 풀어보라고 고갯짓하는 도하를 힐끔 본 휘현이 보자기의 한 귀를 조심스럽게 잡아당기자 스르륵 포장이 풀렸다. 밤색에 구릿빛이 섞인 박스 상자를 마저 열자 물레로 직접 만든 흰색의 찻잔이 담겨있었다.

"달항아리를 내가 깨버려서……"

도하가 입술을 지그시 물었다.

상반부와 하반부를 이어 붙여 온전한 달항아리를 만든 그날, 도하는 휘현과의 재회를 마음에 그렸다. 너무 늦지 않았기를 바라며 도하는 다시 휘현과 하나가 되고 싶었다. 그러나 헤어질 수밖에 없다는 걸 깨닫게 되기까지는 그리 긴 시간이 걸리지 않았다. 식사 자리에서 휘현의 시선 끝이 이든이라는 걸 발견했을 때, 이든 옆에서 편하게 웃으며 아이처럼 의지하는 모습을 보았을 때, 병원에서 수액을 맞으며 잠든 와중에도 도하가 비로

소 아닌 이든을 찾았을 때, 그리고 눈을 뜬 뒤에 무감하게 이별을 말하는 휘현의 눈을 보았을 때. 휘현과 이별했다는 것을 도하는 깨달았다. 그리고 휘현이 사랑하는 남자가 있다는 것도.

"보자기에 꽂힌 하얀 튤립 꽃말은 순결, 추억, 실연 그리고 새로운 시작이래. 네 말대로 우리는 너무 서로에게 좋은 모습만 보여주느라 힘들었던 것 같아. 내 상처를 나도 어쩌지 못했고. 그러다 보니 그런 걸 끄집어 보여줄 용기도 없었던 거고. 그래도 너와 함께했던 모든 시간이 감사하고 나한테는 평생 잊지 못할 기억으로 남을 거야."

도하의 말에 휘현은 눈앞이 부예졌다. 그동안 힘겹게 켜켜이 도하와 쌓아왔던 모든 감정이 썰물처럼 눈물로 빠져나가는 것만 같았다.

"찻잔이 꼭 너 같아. 네 이름처럼 희고, 네 몸처럼 얇고. 이제 그 안에 네가 사랑하는 것을 담았으면 좋겠어. 나는…… 너의 새로운 시작을 응원해. 이든…… 좋아하는 거 맞지?"

그 말에 휘현이 고개를 들어 도하를 바라보았다.

"이든은……"

말을 맺지 못한 휘현이 입술을 꾹 물었다 다시 뗐다.

"이든 곁에 머문 동안은 잊어버리고 살았던 것 같아, 과거의 상처받은 나를. 순간이나마 혹했어. 나도 온전한 사랑을 받고 줄 수 있지 않을까 하고. 근데 그거 알아? 사람은 지독하게도 상처에서 벗어나기가 어려워. 그래서 내가 또 밀어냈어. 내가 잘하는 게 그런 거잖아. 불편하고 힘들면 도망가고 끝내는 거. 그게 끝이야. 늘 그랬지……."

"그래. 상처라는 게 늪 같아서 빠져나오려 해도 나를 바닥으로 끌어내리지, 늘. 이든이라면 지금 너한테 무슨 말을 해줬을까?"

도하가 물었다.

"너한테 상처 준 사람들이 하는 같잖은 말 말고. 너 스스로에게 하는 가학적인 말도 말고. 네가 이든에게서 사랑을 배웠다며. 이든은 너한테 뭐라고 했을까."

"이든이라면…… 감정에 솔직하라고 했겠지. 늘 솔직하게 표현해 달라고 나한테……"

말을 맺지도 못한 채 휘현이 눈물을 떨어트렸다. 이든에게 말할 수만 있다면 그를 붙들고 말하고 싶었다. 이든, 네가 너무 보고 싶다고.

도하와 헤어지고 집으로 오는 길 내내 울어버린 탓에 휘현의 눈가가 붉게 부어 있었다. 무슨 정신으로 왔는지 모를 휘현이었다. 문 앞까지 와서야 정신이 든 휘현이 도어록을 열고 비밀번호를 누른 뒤 집으로 들어갔다. 그런데 집 안 가득히 배어 있는 김치찌개 냄새에 순간 몸을 멈칫한 휘현은 신발을 벗지도 못하고 그대로 멈춰 버렸다. 번뜩하고 켜진 현관의 불빛이 탁하고 꺼질 때까지 휘현은 우두커니 선 채 눈동자를 굴렸다.

"왔니?"

앞치마를 두른 미주가 거실로 나오며 말했다. 평상시의 헝클어진 머리가 아닌 빗질을 하고 단정하게 정리한 머리에 화장까지 한 미주가 어색하게 서 있었다.

"……엄마?"

낯선 모습에 휘현이 놀란 눈으로 엄마를 불러보았다.

"아가, 들어와."

홀린 듯 두 개의 신발을 차례로 벗은 휘현을 미주가 등 떠밀며 식탁에 앉혔다.

"네가 좋아하는 김치찌개 했어."

눈이 휘어지게 웃으며 미주가 휘현에게 말했다.

"……"

"그동안 엄마가 미안했어, 딸."

갑작스러운 엄마의 모습에 휘현은 온몸에 전율이 흐르는 것만 같았다. '이렇게 따뜻한 밥과 찌개 그리고 오늘 하루를 물어봐 주는 엄마를 언제 봤었더라?' 기억하고 싶어도 떠오르지 않는 추억에 휘현의 미간이 구겨졌다.

"괜찮은 거예요?"

어렵게 휘현의 목구멍 밖으로 터져 나온 것은 응어리에 더 가까운 것이었다.

"엄마가 최근에 나가는 모임이 있는데 사람들이 정말 좋아. 다들 이혼하고 힘든 시간을 보내고 있는데 서로 기분이 어떤지, 오늘 하루는 어땠는지 물어봐 주고. 너는…… 오늘 하루 어땠어?"

휘현은 멀뚱한 얼굴로 미주를 바라보았다.

늘 관심이 필요했던 어렸을 때부터 최근까지도 미주는 늘 퉁명스럽게 휘현을 대하고는 했다. 아버지 석준으로부터 한국에 빨리 돌아와서 불안정한 엄마 곁에 있어 달라는 부탁을 받은 것도 불과 석 달 전이었다. 그런데 이제 와서 별일 없었다는 듯이 보통의 엄마들이 하는 행동과 말을 하는 미주를 보자 휘현은 바람 빠지듯 피식 웃어버리고 말았다.

"하아…… 그게 이제야 궁금해요?"

"휘현아……"

"엄마가 이제라도 궁금하다니까 말할게요. 저는 오늘 오전에 잠깐 교수님 뵙고 인사드렸어요. 교환 학생 추천해 줬던 교수님인데 한국 들어오고 나서 엄마 때문에 정신이 없어서 석 달이나 지나서야 찾아뵌 거 있죠. 그리고 나오는 길에 2년 동안 만났던 남자친구하고 헤어졌어요."

휘현은 숨도 쉬지 않고 얼굴이 붉어질 정도로 흥분된 상태로 토해내듯 말을 했다.

갑작스러운 말에 미주의 입매 끝 근육이 미세하게 씰룩댔다.

"엄마랑 아빠가 서로 기분 내키는 대로 표현하고 싸우는 동안 저는 눈치 보고 숨어 있기 바빴거든요. 어쩌면 당연한 거죠, 뭐. 보고 배운 게 그런 모습인데 제가 어떻게 제대로 사랑을 하겠어요. 안 그래요?"

"엄마가 미안해. 너한테 좋은 꼴 못 보이고 네 아빠랑 맨날 싸우기만 해서."

"들키고 싶지 않아도 들키게 되는 것들이 있어요. 사랑받지 못한 거. 그것도 뭐 괜찮아요. 근데 문제는 도대체 받아보질 못해서 사랑을 주고 싶어도 뭘 어떻게 해야 하는 건지 모르겠는 거예요. 그게 모든 부분에서 문제가 돼요."

휘현이 괴로운 듯 손가락으로 눈을 그러쥐었다.

미주가 의자를 뒤로 밀고 일어나 휘현의 머리를 품에 안았다.

제대로 저녁 식사를 하지도 못하고 방에 들어온 휘현은 불을 켜지도 않고 그대로 벽에 등을 기댄 채 쓰러지듯 주저앉았다. 괜한 소리를 했다. 이제 막 심적으로 안정기에 접어 든 엄마에게 자기의 속마음을 그대로 내뱉어 버리고 말았다. 그래도 이렇게 터트리고 나니 그동안 엉켜버렸던 마음이 조금은 시원해진 것 같기도 했다. 부모님이 싸울 때마다 혼자 나가 속을 달래며 먹던 아이스크림은 이제 굳이 필요하지 않았다.

불현듯 휘현이 작게 입꼬리를 올리며 슬프게 웃었다. 이든과 같이 아이스크림 먹었던 때가 휘현의 머리에 스쳤다. 기분이 울적하냐고 다정하게 물었던 이든이 떠오르자 휘현은 그의 따뜻한 품속에 안겨 있고 싶다는 충동이 일었다.

징-. 그때 어두운 방 안을 환하게 비추며 문자 알림 팝업이 떴다.

[CLEO Awards]

We are excited to announce the '2022 CLEO of the Year' Finalists!

환한 화면에 눈을 찡그리며 문자를 확인한 휘현이 휴대폰을 뒤집어 바닥에 내려놓았다.

징-. 잠시 뒤 또다시 알림이 울리자 휘현은 작게 한숨을 내쉬며 머리 위에 있는 스위치를 켰다. 탁하고 켜진 형광등에 휘현의 정신도 돌아오는 듯했다. 뒤집어져 있는 휴대폰을 들어 올린 휘현이 책상 의자에 앉아 화면을 들여다보았다.

Hwihyeon Han, Congratulations to the 2022 #CLEO-goldwinner Of the Year : Love yourself!

"헉!"

문자를 확인한 휘현의 입술 사이로 작게 탄식이 흘러나왔다.

오른손으로 입을 막으며 다시 한번 문자를 들여다본 휘현은 이내 또다시 눈물이 흘러나왔다.

한참 동안 눈물을 훔쳐내던 휘현이 이내 멈칫했다. 어쩌면 다시 한번 용기 낼 수 있는 기회가 온 건 지도 모른다. 이든이 시상식에 와준다면 말이다.

# ‹ 29 ›

"시상식 갈 거야?"

베카가 프라이팬에 냉동 베이글을 올려놓으며 등 뒤에 앉은 이든을 내려다보았다.

"글쎄…… 근데 넌 언제까지 있을 거야? 이 정도면 월세 내야 하는 거 아냐?"

개구지게 웃으며 이든이 물었다.

"뭐야, 또 서운하게. 그러지 않아도 떠날 거야."

"이번엔 어디로?"

"한국."

"한국?"

"으응…… 그냥 한번은 가보고 싶어서. 모국이니까."

"나랑 시간 맞춰서 같이 가지."

"나중에. 지금은 혼자 가보고 싶어서. 일단 이든은 시상식부터 가."

베카가 말했다.

"……"

별 대답이 없자 베카는 이든에게 몸을 돌려 한쪽 입꼬리를 말아 올리며 조롱하듯 말했다.

"에효, 대학교에서 예쁜 디자인만 보고 배우는 게 뭔 소용이냐고. 정작 제 눈에 사랑하는 여자도 못 담는데!"

이든이 그 말에 피식하니 웃음을 흘렸다.

"우리 알고 지낸 지 자그마치 15년이야. 난 네 눈만 봐도 딱 안다고. 뭐, 꼭 오래 안 봐도 남자들은 다 티가 나지만."

"내가…… 티 나?"

"그럼! 남자들은 다들 좋아하는 걸 못 숨기더라. 멍청하게 풀린 눈에 입은 헤벌쭉하게 벌어져서는 늘 그 여자만 주시하잖아. 이런 걸 보면 참 한결같단 말이야, 남자들은."

"이건 뭐야, 우편 온 거야?"

이든이 식탁 위로 손을 뻗으며 물었다.

"아 맞다! 우편물 왔더라고."

베카가 다시 베이글을 뒤집으며 말했다.

이든이 우편물 위에 적힌 주소를 훑었다. S.B Medical Center 병원에서 온 우편이었다. 이든은 손에 쥔 우편물을 몇 번 만지작거리더니 이내 종이 끝부분을 뜯어냈다. '임상시험 결과보고서'라고 굵은 글씨로 적힌 표지를 넘기자 그동안 진행한 임상시험에 대한 목적, 계획, 시험약 적용 방법 등의 내용이 빼곡하게 적혀 있었다. 엄지 끝으로 종이를 넘기며 훑어 나가는 이든의 눈이 결론에서 잠시 멈췄다. 32명이 시험에 순응, 임상시험 의료기기의 유효적 통증 감소 효과 확인, 안전성 평가. 굵직한 글씨로 강조된 결과를 읽어나가던 이든이 작게 한숨을 내뱉었다. 주인에게 전달되지 못한 우편물을 다시 봉투 안에 넣으려는데 무언가 툭 하고 발밑으로 떨어졌다. 떨어진 종이 위에는 형광색 포스트잇이 붙어 있었다.

"마지막 내원 때 휘현 씨가 놓고 간 기록일지 첨부드립니다."

'휘현'이라는 이름이 적힌 글씨를 보자 이든의 심장이 쿵 하고 떨어졌다. 심호흡을 한 이든은 덤덤한 척 반으로 접힌 A4용지를 펼치자 정성스럽게 적은 휘현의 손 글씨가 보였다.

〈임상시험 진행 일지 기록표〉

* 장소
* 시간
* 활동
* 감정
* 임상시험용 의료기기 적용 여부

*#1*

* 아트센터
* 14:00~19:20
* 아트센터 내 전시 관람, 아이스크림 가게 방문, 공원 산책
* 개방된 장소에서 서로 거리를 둔 채 이동해서 특별한 어려움은 없었음. 이든이 친엄마 얘기를 했을 때 당황스러웠지만 내가 해줄 수만 있다면 위로해 주고 싶었음.
* 투약함.

*#2*

* 라호야 비치
* 10:00~19:00
* 스노클링
* 수영을 못하는데 바다에 들어가야 했을 때 두려움을 느

낌. 이든의 손을 잡고 바다 깊은 곳에 들어갔을 때 재밌고 즐거웠음. 거리를 두지 말고 마음을 열라는 이든의 말에 오그라들었음(그래도 손잡고 바닷속을 보여준 이든에게 고마웠음).

* 투약함.

---

#3

* 캠퍼스 잭브라운홀
* 15:00~18:00
* 수업 듣고 토론
* '사랑'에 대해 토론할 때마다 서로 의견이 달라 불편하고, 이든이 사랑에 대한 감정적인 단어를 끄집어낼 때마다 두드러기가 올라옴. 원피스를 입은 나에게 이든이 재킷을 건네주었을 때 멈칫했음(싫다기보다 이런 관심이 어색함).
* 투약함.

---

#4

* 집
* 16:00~06:00
* 병간호

* 처음엔 부담스러워 나가달라고 했지만 시간이 지나면서 이든의 손길이 포근하고 따뜻하게 느껴짐. 끝까지 옆에 있어 줘서 고마웠음.
* 감기약 복용.

---

*#5*

* 교회
* 10:00~17:00
* 교회 봉사
* 병간호를 해준 이든에게 빚진 것을 조금 갚은 기분. 교회 봉사에서 만난 지민이라는 친구와 대화하면서 엄마에 대해 생각하게 됨.
* 안 함.

---

*#6*

* 집
* 14:00~15:00
* 과제
* 이든이 간호해 줬을 때 이후로 두 번째로 내 개인적 공간 안으로 들어옴. 이것저것 살펴보는 이든을 보며 긴장되기도 했지만 이내 편해짐. 대화가 많이 편해진 기

분이 듦.

* 안 함.

---

#7

* 한인 마트
* 14:00~22:00
* 장보기, 저녁 식사
* 많이 웃음. 편하고 안정적이면서도 이상하게 심장이 쿵쾅거렸음. 집에서 이든의 친한 여동생을 만나게 됐고, 둘의 대화를 우연히 들었는데 속상했음.
* 안 함.

---

#8

* 캠퍼스 잭브라운홀
* 15:00~18:00
* 수업 듣고 토론
* 이든과 토론하는 내내 짜증 남. 냉랭한 얼굴로 이든을 쳐다봤는데 내가 화났단 걸 이든이 알아줬으면 좋겠음 (아, 이날 같이 제육볶음 먹으면서 화해했는데 누군가와 다투고 화해하는 걸 처음 해봄. 더 가까워진 기분이 들었음).
* 안 함.

---

#9

* 일식집
* 18:00~21:00
* 식사
* 전 남자친구를 이든이 알게 되어 당황스러움. 이든이 오해하지 않았으면 좋겠음.
* 투약함.

---

#10

* 캠퍼스 잭브라운홀
* 15:00~18:00
* 수업 듣고 토론
* 이든을 통해 사랑에 대해서 많이 배우게 된 것 같아 고마움. 이날 다쳐서 응급실에 있었는데 이든이 많이 보고 싶었음.
* 안 함.

---

** #4 중간 질문

현재 알레르겐에 안정감, 편안함, 친밀감을 느끼고 있습니다. 사실은 그보다 더 나아가서 제가 알레르겐에 의존하려는 모습도 보이고 있습니다. 경험상 누군가에게 의지하는 것은 좋지 못한데 어떻게 하면 좋을지 조언 부탁드립니다.

* 답변 : 의존감은 수치스러운 게 아닙니다. 사람은 원래 의존적이며, 다만 누구에게 의존해야 할지 현명하게 선택하는 것이 우리의 몫입니다.

---

** #7 중간 질문

알레르겐에 질투 비슷한 감정을 느꼈는데 이게 정상적인 건가요? 질투라는 게 소유욕이 있어야 드는 감정이라던데 잘 이해가 되지 않습니다. 게다가 어제는 이든이 한 말에 눈물까지 날 뻔했는데, 아무래도 알레르겐이 제 삶에 너무 많이 개입된 것 같습니다. 무엇보다도 편하고 행복한 감정이 드는 것이 불안합니다.

* 답변 : 눈물은 가장 격한 감정을 숨김없이 표출해 줍니다. 현재 알레르겐에 이성적 호감을 느끼고 있는 것으로 보입니다. 임상시험이 종료될 때까지 이성 교제는 되도록 권면하지 않습니다만, 행복이라는 감정을 불안으로 대체하는 가학적 행위는 멈추기를 바랍니다.

---

마지막까지 다 읽어 내려가는 이든의 등 뒤로 베카의 인기척이 느껴졌다.

"이거 러브레터네. 거봐, 휘현 언니가 좋아한다니까."

베카가 짓궂게 웃으며 이든 등을 툭 쳤다.

## ‹ 30 ›

노을을 삼켜버린 뉴욕의 밤은 또 다른 빛을 뿜어내고 있었다. 시상식 오픈 시간보다 1시간이나 먼저 행사장에 도착한 휘현은 쏟아지는 조명에 정신이 하나도 없었다. 손바닥을 골반에 얹어 맺힌 땀을 닦아내던 휘현은 입구 쪽에서 자신을 부르는 소리에 뒤를 돌아보았다.

"휘현!"

자신의 머리 크기만 하게 긴 머리를 동그랗게 틀어 올린 주디가 크게 팔을 흔들며 걸어오고 있는 게 보였다. 서둘러 오려는 그녀의 노력이 10cm가 넘는 하이힐 때문에 지체되고 있는 사이, 휘현의 어깨에 턱 하고 손이 올라왔다. 휘현이 움찔하며 옆을 보자 평상시와는 다르게 깔끔한 벨벳 빈티지 턱시도를 차려입은 잭슨이 한쪽 입꼬리를 틀어 올린 채 웃고 있었다.

"오랜만! 클레오 골드상이라니. 말이 돼?"

"풉." 그제야 경직된 채 서 있던 휘현이 바람 빠지듯 웃어 보였다.

"고생 많았어. 후반 편집 맡아서 했다며?"

"후우…… 말도 마. 루크 교수님 진짜 얼마나 깐깐한지 수정하고, 수정하고, 또 수정하고……"

"휘현!"

그때 주디가 휘현의 목을 감싸며 안겼다. 흠칫 놀란 휘현이 이내 밝게 웃으며 주디의 등을 토닥거렸다.

"우리가 해냈어!"

주디는 높은 하이힐에도 팔짝팔짝 뛰며 기쁨을 감추지 못했다. 그녀의 코발트블루색 스팽글 원피스가 유난히도 조명 아래 반짝거렸다.

"고생했어, 주디."

"와우, 근데 무슨 여기는 시상식 입장료가 그렇게 비싸냐. 학교에서 지원 안 해줬으면 못 올 뻔. 저 칵테일은 공짜겠지?"

바텐더에게 시선을 돌린 잭슨이 뾰루퉁하게 말했다.

"칵테일 공짜야, 나 아까 갔다 왔어. 일찍 도착해서."

잭슨에게 말하면서도 휘현의 눈은 주변을 둘러보느라 두리번거렸다.

"이든?"

그런 휘현을 본 주디가 눈짓하며 물었다.

"응?"

자동으로 나온 반응에 휘현은 자기 마음이 들킨 것만 같아 얼굴이 화끈거렸다.

"원래 셋이 같은 비행기로 오려고 했는데 갑자기 이든한테 일이 생겨서 같이 못 왔어."

"아……"

주디의 말에 휘현의 입술이 작게 벌어졌다.

"너랑 이든이 피 튀기게 아이디에이션 했던 거 생각난다. 네가 한국에 빨리 들어가서 이든이 마무리 디렉팅하느라 고생했어."

"미안, 끝까지 같이 작업했으면 좋았을 텐데."

휘현의 얼굴이 굳어지자 주디는 휘현에게 팔짱을 끼며 칵테일 바 쪽으로 몸을 틀었다.

"잭슨 치사하게 자기 혼자 간 것 봐. 내가 쟤랑 작업하느라 얼마나 힘들었는지, 어휴……"

멀찌감치 떨어진 칵테일 바에 몸을 기댄 채 음료를 주문하는 잭슨을 보며 주디가 쫑알거렸다.

그때 음악 소리가 점점 줄어들더니 360도 화면에 버추얼 인플루언서 아일라가 나왔다.

"안녕하세요, 클레오 어워드에 참석해 주신 분들께 감사드립니다. 저는 아일라라고 합니다. 이번 2022 클레오 광고제에 전 세계 85개의 국가에서 총 2만 1천여 개의 작품이 출품되었으며, 42개 부문에서 경쟁하였습니다."

아일라의 말과 함께 좌우 벽면으로 출품작이 화면에 띄워졌다.

"와!"

여기저기서 탄성을 내지르는 소리가 행사장에 울렸다.

"올해는 특별히 수상작 중 무작위 추첨을 통해 작품 소개를 진행하고 공유하는 시간을 갖고자 합니다. 호명된 수상작 팀원 한 분이 강단 앞으로 나와 자유롭게 소개하면 됩니다. 추첨은 이번 심사를 진행해 주신 위원들이 수고해 주시겠습니다."

아일라의 목소리에 따라 옆에 있던 은색 실의 조형물이 꿈틀꿈틀 움직이며 클레오 트로피 모양을 만들어냈다.

"우와, 저게 뭐야?"

어느새 옆으로 다가온 잭슨이 주디를 보며 물었다.

"AI와 키네틱 아트를 접목한 거라던데. 키워드 목소리나 스피커 감정 상태에 따라서 자율로 이미지를 만들어주는 거지."

휘현은 어두운 조명 속에서도 익숙한 목소리가 누구 것인지 알 수 있었다.

"루크 교수님!"

블랙 싱글 재킷을 걸쳐 입은 루크가 빙긋 웃으며 휘현의 어깨에 손을 올렸다.

"고생 많았다."

"자, 추첨된 작품은 골드상을 수상한 'Love yourself'입니다."

소개와 함께 영상이 띄어지자 루크는 휘현의 등을 밀었다.

"휘현이 나가서 소개할래?"

"제가요? 아뇨, 저는……"

"간단하게 소개하고 오면 돼."

루크가 눈을 찡긋하며 휘현을 밀었다.

머릿속이 하얘진 휘현은 너무 긴장한 나머지 걸어 나가는 발이 땅에서 어떻게 떨어지는지도 모르게 앞으로 떠밀려 나갔다. 강단에 서서 관중석을 바라보는 휘현은 마치 꿈을 꾸는 듯했다.

크게 한 번 들숨을 쉰 휘현이 이내 입을 뗐다.

"안녕하세요, 먼저 Love yourself를 함께 작업한 이든, 주디, 잭슨 그리고 지도해주신 루크 교수님께 감사드립니다. 음, 처음 클레오 광고제에 출품할 때 기획 단계에서 서로 많이 부딪쳤는데 이렇게 만들어냈네요! 사실 지금 본 영상 속의 여자아이는 저와 비슷합니다. 저는 상처받기 싫어서 제 감정을 억누르고 불편한 사람을 멀리하면서 살아왔습니다. 가족한테도, 연인한테도, 심지어 저 자신에게도 거리를 두며 지내다 보니 언제부터인가 진짜 제 감정이 어떤 건지 모르겠더라고요. 그러던 중 한 친구를 만나게 되었습니다. 해변에 앉아 있는 제게 바닷속을 보여주겠다며 그 친구는 제 손을 잡고 같이 스노클링을 했습니다.

그때 알았습니다. 바닷속의 세상이 너무나도 경이롭다는 것을요. 해변에 앉아만 있었더라면 볼 수 없었던 광경들이 눈앞에 펼쳐졌습니다. 겁이 나서 감히 깊이 들어가지 못했는데 그 친구 덕분에 용기를 낼 수 있었고, 진짜 바다가 품고 있는 아름다움을 경험할 수 있었습니다. 말이 조금 길어졌네요. 마지막으로 이 자리를 빌려 그 친구에게 꼭 이 말을 전해주고 싶었습니다. 이든, 잘못된 방식으로 잘못된 사랑을 하고 있던 내게 올바르고 진실한 사랑을 경험하게 해줘서 고마웠어. 나한테는…… 네가 사랑이었어. 들어주셔서 감사합니다."

발표를 마치자 휘현은 얼굴이 달아오르는 걸 느꼈다.

휘현이 마이크를 손에서 내려놓자 관중들로부터 박수가 쏟아졌다. 터져 나오는 환호 소리에 깜짝 놀란 휘현이 사람들의 시선이 향한 곳으로 고개를 돌렸다. 그곳엔 키네틱 아트가 깊은 바다를 닮은 블루 컬러의 하트를 그리고 있었다. 각기 다른 색을 띤 얇은 실이 섞여 있었지만, 오묘하게 얽혀 들어간 푸른 바닷빛의 하트 모양을 그리고 있었다. 그 모습에 잠시 넋이 나간 휘현은 이내 씁쓸하게 웃으며 입매를 굳혔다.

잭슨은 제 옆으로 돌아온 휘현의 머리를 세게 헝클어트리며 엄지를 치켜올렸다. 산발이 된 휘현을 보자 주디는 잭슨을 향해 눈을 흘긴 뒤 휘현의 머리를 다시 매만져 주었다.

"이든이 왔다면 좋았을 텐데."

입을 뾰족하게 내밀며 주디가 말했다.

그 말에 휘현의 고개가 망연하게 떨어졌다.

"자, 두 번째로 추첨 된 작품은 숏리스트 수상작이네요. 'Psychic'입니다."

아일라의 목소리와 함께 작품 영상이 띄어지자 행사장은 짙은 어둠으로 안개가 낀 듯 뿌예졌다. 작품 제목과 어울리는 분위기의 어두운 색감을 가진 영상과 낮은 베이스의 배경음악이 흘러나왔다.

둥둥 울리는 베이스 소리 탓인지 휘현의 온몸이 쿵쿵 전율을 타고 흐르는 것만 같았다.

"나 화장실 좀."

답답한 마음에 숨을 크게 들이 쉰 휘현이 주디에게 말하며 출구 쪽으로 몸을 틀었다. 빛 없는 어둠 속에서 몰려 있는 인파를 뚫고 나가려는 휘현의 몸이 주변 사람들과 부딪혔다.

영상에서 흐릿하게 빛이 새어 나올 때마다 연신 "실례합니다."를 말하며 미끄러지듯 빠져나오던 휘현은 출구 방향을 다시 확인하려 고개를 든 순간 그대로 몸이 굳어버렸다. 이마를 덮은 흑발의 남자가 고개를 비스듬히 숙인 채 벽에 기대고 서 있었다. 잊히지 않는 너무나도 보고 싶었던 실루엣이 어두운 행사장 속에서 휘현의 눈에 스쳤다.

"이든?"

넋이 나간 채 말을 토해낸 휘현이 이내 숨 쉬는 것도 잊고 움직이는 실루엣을 눈으로 따라갔다.

"엇, 죄송합니다, 지나갈게요."

휘현이 사람들 사이로 몸을 빼내며 움직이는 남자의 등 뒤를 쫓았다. 어울리지 않게 시상식에 온다고 차려입은 블랙 미니 원피스와 하이힐이 원망스러운 휘현이었다. 머릿속이 어지러워 빙글빙글 도는데 뛰듯이 걷는 하이힐에 발목까지 흔들리던 휘현은 발가락 끝에 더욱 힘주며 걸음을 내디뎠다. 무리하게 사람들 틈을 빠져나가는 휘현의 귀로 욕지거리가 들려왔다.

얼굴이 붉게 상기된 휘현이 남자가 향한 출구에 가까워지려는 찰나 탁 하고 조명이 꺼졌다.

"하……"

거친 숨소리와 함께 휘현의 입가에 탄식이 새어 나왔다.

잠시 뒤 조명이 켜지고 아일라의 밝은 목소리가 흘러나왔다.

"와우, 제목처럼 강렬한 영상이었습니다. 작품 소개 해주실까요?"

그러자 무성한 턱수염을 매만지며 한 남자가 마이크를 꺼내 들었다.

"어디 간 거지?"

고개를 돌려가며 두리번거리는 휘현의 눈에 더 이상 아까 본 익숙한 실루엣은 보이지 않았다. '헛것을 본 건가? 너무 보고 싶으면 이렇게 헛것이 보이기도 하는 건가?' 치마를 꽉 그러쥔 휘현의 손등이 핏기도 없이 하얗게 질려 있었다.

행사장을 빠져나온 휘현이 벽에 몸을 기대고 눈을 질끈 감았다. 등 뒤에 닿는 벽이 차가웠다. 그러다 휘현은 이내 피식 웃어버렸다.

이든을 내버린 채 도망치듯 떠났던 휘현이었다. 이제 와서 이든을 만난다고 뭐가 달라질 거라고 기대했던 걸까. 어쩌면 강단 앞에 서서 휘현이 고백할 수 있었던 것도 행사장에 이든이 없단 걸 알고 있었기에 가능했던 건지도 모르겠다는 생각이 들었다. 당사자 없는 곳에서 내뱉은 고백인 셈이었다.

생각이 여기까지 미친 휘현은 여전히 자신이 병적이라는 생각이 들었다. 이든 앞에서는 솔직하지도 못하면서.

몸에서 열이 올라오는 것만 같은 기분에 휘현이 눈을 감고 두 손을 얼굴에 감쌌다.

그때, 바깥의 찬바람이 휘현의 몸을 감았다. 로즈와 우디가 섞인 익숙한 향수 냄새가 그러쥔 손가락 틈 사이로 휘현의 코끝에 닿았다.

"휘현아."

이제는 환청까지 들리는 건가 싶은 생각에 휘현은 피식 바람 빠지듯 웃어버렸다.

"보고 싶다."

자기도 모르는 새에 터져 나온 본심에 휘현은 흠칫 놀라 눈을 가린 손을 떼어냈다.

"괜찮아?"

순간 손을 거둬 낸 눈앞에 서 있는 이든을 보자 휘현은 다리에 힘이 풀려 휘청거렸다.

놀란 이든이 손을 내밀어 휘현의 팔을 붙들었다. 살갗에 닿는 촉감이 휘현의 몽롱한 정신을 붙들었다.

이든은 자신을 빤히 쳐다보고 있는 휘현을 보며 이내 다시 입을 뗐다.

"좀 늦었어, 잘 지냈어?"

이든의 물음에도 휘현은 여전히 반쯤 넋이 나가 있었다. 마치 모든 게 휘현에게만 천천히 흘러가는 듯했다. 휘현을 보는 이든의 얼굴은 평상시와 같았다. 여전히 차분했고 따뜻했고 단정했다. 휘현에게 상처받은 적이 없었던 사람처럼 그렇게 말갛게 입끝을 올린 채 서 있었다. 숨을 들이켠 휘현은 이내 표정을 정리하고자 얼굴을 굳히고 두 다리에 힘을 준 채 꼿꼿하게 허리를 폈다.

"나야 잘 지냈지, 보다시피."

휘현이 어깨를 으쓱하며 힘겹게 입꼬리를 올렸다.

"좋아 보여. 드레스 예쁘네."

이든의 시선이 아래로 내려가 드레스로 향했다.

더운 열기에 시선을 받아내는 것도 버거운 휘현이 이든에게서 한 발짝 멀리 떨어지며 서둘러 말했다.

"안에 루크 교수님이랑 애들이랑 다 있어."

휘현이 손가락으로 행사장 안쪽을 가리키며 먼저 몸을 돌렸다.

"보고 싶은 사람이 누군데?"

그때 휘현의 등 뒤로 낮은 이든의 목소리가 파고들었다.

그의 말에 서둘러 걷던 휘현의 걸음이 붙들어 세워졌다. 휘현은 물먹은 솜처럼 몸이 무거워지는 것만 같았다. 밤잠 설치며 그리워했던 사람이 바로 지금 자신의 뒤에 있는데도 몸을 돌려 이든을 보는 것이 어려웠다.

인형처럼 그 자리에 우뚝 선 휘현을 보자 이든이 터벅터벅 걸어와 휘현의 몸을 자기 쪽으로 돌렸다. 휘현의 어깨를 두 손으로 감싸 쥔 이든이 휘현을 곧게 응시한 채 물었다.

"좀 전에 보고 싶다고 했잖아."

"아…… 그랬나? 근데 왜 이렇게 덥지? 아직 나 알레르기가 다 안 나았나 봐."

눈동자를 옆으로 돌린 휘현이 손으로 부채질을 하며 말을 돌렸다.

"병원에서 결과보고서 받았어. 마지막 검사지에서 네가 알레르겐에 반응하는 민감도 수치가 0에 가까워. 네가 지금 얼굴이 붉고 더운 게 알레르기 반응 때문이 아니란 거야."

"아…… 그래? 그럼 거의 완치된 건가?"

휘현은 마음과는 다르게 딴청 피우듯 말하는 자기 모습이 어이가 없으면서도 도통 어떤 표정과 말을 해야 할지 몰라 몸이 굳는 듯했다.

"내 말은…… 지금 날 피하지 말란 뜻이야."

"……"

"듣고 싶은 게 있어."

이든이 휘현의 고개를 들어 자신의 눈과 맞추며 다시 말을 붙였다.

"네 고백."

그 말에 휘현의 입술이 반쯤 벌어졌다.

"진짜 특이해, 너. 고백을 당사자한테 안 하고 주변 사람들한테 하더라고."

"……"

휘현은 머릿속이 하얘지는 기분이 들었다. 그저 느낄 수 있는 건 휘현을 보는 이든의 진실한 눈이 반듯하게 뻗은 콧날이 붉게 물든 입술이 그저 아름답다는 것뿐이었다.

"나 여기 있으니까, 이제 나한테 해줘. 고백."

이든의 손가락이 휘현의 볼을 부드럽게 어루만졌다.

"그게……"

왈칵 차오르는 감정에 눈동자에 비친 이든의 얼굴이 잠시 흐릿해졌다. 휘현이 애써 눈을 또렷하게 뜨려 할수록 안에서부터 뜨거운 것이 토해지는 듯했다. 결국 휘현의 입술 밖으로 흐느낌이 새어 나오고 말았다.

톡톡 떨어지는 눈물을 엄지로 닦아 내던 이든이 고개를 숙여 휘현이 내뱉는 뜨거운 날숨을 들이 삼켰다. 촉촉한 입술이 부딪치고 떼어질 때마다 서로를 바라보는 둘의 눈동자가 피하지도 않은 채 얽혀 들어갔다.

"보고 싶었어, 이든."

잠시 입술이 떨어질 때마다 휘현이 고백을 집어넣었다.

한참을 울듯 웃듯 키스를 하던 둘은 이내 이마를 맞댄 채 호흡을 골랐다.

"들어가자."

이든이 휘현의 손을 그러쥐며 말했다.

휘현은 눈동자를 내려 자신의 손을 따뜻하게 쥐고 있는 이든의 손을 바라보았다. 그러자 지난날 이든과 함께 감상했던 샤갈의 〈산책〉이 떠올랐다. 이제야 휘현은 그림 속에 나온 여인의 마음을 알 것 같았다. 오직 진실함과 온전함으로 맞잡은 두 손만이 충만한 기쁨의 사랑을 선물해 준다는 것을.

# 에필로그

"친구들! 앞에서 핸드벨 가져가자!"

낭랑한 수키 목소리가 방 안에 울리자 흩어져 놀던 아이들이 쏜살같이 앞으로 뛰어나갔다.

"휘현 선생님, 색깔별로 핸드벨 나눠주는 것 좀 도와주시겠어요? 아, 거기 빨간 망토도 같이 입혀주시고요."

성탄 전야를 맞아 그동안 준비해 왔던 공연이 코앞으로 다가오자 수키는 긴장감에 정신이 없었다.

오랜만에 이든과 함께 교회에 온 휘현은 수키 말에 쪼르르 앞으로 달려 나가 상자 안에 담긴 핸드벨을 꺼내기 시작했다.

"엇, 잠깐만. 선생님이 나눠줄게."

상자 속으로 손을 집어넣는 아이들을 말리며 휘현이 말했다.

허겁지겁 핸드벨을 건네주고 나니 저 뒤에서 빤히 자기를 쳐다보고 있는 지민이 보였다. 휘현은 남은 망토와 핸드벨을 한 손에 쥐고는 지민에게 다가가 눈높이를 맞춰 앉으며 말했다.

"지민이 안녕, 잘 지냈어?"

여전히 경계하듯 자신을 물끄러미 바라만 보는 지민을 보자 휘현은 바닥에 무릎을 짚고 한 걸음 더 가까이 다가갔다.

"핸드벨 연습 많이 했어? 선생님이 지민이 주려고 선물 가져왔는데, 볼래? 짜잔!"

휘현은 가방 안에서 직접 만든 진저브레드를 꺼내며 눈을 찡긋했다. 이걸 만들기 위해 이든과 함께 부엌에서 한바탕 수선 떨었던 것이 떠오르자 휘현은 피식 웃음이 나왔다.

지민은 휘현의 손에 쥐어진 사람 모양의 쿠키를 물끄러미 바라보았다.

"처음 만들어서 좀 어설프긴 한데 이거는 지민이고 이거는 나. 그리고 이거는……"

쿠키 하나하나를 손으로 짚어가며 설명해 주던 휘현은 이든을 생각하며 만든 쿠키를 보자 입꼬리가 위로 말려 올라갔다.

"선생님이 사랑하는 사람."

그때 지민이 작은 입술을 떼고 오물거리듯 말을 꺼냈다.

"……응?"

"이든 선생님 사랑해요?"

반듯하게 시선을 맞추며 묻는 지민을 보자 휘현은 잠시 멍했다가 이내 지민의 볼을 감싸며 말했다.

"응, 사랑해. 이든 샘도, 지민이도 사랑해."

"……저번에는 그냥 도망갔잖아요."

그때 지민이 볼을 부풀리며 눈꺼풀을 내린 채 말했다. 영락없이 상처받은 듯한 얼굴이 날것 그대로 휘현의 동공에 비쳤다.

"미안해, 선생님이. 그래서 늦게나마 다시 왔어, 사과하고 싶어서."

휘현이 고개를 밑으로 숙여 지민의 눈을 바라보며 말했다.

"저번에 색칠 놀이할 때 선생님이 바로 떠나서 미안해. 더 잘 들어줬어야 했는데…… 그때 선생님도 엄마랑 사이가 안 좋았거든. 그래서 위로를 제대로 못 해줬어."

생각에 잠긴 듯 휘현이 말을 이어갔다.

"……지금은 화해했어요?"

몸을 휘현에게로 돌리며 지민이 물었다.

"화해 중이야. 음…… 선생님이, 지민이 나이 때 속상한 마음을 들어주는 사람이 없어서 너무 힘들었거든. 지민이는 그러지 않았으면 좋겠어. 괜찮으면 선생님이 지민이 얘기 들어줄게."

휘현이 빙긋 웃으며 따뜻하게 눈을 맞췄다.

"……"

지민이 눈을 껌뻑거리며 말없이 휘현을 바라보았다.

"자, 자. 이제 옷 다 입었으면 올라갈게요!"

망토를 걸친 수키가 손뼉을 치며 큰 소리로 아이들에게 말했다.

그 말에 휘현은 바닥에 대고 있던 한쪽 무릎을 펴고 몸을 일으키며 수키를 바라보았다. 그때 불쑥 휘현의 손바닥 안으로 작은 손이 들어와 움켜쥐었다. 돌아보니 지민이 얼굴을 들어 휘현을 올려다보고 있었다.

"고마워, 마음 열어줘서."

통통한 지민의 볼을 쓸며 휘현이 말했다.

소복하게 내려앉은 눈이 교회를 포근하게 감싸 안아 한층 더 차분하고 따뜻한 분위기를 자아냈다.

예배당 의자에 나란히 앉은 크리스와 이든이 앞에서 분주하게 준비하고 있는 예배 팀을 바라보고 있었다.

"올 한 해 뜻깊은 시간이었지?"

크리스가 몸을 반쯤 틀어 이든의 어깨 위에 손을 올리며 물었다.

"하아…… 그러네요."

그간의 마음고생이 느껴질 만큼 거칠고 짧은 한숨과 함께 이든이 빙긋 웃으며 말했다.

"올 초에 내가 했던 말이 기억나려나. 모든 특별함에는 저마다의 이유가 있고 이든 자네의 특별함이 귀하게 쓰일 거라고."

"아, 네. 기억나요. 흠…… 버림받았던 상처가 있다 보니 다른 사람들의 상처도 남 일 같지 않게 다가오더라고요. 그냥…… 저들도 나처럼 버림받는 게 두렵구나. 외로움을 견디고 있구나. 그렇게 이해하게 됐어요."

"크…… 올 한 해 열심히 사랑했군."

"그쵸, 진짜 사랑을 했네요."

고개를 끄덕이며 작게 읊조리던 이든이 만족스러운 웃음을 입가에 그렸다.

"그래서 선물도 받고!"

예배당 안으로 아이들을 인솔하며 들어오는 휘현을 바라보며 크리스가 몸을 일으켰다.

일어선 크리스를 흘깃 바라본 휘현이 아이들을 의자에 앉힌 뒤 이든 옆으로 와서 앉았다.

"준비하는 거 잘 도와줬어?"

따뜻한 목소리로 눈매를 동그랗게 말며 이든이 물었다.

"응! 연습 많이 했더라. 아, 그리고 지민이랑도 친구 하기로 했어!"

휘현이 말갛게 웃으며 말했다.

"다행이네, 이제 화해 잘하네."

예쁘게 입꼬리를 올린 이든이 자신에게 시선을 떼지 못하는 것이 온몸에 느껴지자 휘현이 옅게 웃었다. 그때 이든이 휘현의 손가락 사이에 자신의 손가락을 밀어 넣으며 작게 "왜?"라고 물었다.

"……행복해서."

이든의 눈을 바라보며 휘현이 말했다.

그때 예배의 시작을 알리는 찬양이 잔잔하게 흐르고 사회자의 목소리가 예배당 안에 울렸다.

"올 한 해 각자의 삶에서 치열하게 사랑을 이루어내신 성도님들을 축복합니다. 다들 자리에서 일어서서 사도신경으로 예배를 시작하겠습니다."

앉은 자리에서 일어선 휘현이 여전히 자신의 손을 놓지 않은 채 눈을 꼭 감고 고개를 숙인 이든에게 향했다. 긴 속눈썹 위로 내려앉은 따뜻한 햇살이 이든의 온기와 닮아 있었다. 이든을 눈에 담은 휘현이 천천히 눈꺼풀을 내린 뒤 입술을 뗐다. 마치 사랑을 고백하듯이. 또 믿음으로 기도하듯이.

〈끝〉